# 아브지의 숲

# 아브지의 숲

초판 1쇄 발행 2022년 3월 25일

지은이 김성일
발행인 조상현
마케팅 조정빈
편집인 황경아
디자인 Design IF
펴낸곳 더디퍼런스

등록번호 제2018-000177호
주소 경기도 고양시 덕양구 큰골길 33-170(오금동)
문의 02-712-7927
팩스 02-6974-1237
이메일 thedibooks@naver.com
홈페이지 www.thedifference.co.kr

ISBN 979-11-6125-343-5  03810

김성일 장편소설

아버지의 숲

더디퍼런스

# 차 례

# 1
## 귀국 2022년 2월

안개가 자욱한 숲속, 성준은 어디론가 가고 있었다. 싱그러운 풀냄새와 함께 서늘한 안개의 감촉에 성준은 신경이 곤두선다. 발밑은 발목까지 푹푹 빠지는 부드러운 흙, 앞도 잘 보이지 않는 길을 두리번거리며 성준은 겨우 한 걸음 한 걸음 옮기고 있었다.

'대체 여기가 어디지…?'

긴장한 눈빛으로 두리번거리는데 안개 속에서 그림자 같은 것이 보일락 말락 어른거린다. 성준은 다가가며 소리친다.

"저기요! 저기요!"

하지만 그림자는 아무런 반응도 없이 자기 갈 길을 간다. 성준은 필사적으로 달려가 두 사람을 붙잡았다. 그 순간 성준을 향해 돌아선 두 얼굴, 그중 한 사람은 아버지다.

"아버지! 여길 어떻게…? 여기 어디죠? 어딜 가시는 거예요? 그리고 이분은 누구예요?"

갑작스러운 성준의 출현에 당황한 듯한 아버지, 소매를 잡은 성준의 손을 뿌리치고는 함께 가던 중년 신사를 끌어당겨 자신의 뒤로 세운다. 아버지 뒤에서 빼꼼한 눈빛으로 성준을 건너다보는 얼굴, 성준은 그제야 동행한 중년 신사를 쳐다본다. 아버지를 쏘옥 빼닮은 얼굴, 성준은 그 사람을 알고 있었다.

"아버지, 이분은 북한에 두고 오셨다던 그 아들… 김일훈 그 사람 맞죠? 그런데 아버지! 두 분이 어떻게 만나신 거예요? 그리고 대체 여기가 어디예요? 아버지! 대체 어떻게 된 거냐구요."

그 말에 아버지는 눈을 부릅뜨고 고함을 지른다.

"왜 자꾸 날더러 아브지 아브지 하는 거이가? 누가 당신 아브지야? 실성을 했나, 어서 당신 갈 길이나 가!"

하더니 뒤에 있던 중년 신사의 손을 잡고는 찬바람을 일으키며 돌아서서 안개 속으로 걷기 시작한다. 그때 멀리 어디선가 나는 "탕! 탕!" 두 발의 총소리에 중년 신사가 힘없이 쓰러진다. 예상치 못한 상황에 당황한 성준은 아버지를 부르며 따라가려고 하는데 흙 속에 깊이 박힌 발이 나오질 않는다. 그사이 두 사람은 짙은 안개 속으로 사라져 보이지 않는다.

"아버지! 아버지!"

누군가가 그의 어깨를 툭툭 친다.

"손님!"

깜짝 놀라 뒤를 돌아보며 눈을 뜬 성준, 주변을 돌아보니 비행기 안이다. 주변에 앉은 사람들이 힐끔거리며 성준을 쳐다보고 있고 다가온 여승무원은 걱정스러운 눈빛으로 손수건을 내민다.

"나쁜 꿈을 꾸셨나 봐요. 진땀까지 흘리시고… 이걸로 좀 닦으세요."

그제야 상황을 알게 된 성준, 사람들의 시선을 피해 창 쪽으로 고개를 돌리면서 땀으로 뒤범벅이 된 얼굴을 수건으로 닦는다. 차가운 기운에 잠시 숨을 돌리는데, 그사이 물을 가져온 승무원이 물을 건네주고 팔을 뻗어 창문을 열어 준다.

"곧 인천공항에 내릴 거예요. 안전벨트 확인하시고 의자 등받이 올려 주세요. 수건 더 필요하시면 말씀해 주시구요."

"아, 괜찮아요. 고마워요."

승무원이 자리를 뜨자 성준은 다시 눈을 감는다. 꿈에서 보았던 아버지의 차가운 눈빛에 마음이 심란하다. 10년 전 미국 어바인 대학에서 종신교수 제안을 받고 급히 이민을 간 성준. 아버지는 그때 분명 서운해하지 않으셨다. 당장 세상을 떠나도 될 만큼 뒤처리 다해 놓으셨다고, 아버지의 마지막 모습을 기억하려면 지금처럼 건강한 모습으로 기억하라고 하셨다.

'아니면 위독하시다는 연락이 왔을 때 미국 학회에서 기조연설을 취소하고 왔어야 했나?'

하지만 그때도 아버지는 미리 전화를 하셔서 행여 위독하다는 연락을 받아도 오지 말라고, 피땀 흘려 번 돈으로 키운 자식이 중요한 학회 행사에서 발표를 앞두고 있는데 그걸 망치고는 절대 편하게 눈을 감을 수 없다고 몇 번이나 말씀하셨다. 그러더니 기어이 학회 발표를 잘 마쳤다는 소식을 전해 들은 직후 곧 숨을 거두셨던 것이다.

그럼에도 불구하고 자식 된 도리로 이생에서의 마지막 순간을 함께하지 못한 것에 대한 죄의식이 만들어 낸 꿈일까. 애써 떨쳐 버리려고 해도 그 눈빛이 잊히지 않는다. 어느새 비행기는 활주로를 향해 하강을 시작한다.

귀국 2022년 2월

# 2
## 입관식 그리고 어머니

성준은 비행기에서 내리자마자 장례식장으로 달려갔다. 아버지가 위독하시다는 소식에 먼저 한국에 와 있던 아내 미주가 병원 입구까지 나와 초조하게 기다리고 있다.

"왜 나와 있어? 안에 무슨 일 있어?"

"다른 일이 있을 리 있어? 당신이 없는 게 일이지. 바로 입관실로 가야 돼. 도련님이 당신 오면 입관하자고 우기는 바람에 입관도 못 하고 기다리고 있어. 어머니 표정 너무 안 좋아."

"그놈은 시키지 않은 짓을 해서 사람을 곤란하게 만들어. 입관실 어디야?"

종종걸음으로 입관실로 향하는 성준. 문을 열고 들어서자 성민이 벌떡 일어나 다가온다.

"형!"

반가운 기색이 역력한 성민을 무표정한 눈빛으로 보는 성준. 그 뒤로, 낯익은 얼굴들이 눈에 들어온다. 무덤덤한 표정으로 성준을 보는 쌍둥이 여동생 성아와 그 남편 조인국 그리고 애써 성준의 존재를 무시하려는 듯 무심한 표정을 한 어머니다. 언제부턴가 눈길을 마주치기조차 불편해진 세 사람을 피하려다 바로 옆에서 어깨를 들먹이며 훌쩍이는 동생 성민과 눈이 마주친다. 나이가 쉰이 넘었는데도 성민은 막내티가 역력하다. 그보다 열 살이나 더 어린 성민의 아내 수경이 때로 누나 같아 보일 정도다.

전혀 닮은 점이 없는 가족들에게 한 가지 공통점이 있다면 이들 중 누구도 아버지가 마음을 주고 싶었던 대상은 아니라는 것일 것이다. 생의 마지막 순간까지 그렇게 외롭게 침묵을 지키다 가신 것이 억울해서 화난 모습으로 꿈에 나타나신 것일까. 이런 생각을 하면서 잠시 멍하게 서 있는데, 어머니가 차갑게 성민에게 눈을 흘기며 입을 여신다.

"넌 속도 없니? 그것도 형이라고….”

말은 성민을 향해 하지만 사실은 성준에게 하는 말이다. 그것을 알면서도 아무 대꾸도 없는 성준 대신 성민이 발끈한다.

"아버지 마지막 가시는 길인데 장남인 형이 당연히 와야죠”

"이 집에 자식이 장남밖에 없어? 그리고 아버지 살아 있을 때 와야지, 돌아가신 뒤에 와서 뭐 해?”

"어머니!"

발끈하는 성민을 말리는 수경, 아내 미주와 성아, 조인국은 성준의 눈치를 본다. 하지만 성준은 마치 자신과는 아무런 상관이 없다는 듯 천천히 아버지의 유해로 다가선다. 그리고 가만히 아버지 얼굴을 들여다본다. 방부제와 몇 가지 화학약품 덕에 아버지는 마치 깊이 잠든 것 같은 평안한 표정이다. 그가 미국으로 떠났던 10년 전보다는 많이 야위었지만 맑고 정갈한 모습은 그대로다. 이 순간이 지나면 더 이상 아버지의 모습을 볼 수 없다는 사실이 믿어지지 않는다.

한 번도 입 밖으로 꺼내어 말한 적은 없지만, 아버지는 성준 인생의 커다란 나무였다. 아마도 성준은 죽는 날까지 그 나무의 그늘 아래서 살게 될 것이다. 물론 성준뿐 아니라 성준보다 더 많은 것을 물려받은 어머니와 성아, 성민이도 마찬가지다. 그러나 아버지는 그들에게서 그만한 존경과 사랑을 받지 못했다.

'정말 이대로 가셔도 괜찮으신 거예요?'

성준은 마음속으로 아버지를 향해 묻는다. 그 아버지 얼굴을 보고 있노라니 가슴속에 오랫동안 똘똘 뭉쳐서 풀리지 않는 실타래 같은 것이 갑자기 요동치면서 성준을 울컥하게 한다. 꿈에 처음으로 나타나신 아버지가 화가 잔뜩 나신 듯 호령을 치던 모습이 생각난 성준은 어머니에게 지나가듯 슬쩍 묻는다.

"가시기 전에 따로 남기신 말씀은 없으셨어요?"

어머니는 알면서 뭘 묻느냐는 듯 의아한 눈빛으로 그를 본다.

"말은 무슨. 니 아버지 성격 몰라서 묻니. 나한테도 말 한마디 남기지 않고 가셨다."

'나한테도'라는 말에 진하게 묻어나는 아버지를 향한 원망과 한탄이 성준에게까지 전해져 와 성준은 조용히 송 여사를 돌아본다. 송 여사는 성준에게 자신의 마음을 들키고 싶지 않은 듯 창밖으로 눈길을 돌린다. 아버지 성격 잘 알면서 무슨 기대를 하느냐고 말은 하지만 아버지가 돌아가시는 순간까지 그 기대를 버리지 못한 단 한 사람이 바로 어머니 송 여사다.

양묘업자였던 아버지와 거의 스무 살 가까이 나이 차이가 나는 어머니는 배운 것은 없지만 밝고 긍정적이며 악착 맞을 정도로 부지런한 사람이었다. 조용하고 치밀한 성격의 아버지가 일을 계획하면 어머니는 특유의 친화감으로 주변 사람들을 설득시켜 일을 진행시키는 타입이었다. 그렇게 두 분은 성실하게 일했고 하는 일마다 다 잘됐으며 세 자녀도 명문대학에 진학시켰다. 겉으로 보면 두 분은 좀 늦게 만나긴 했으나 천생연분이었다.

그러나 속사정은 좀 달랐다. 아버지는 북에 아내와 중학생 아들을 두고 단신으로 월남한 실향민이다. 그래서 아버지의 의식의 절반쯤은 늘 북한을 향해 있었다. 북한에 남겨진 아들에게 미안해서였는지 우리를 향해 웃어 주고 사랑을 베푸는 일조차 어색해하던 아버지였다. 언젠가 막내아들을 데리고 도문으로 달려가서 북에 남기고 온 아들과 전화로 통화를 하며 하염없이 눈물을 흘리고 오시기도 했다. 그 이후로는 종종 브로커를 통해 돈을 보내곤 하셨다. 그런데 그 사실을 알게 된 어머니는 아버지가 혹시라도 재산을 몰래 빼내서 이북에 남기고 온 처자식이나 그 친척들에게 건네주지는 않을까 늘 전전긍긍했다.

북한에 남은 가족에게 마음을 쓰는 아버지를 향한 불안감과 해묵은 서운함은 언제나 아버지의 사업과는 전혀 다른 길을 가고 있는 성준을 향해 비수가 되어 날아오곤 했다. 그리고 오늘처럼 가족들이 모두 모인 자리에서는 거의 예외 없이 그랬다. 성준은 언제 터질지 모르는 어머니를 피해 입관식을 마치자마자 자리를 뜬다. 그런 성준에게 어머니는 기어이 언성을 높인다.

"아버지의 임종도 못 지켰으면서 무슨 염치로 와서 장남 행세니? 한국 쪽으로는 고개도 안 돌리겠다고 하더니, 뭐 하러 와? 아버지가 너한테 뭐라도 남겼을까 봐? 그런데 그걸 우리가 빼돌리기라도 할까 봐 의심이 나든?"

"엄마….."

성아가 조용히 어머니를 말리고 나선다. 상처와 원망으로 뒤범벅된 어머니의 말을 한두 번 들어온 성준이 아니다. 그래서 웬만하면 그냥 넘어가곤 했는데, 오늘은 '우리'라는 말이 성준의 발목을 잡는다. 성준을 겨냥한 어머니의 비수에 종종 들어가는 그 '우리'는 아버지와 성준의 마음을 얻지 못한 어머니가 붙잡은 방패와도 같은 두 사람, 성아와 조인국을 말한다. 그래서 그 말을 들을 때마다 성준은 습관처럼 성아를 보곤 한다.

성아는 성준의 어린 시절 소울메이트였다. 어른이 된 후에도 성준은 늘 자신에게는 부족한 냉철함과 웬만한 사내들도 울고 갈 의리를 가진 성아가 자랑스럽고 든든했다. 그런 성아를 잠시 바라보다 성준은 최대한 감정을 누르며 어머니에게 답한다.

"장례식 마치면 곧 미국으로 돌아갈 거예요. 저 때문에 귀찮을 일 없을 거니까 신경 쓰지 마세요."

최대한 어머니의 신경을 건드리지 않으려고 애를 써서 대답했지만, 송 여사가 그냥 넘어갈 리가 없다. 기어이 하고 싶은 말을 터뜨린다.

"넌 하늘에서 떨어졌어? 너한테 에미 같은 건 없지? 아버지 말고는 아무도 없지?"

"잘 아시면서, 꼭 이런 날, 이렇게 그 말을 하셔야 해요?"

"여보!"

"오빠!"

이번에는 아내 미주와 성아가 합세해서 성준을 말린다.

"꼭 그렇게 똑같이 해야 돼?"

차분하지만 책망이 가득 섞인 눈빛으로 성준을 바라보는 성아, 그런 성아를 보는 성준의 눈빛에 연민이 스친다.

"어렸을 땐 띨띨한 날 지켜 주고, 지금은 상처투성이 어머니 지켜 주고. 늘 든든하고 고맙긴 한데 이젠 니 인생도 좀 챙겨. 나중에 후회 말고!"

뜻밖의 말에 잠시 당황하는 성아를 뒤로하고 먼저 자리를 뜨는 성준, 몇 번이고 속으로 되뇐다.

'이번이 마지막이다. 정말. 다시는, 다시는 돌아오지 않는다. 맹세코.'

# 3

# 조문객 1

고 김영원 회장의 빈소는 이 대학병원에서 가장 큰 1호 빈소, 문 앞에는 화환들이 끝도 없이 늘어서 있고 입구에는 조문객들이 줄지어 서 있다. 입관식을 마친 상주들이 돌아오자 사람들 길을 내주고 다시 빈소에 선 성준과 성민 나란히 서서 조문객을 맞는다. 뒤이어 성아와 조인국도 와서 나란히 선다.

조문객의 상당수는 회사와 관련이 있는 사람들이다. 가끔 성준과 성민의 친구들도 있지만, 대부분 성아와 조인국의 지인들이다. 자연히, 성준은 인사를 하고 나면 멀뚱멀뚱 꾸어다 놓은 보릿자루처럼 서 있어야 하는 순간이 많다. 민망한 표정으로 아버지 영정을 보다가 무심코 입구 쪽으로 눈을 돌렸는데, 한 노인이 눈에 들어온다. 허름한 양복을 입은 착참한 표정의 노인, 몰려든 인파 뒤에서 빈소 안을 조용히 들여다보다가 그냥 돌아선다. 성준, 급하게 뛰어나간다.

"삼촌! 경식이 삼촌!"

성준이 부르며 달려가자 돌아서는 노인, 어두웠던 표정이 환해진다.

"성준아!"

반가운 표정으로 달려가 노인의 손을 잡는 성준, 거칠지만 따스한 노인의 온기가 차갑게 얼어붙은 성준의 마음까지 녹이는 듯하다.

"어케 늦지 않게 용케 왔구나야."

"아버지 마지막 가시는 건 못 봤어요…. 화상전화로 통화는 했는데."

"기래, 기래. 그럼 됐디. 이억만 리 떨어져 사는데 뭘 더 어카간."

"그런데 오셨으면 들어와서 아버지 보시고 가셔야지 왜 그냥 가세요?"

그 말에 손을 절레절레 흔드는 경식.

"내 상판대기 보면 고저 괜히 니 어마이 속만 긁지."

"무슨 그런 말씀을 하세요. 삼촌은 우리 가족이나 마찬가진데. 그리고 혼자 오셨어요? 재복이 삼촌은요?"

경식은 말을 맺지 못하고 눈빛이 복잡해진다. 그런 경식을 끌고 건물 밖의 벤치에 앉은 성준, 들고 온 종이컵에 소주를 따라 준다. 한 잔 들이켜고 난 뒤 성준은 찬찬히 묻는다.

"재복이 삼촌, 설마 어디 편찮으신 건 아니죠?"

"아프긴! 아직도 팔팔 살아서 돌아댕기지 않간! 고럼."

"아, 그럼 다행이구요…."

멀리 빈소에서는 송 여사와 조인국, 그리고 성아가 부지런히 조문객을 맞는다. 경식의 쓸쓸한 눈빛이 송 여사에게 꽂힌다.

"젊었을 때는 우리 형수님이 곱상한 얼굴에 상냥하기가 봄바람 같았는데, 언제부턴가 갑자기 사람을 봐도 본 척 만 척, 찬바람이 쌩쌩 불기 시작해 개지구서리 오늘도 올까 말까 한참 망설이더랬지. 그래도 와서 빈소라도 보고 가니 돌뎅이같이 무겁던 맴이 고저 사르르 녹는구나야."

"어머니도 삼촌들한테 서운해서 그러시는 거 아니에요. 따지고 보면 다 아버지 때문이죠."

무심코 나온 말이지만 사실 틀린 말은 아니다. 아버지는 일본인들에게 배운 묘목 기술로 북한에서도 양묘장을 경영했고, 남한에 정착한 후에는 벌거숭이산을 녹화하는 데 전력투구했던 박정희 정부의 시책 덕분에 한국 산림녹화 분야에서 뚜렷한 족적을 남겼다. 1960년대 말부터 80년대까지 약 20년간 아버지가 정부와 국가기관에 납품한 묘목은 8천만 본이 넘었다. 전국 각지에 많은 묘목장을 운영하셨고, 나중에는 전국 주요 국립대학에 적지 않은 장학금을 기부하여 많은 임학자를 키워 내기도 하셨다. 한마디로 아버지는 북한에서보다 남한에서 더 성공한 사업가였고 여기서 더 오랜 세월을 사셨다.

사업만큼이나 결혼 생활도 성공적이었다. 미모에 알뜰한 성격까지 겸비한 어머니를 만나 해로하셨다. 가난했던 어머니의 친정 식구들도 성공한 아버지 덕분에 가난에서 벗어났다. 그러고도 남겨 주신 재산은 삼 남매는 물론 그 자손들까지 넉넉히 쓰고도 남을 만큼 많다.

아버지는 가족 중에 장남인 성준에게 비교적 각별한 편이었다. 성준은 어린 시절 농장에서 나무를 함께 심을 때의 아버지의 눈빛을 기억하고 있다. 그 눈빛은 청년처럼 생동감이 넘쳤고, 개구쟁이 성준을 바라볼 때면 그지없이 따뜻하고 인자했다.

그랬던 아버지가 언젠가부터 변하기 시작했다. 점점 가족들과 멀어지기 시작한 것이다. 아버지는 날마다 얼굴을 부딪히며 사는 우리가 아닌 딴 곳에 마음을 두고 온 사람처럼 보였다. 아버지는 가족 중 누구에게도 마음을 붙이지 못하셨다. 일을 할 때는 동료들과 활기차게 일을 하시는 편이신 아버지는 집에만 오면 입을 굳게 다물고 말이 없었다.

성준이 미국으로 이민을 갈 때도 아버지는 반대하지 않으셨다. 식음을 전폐하다시피 하며 결사반대하신 어머니와는 완전 딴판이었다. 그런 아버지의 태도는 무언의 응원이라기보다는 무관심으로 다가왔다. 그런 아버지가 성준에게는 마음의 커다란 의문이었다.

잠시 옛 생각에 잠겨 있는데 경식이 물끄러미 성준을 바라보고 있다.

"나이를 먹을수록 니 아브지 판박이로구나야. 널 보니까니 우리가 한창 농장 일 하던 그때 성님하고 나란히 앉아 있는 거 같구만이."

"제가 그렇게 아버지를 닮았어요?"

"기럼… 완전 국화빵이디."

두 사람, 손을 꼭 잡고 웃음을 터뜨린다. 그때 한 무리의 조문객들이 두 사람 앞을 지나간다.

"이만 일어나야갔다. 손님들 저렇게 많은데 장남이 빈소를 지켜야지."

"새벽 댓바람에 집에서 나오셨을 거잖아요. 시장하실 텐데 요기라도 좀 하고 가세요."

"혼자 먹는 밥처럼 맛없는 게 어디 있간. 차라리 집에 가서 재복이 성하고 술이나 한잔하는 게 낫지 않간."

일어나서 걸어가는 경식을 따라가며 성준은 못내 아쉬운 표정이다.

"미국 가기 전에 재복이 삼촌도 한번 볼 겸 내려갈게요. 옛날처럼 코가 삐뚤어지도록 술 한잔해요!"

"오기만 하믄 고거야 당돌 빠따루디!"

조문객 1

헤어지기 아쉬워서 건물 밖까지 따라 나오는 성준에게 몇 번이고 돌아서서 들어가라고 돌아 세운다. 정이 가득한 경식의 눈빛을 놓지 못한 채 성준은 멀어지는 경식을 하염없이 보고 있다.

# 4
## 조문객 2

성준, 건물로 들어가는데 두 대의 검정색 세단이 들어와 멈춘다. 앞좌석 문이 열리더니 검정색 양복을 입은 젊은 남자들이 내려서 뒷좌석 문을 열어 준다. 그때 차를 향해 계단을 쏜살같이 달려 내려오는 사람, 인국이다.

"아이고, 의원님!"

하고 90도 절을 하면, 차에서 내린 중년 신사, 두 손으로 인국을 일으켜 세운다.

"아이고, 우리 조 청장님! 아버지 같은 장인 여의고 얼마나 상심이 크신가?"

"네…, 마음의 준비는 했는데… 막상 닥치니까 정신이 없습니다. 의원님 말씀대로 장인어른은 저한테는 친아버지 같은 분이셨으니까요."

성준, 인국의 말에 어이없는 표정인데. 중년 신사, 인국을 보며 진지하게 말을 계속한다.

"이제 회장 권한 대행이라고 불러야 하나?"

"아이쿠, 큰일 날 말씀입니다! 저는 그저 아내를 돕는 사람일 뿐입니다."

인국, 난처해하면서도 기분 좋은 표정이다. 성준, 그런 인국과 국회의원을 주시하는데.

"그게 다 돕는 거지. 사업을 혼자서 할 수 있나. 이사회에서도 김 회장님만큼 능력이 있는 사람을 생각하지 않을까."

"암튼 넘 감사합니다. 바쁘신데 이렇게 걸음을 다 해 주시고…."

"무슨 소리! 우리 조 청장을 아들처럼 키워 주신 김 회장님 마지막 가시는 길인데 내가 당연히 와야지. 자자, 들어갑시다."

일행이 들어가자 성준, 기가 차서 자기도 모르게 입 밖으로 나오는 한마디.

'뭐? 회장 대행? 그리고 뭐? 아들?'

성준, 어이가 없어서 혼자 씩씩거리고 있는데 누군가가 성준의 어깨를 건드린다. 인상을 쓰고 돌아보면 이재원과 윤영국, 그리고 김성배다. 고교 시절부터 친하게 지내온 세 사람 중 김성배는 서울 지방법원 현직 판사이고, 윤영국은 컴퓨터공학자이자 대학교수다. 정통보수 인터넷 신문사를 경영하고 있는 이

재원은 성준과 오래전부터 단짝이었다.

"어, 왔냐? 다들 바쁠 텐데…."

그 말에 세 친구, 얼굴을 찡그린다.

"말 같은 소리를 해라, 인마. 아버님 돌아가셨는데 당연히 와야지."

"그럼!"

친구들, 빈소에 들어가 인사를 나누고 한 상에 모여 앉는다.

"성준, 한잔해라. 성배, 영국도 잔 받고. 아버님을 위해서 건배하자."

"그래, 재원은 내가 따라 줄게."

성배가 마지막 남은 이재원의 잔에 술을 따르면, 모두 진지하게 건배를 한다.

"저희 모두의 아버님이자 인생의 멘토였던 고 김영원 회장님!"

"감사했습니다!"

"시시때때로 저희에게 가르쳐 주신 거 평생 잊지 않겠습니다!"

"…."

"야, 너도 한마디 해야지, 아버님한테."

성준, 마지못해 한마디.

"이젠 편히 쉬세요."

"아이, 자식. 꼭 어긋나가요."

"자자, 건배!"

"건배!"

네 사람 잔을 부딪힌 후 잔을 쭉 들이켠다. 돌아보니 바로 옆에 의원과 일행들이 앉아 있다. 순진한 윤영국이 보고 놀라서 입을 연다.

"저 사람, 이해중 의원 아니냐?"

"맞아. 요즘 대선 출마 선언한다고 떠들썩하잖아."

"그런데 저 사람이 아버님 빈소에는 왜 왔지?"

하면서 성준을 바라본다. 옆에 있던 재원이 답답하다는 듯 입을 연다.

"대선 후보도 대선 후보 나름이지. 악취가 풀풀 나는 저런 늙은 여우가 착한 일 하려고 여기까지 왔겠냐?"

"그래도 아버님이나 애들하고 좀 안면이 있어야 올 수 있는 거 아냐?"

그 말에 재원, 성준을 돌아본다.

"아버님이 저 사람하고도 아는 사이였어?"

"아니."

"확실해?"

"… 아닐걸."

"이 자식은 아버님에 대해서 아는 게 없어. 아들이란 놈이…."

성준, 뭔가 불편한 표정으로 짧게 답한다.

"아까 보니까 성아 남편이 나와서 인사를 하더라고."

성배와 영국의 눈이 휘둥그레진다.

"성아 남편? 조인국 전 청장?"

"보기보다 세게 노는데?"

재원이 성준을 놀리듯 쳐다본다. 성준, 미간을 찌푸리며 재원을 본다.

"또 뭐어?"

"내가 늘 느끼는 건데 말이야. 가만히 보면 조 청장이 성준이 너보다 재주가 좋다니까. 장례식장이 엄청난 정치판인 거 벌써 딱 아는 거야. 저 사람, 청장 관두더니 아무래도 아버님 회사에 욕심 있는 거 같다."

그 말에 성준, 갑자기 소리를 버럭 지른다.

"말이 되는 소리를 해!"

성준의 목소리에 놀란 조문객들, 성준 쪽을 힐끗거린다. 친구들, 주변의 눈빛을 의식하며 잔뜩 목소리 낮춰서 성준을 다그친다.

"아우, 깜짝이야. 왜 소리를 지르고 난리야!"

"말도 안 되는 소리를 하니까 그렇지. 성아가 있는데, 어디 언감생심."

"애 진짜 이상하네. 너 점점 이상하게 변하는 거 알아? 걸핏하면 신경질 내는 게 암만 봐도 여성호르몬 과다 분비야. 당장 병원 가봐. 확실하다니까!"

"야, 이재원! 너 나가!"

"내가 왜 나가? 내가 너 땜에 여기 왔냐? 아버님 뵈러 왔지!"

이때 술과 안주를 놓으며 웃는 얼굴로 그러나 야무지게 한마디 하는 미주.

"사위는 대선 후보 불러와서 자리 빛내고 있는데 장남은 친구들하고 술 먹다가 언성 높이고, 참 보기가 좋네요."

세 사람, 민망해서 애매하게 웃는데 미주, 성준에게 눈치를 주고, 성준, 알았다는 듯 흥분을 가라앉힌다. 그리고 이내 아무 일도 없었다는 듯 잔을 기울이는 네 사람. 그래도 재원은 할 말다 못 했다는 듯 성준을 아래위로 훑어보고 성준은 조용히 건너편에 앉은 인국을 본다.

# 5

## 조인국

'여전히 속이 보이지 않아, 저 사람은….'

　사실 조인국은 성준이 미국으로 가기 전 마지막까지 이민을 고민하게 했던 인물이기도 하다. 성준이 처음으로 조인국이란 이름을 듣게 된 것은 대학원에서 석사를 마치고 미국 유학을 가기 직전이었다. 하루는 재원에게 전화가 걸려 왔다.

　"야, 너 조인국이라고 알아?"

　흥분된 목소리에 성준은 잔뜩 기대를 갖고 귀를 쫑긋 세운다. 재원은 고등학교 시절부터 학교 소식통으로 유명했다. 세상 돌아가는 일에 관심이 많았던 재원의 귀는 온 세상 소식에 활짝 열려 있었다. 그러더니 사회학, 미디어, 정치학을 놓고 고민을 한 끝에 정치외교학부에 진학했다. 그때부터 대학 4년간 재원은 학교 강의실보다 운동권 서클 사무실을 더 자주 드나들었고, 시위 현장에서 함께 최루탄을 맞은 지금의 아내를 만나 결혼을 한 뒤 미대 출신인 아내의 그림 공부를 위해 유럽으로 함께 유학을 갔다. 그런데 거기서도 한국 돌아가는 사정에 대해서는 친구들 중 누구보다 빨랐다. 성준은 재원이 유럽에 있는 2년 동안 하루가 멀다 하고 한밤중에 국제전화로 재원을 통해서 한국 사회가 돌아가는 소식을 듣곤 했다.

그러다가 그런 재원이 조인국에 대해 이야기를 한 것은 유럽에서 돌아와 한국의 한 신문사 기자로 취직을 한 직후였다. 성준은 이제 재원의 전화 때문에 밤을 새우지 않아도 된다는 점, 그리고 국제전화요금 때문에 부모님 눈치를 보지 않아도 된다는 점에 안도했다. 그래서 마음에 여유를 가지고 재원의 '세상 소식 리포트'를 들어줄 참이었다. 내심 흥분한 재원의 목소리에 무슨 소식일까 기대까지 가졌던 날이었다.

"조인국? 몰라. 누군데?"

"야, 넌 도대체 그 집 아들 맞냐? 당최 아는 게 없어. 집안일에 관심 좀 가져라."

"뭔데? 오늘은 또 무슨 일로 이 난리야."

"그 사람, 성아랑 곧 약혼할 거라는데?"

"아이, 자식, 난 또 무슨 소리라고. 야, 성아랑 약혼한다고 소문난 사람이 어디 한둘이냐? 걔가 좀 사람들 눈에 띄잖아. 야, 니들하고 커피만 한잔해도 성아가 재원이랑 사귄다더라, 영국이랑 약혼할 거라더라, 오죽 시끄러웠냐. 이번에도 그런 비슷한 레파토리겠지."

"이번엔 진짜래. 성아가 프러포즈 했다던데?"

"뭐?"

갑자기 앉음새를 고쳐 앉는 성준, 고개를 천천히 흔든다. 성준이 아는 성아는 결코 그런 성격이 아니다. 그리고 사실 성준이 아는 성아는 결혼에 별로 관심이 없다. 아니, 거의 독신주의에 가깝다. 그런 성아가 프러포즈를 했다는 말에 갑자기 조인국에 대한 관심이 폭발한다.

"그 사람에 대해서 좀 자세히 말해봐."

"이제야 관심이 좀 생기냐, 한심한 놈."

"빨리 말해 보라니까. 너 그리고 이거 사실 아님 내 손에 죽는다."

"이름 조인국, 니 아버지 장학금 받아서 대학 졸업하고 석사·박사 과정까지 마친 경기개발 장학금 1기생. 지금 니 아버지 회사에서 인턴으로 일하고 있고."

"성아랑은 어떻게 만났대?"

"그걸 왜 나한테 묻냐. 성아한테 직접 물어보면 될걸."

"알았어. 전화 끊어!"

"잠깐잠깐! 한 가지 걸리는 게 있는데…."

"뭔데?"

"그 사람, 평판은 나쁘지 않은데, 나이가 좀 많아."

"나이가? 몇 살인데?"

"34살."

"뭐? 34살? 8살이나 많은 남자?"

그 일이 있은 후 며칠 뒤, 성준은 어머니로부터 성아가 곧 약혼할 거라는 이야기를 들었다. 그러고 나서 또 며칠 뒤 양가 가족의 상견례가 있었다. 그 자리에서 조인국을 처음 만났다. 자그마한 체구에 부드러운 인상을 가진 따듯한 성품의 사람 같아 보였다. 동생 성민은 좀 예외였지만 아버지와 성준은 집에서는 좀 무뚝뚝한 성격이라 여자 형제가 없었던 성아는 외로운 편이었다. 성준이 오빠이긴 했지만 쌍둥이인데다가 어렸을 때부터 줄곧 성아가 오히려 성준을 챙겨 주고 편들어 주는 입장이었다. 게다가 딸이었기 때문에 어머니의 굴곡 심한 감정까지 다 고스란히 받아 내고 있었다. 그런 성아에게 인국은 때론 진짜 오빠처럼 때론 연인처럼 성아를 세심하게 챙겨 주는 유일한 존재처럼 보였다.

"오늘까지는 성준이라고 불러도 될까?"

상견례가 끝난 뒤, 조인국이 다가와서 악수를 청했다. 성준을 마치 막냇동생같이 바라보는 그 눈빛이 한편으로는 따듯한 거 같으면서도 어딘가 불편했다. 하지만 성준은 별로 대수롭지 않게 여겼다.

"그냥 편하게 부르세요. 전 아무래도 상관없으니까."

진심이었다. 솔직히 성준에게 인국은 아무런 상관이 없었다. 성준은 성아에 대한 신뢰가 있었다. 성아가 선택했다면 그걸로 그만이라 여겼다. 그런데 시간이 지나면서 성준의 믿음에 이상 신호가 오기 시작했다. 인국은 아버지, 어머니에게 극진했다. 성아에게는 더 말할 나위가 없었다. 그러면서 집안이 조금씩 밝아지는 듯했다. 성준은 다행이라고 생각했다. 그러던 어느 날, 사건이 벌어졌다.

인국을 포함한 온 가족이 모여 오랜만에 식사를 하는 자리였는데, 그날따라 유난히 인국은 성준에게 깍듯하게 존댓말을 했다. 그러자 어머니가 끼어들었다.

"조 서방, 그냥 말도 낮추고 성준이라고 불러. 나이도 한참 어린데."

그러자 아버지가 이내 어머니를 나무라셨다.

"무식한 소리! 1시간을 먼저 태어나도 형은 형이고, 나이가 아무리 어려도 위아래는 분명히 해야지!"

"조 서방 나이가 있잖아요. 곧 마흔이 되는데 아직 결혼도 안한 애한테 형님, 형님 하는 게 듣기 좋아요? 성준이도 불편하지. 안 그러니?"

공이 이번에는 성준에게 넘어왔다. 조인국까지 있는 자리에서 가족들이 우습게 보일까 봐 성준은 상황을 대충 마무리하려고 했다.

"그건 우리끼리 나중에 알아서 할게요."

그런데 아버지 김 회장이 성준을 향해 눈을 부릅뜬다.

"알아서 하긴 뭘?"

그때 인국이 말을 하려고 하는데 성아가 대신 나선다.

"그냥, 이 사람 하던 대로 하도록 두세요. 우리 집 식구들, 정말 남 불편하게 하는 사람들인 거 아시죠? 이 사람 노력하고 있어요. 그리고 진심이구요. 아빠, 엄마, 오빠 모두한테요. 그러니까 고만하세요."

그러자 인국, 괜찮다는 듯이 성아의 손을 꼬옥 잡아 준다. 그러자 어머니가 애정이 뚝뚝 묻어나는 눈빛으로 인국을 향해 다정하게 말한다.

"그래, 우리 조 서방이 어련히 잘 알아서 할 텐데. 내가 괜히 불편하게 만들었네. 어서 식사해."

그때 성준은 처음으로 깨달았다. 아버지까지는 아직 아니지만, 무뚝뚝한 아버지와 성준, 그리고 철부지인 성민으로 인해 외로웠던 어머니의 마음에 인국은 아버지나 성준 이상으로 크게 자리 잡아 가고 있었다.

게다가 학부에서는 생명공학을 전공하고 뒤늦게 농대에 편입해서 임학 분야 박사 학위까지 마친 인국이라면 성아가 아버지 일을 물려받기엔 최적의 외조자가 될 것이다. 성준은 한

편으로 안도했다. 인국의 등장으로 인해 어쩌면 아버지의 일을 물려받으라는 부모님의 집요한 압박으로부터 벗어날 수 있을지도 모른다는 생각 때문이었다.

그 이후론 인국에 대해 다른 생각을 해본 적이 없다. 자신이 하지 못하는 일을 해주는 그가 한편으로는 고맙다고 느낀 적도 있다. 성아가 아버지 사업을 물려받게 된다면 그가 많은 도움이 될 것이라고 생각했다. 그러나 인국에 대한 믿음은 성아를 믿는 믿음에서 비롯된 것이다. 그리고 그 믿음은 지금도 마찬가지다.

'성아가 있으니까 괜찮겠지.'

국회의원과 함께 호기 있게 웃고 있는 인국 그리고 그 옆에 나란히 앉은 성아를 바라보며 혼자 생각하는데 그 순간 성아와 눈이 마주쳤다.

# 6
## 성아의 선택

성아를 생각할 때마다 떠오르는 기억이 하나 있다. 성아의 약혼식을 앞둔 어느 저녁이었는데, 그날은 성아와 성준이 서로에게 마음을 열고 대화를 한 마지막 날이었다.

어린 시절 성준과 성아는 그야말로 하나였다. 초등학교 시절까지는 서로 옷도 함께 입을 만큼 가까운 사이였다. 성아는 성준과 어깨동무를 하고 다니기를 좋아했다. 다소 내성적이었던 성준에 비해 성아는 쾌활하고 사교성이 좋았다. 사춘기 시절, 수줍음 많던 성준에게 있어 성아는 아버지 다음으로 믿을 수 있는 든든한 '백'이었다.

성아는 서울대 음대 작곡과에 거뜬히 붙었지만, 성준은 삼수 끝에 고려대학교의 그해 미달 학과였던 환경공학과에 가까스로 입학했다. 고등학교 시절부터 시작된 반항의 영향이 대입에

치명적인 영향을 미친 것이다.

　부모님 때문이었다. 어머니는 성준에게 집요하게 농대 진학을 강요했다. 성준의 농대 진학은 아버지의 바람이기도 했다. 아버지는 성준이 농대를 나와 아버지의 막대한 사업체를 물려받기를 원했다. 하지만 성준은 아침마다 마당에 쌓인 사람 키 높이의 묘목 더미를 넘어야만 학교에 갈 수 있었던 어린 시절부터 '나무'와 관련된 일은 죽어도 하지 않겠다고 결심했다. 그는 친구들 사이에 짭짤한 알바직장으로 소문났던 아버지 농장 근처도 가지 않았다.

　그는 떠오르는 미지의 분야인 환경공학 분야에 관심이 있었다. 그런 성준을 이해하고 아버지와 어머니에게 성준을 변호해 주었던 유일한 인물이 바로 성아였다. 성아는 성준이 꿈을 이룰 수 있도록 응원했고 성준이 환경공학과 합격 통지를 받은 그날 밤, 성아와 성준은 그들만의 아지트인 다락방에서 밤새 술을 마시고 요란하게 놀다가 술에 취해 잠이 들었다. 이른 새벽, 두 사람을 발견한 아버지와 어머니는 이구동성으로 "니들이 쌍둥이인 건 확실하구나." 하고 말했다.

　반면 성아에 대해서는 아버지와 어머니의 의견이 갈렸다. 아버지는 딸인 성아가 무엇을 하든 아버지의 일과는 상관없이 평범한 자기만의 삶을 누리기를 원했다. 하지만 어머니는 달랐다. 성준이에게 하지 못한 것을 성아에게 강요하기 시작했고,

결국 성아는 아버지와 점점 멀어지면서 외로워하는 어머니의 뜻에 밀려 경영대학원에 입학했다. 하지만 아버지는 그 이후로도 성아에게 '네 삶을 살라고' 하시면서 관심을 보이지 않았다.

성준과 성아의 사이가 멀어지기 시작한 것은 그즈음이었다. 성아가 대학원 졸업이 가까워졌을 즈음 아버지 장학금을 받고 같은 대학의 농대 대학원에서 공부하던 조인국과 가까워지기 시작하더니 졸업도 하기 전에 조인국과 결혼을 하겠다고 선포한 것이었다. 그 이후 성아는 자연스럽게 조인국과 함께 아버지 농장 일에 투입됐다. 둘은 무척이나 행복해 보였지만, 성준은 그런 성아가 낯설게 느껴졌다. 하루는 성아와 술잔을 기울이며 물었다.

"그 사람 니 타입 아니잖아? 그런데 왜 결혼까지 하는데? 꼭 결혼을 해야만 하는 사연이라도 있는 것처럼."

그때 성아가 성준을 물끄러미 바라보았다. 그 순간 성준은 흠칫했다. 이전에 단 한 번도 보지 못한 성아의 낯선 표정. 무엇보다 바로 곁에 앉아 있는데도 천천히 성준으로부터 멀어져 가는 듯한 어떤 서늘함이 느껴지던 표정으로 성아가 말했다.

"같은 날, 같은 시각에 태어났는데 왜 아버지한테는 너밖에 없는 걸까?"

전혀 생각지도 못한 성아의 질문에 성준은 순간적으로 당황했다. 성아가 성준을 '너'라고 호칭하는 경우는 딱 두 가지, 아주 기분이 좋거나 성준이 때문에 화가 많이 났을 때뿐이다. 그러니까 지금 성아는 화가 잔뜩 나서 정말 모르겠다는 듯이 성준에게 질문을 던지고 있었다. 어쩌면 한 번쯤 아버지에게 했다가 호되게 꾸지람을 듣고 다시 접었을지도 모를 질문. 아버지에게서 답을 듣지 못한 성아는 지금 성준에게서 그 답을 찾고 있는 거였다.

"아버지한테 오빠와 나는 전혀 다른 존재야. 오빠는 아버지의 분신이고, 아버지의 삶을 나누고 싶은 존재인데 나는 왜 아닐까, 그 사람이랑 그걸 같이 좀 알아보려고…."

"사랑이 없는 결혼을 하고도 행복할 거라는 확신 있어? 저 사람하고 결혼하면 네가 진짜 행복해질 거라는 자신."

"그놈의 행복…. 행복이 뭔데? 아버지도 그러시더라. 좋은 남자 만나서 행복하게 살라고. 그게 아버지가 나한테 바라는 전부라고. 아들한테는 영혼이 통하기를 기대하면서 딸에게는 겨우 세속적인 행복이나 누리라고 말하는 아버지가 날 얼마나 비참하게 하는 줄 알아?"

"그래서 마음에도 없는 사람하고 결혼하고 불행해져서 아버지한테 복수라도 하겠다는 거야?"

"함부로 말하지 마. 저 사람이 나나 우리 가족 때문에 불행해질 수는 있어도 내가 저 사람 때문에 불행해지지는 않을 테니까."

자신만만하게 말했지만 그 목소리엔 해묵은 슬픔 내지는 외로움 같은 것이 깊이 배어 있었는데, 어딘가 아버지를 향한 배신감을 떨쳐 버리지 못한 어머니에게서 느껴지던 그 외로움이 성아의 목소리에서 배어 나오고 있었다.

"… 나 때문이구나."

"아니, 누구 탓이 아니라 이건 내 선택이야. 나, 여자들이 목숨 거는 그 행복 따위 관심 없어. 이젠 아버지가 너한테만 주고 싶었던 아버지 옆자리, 네가 버리고 간 그 자리, 나도 당당히 서 있을 수 있다는 거, 그럴 자격 있다는 거 반드시 보여줄 거야."

성아는 자신을 인정해 주지 않는 아버지에게 '틀렸다'고 말하기 위해서 자신의 인생을 내던지기로 한 것이다. 그런 성아를 보며 성준은 처음으로 자신의 존재가 싫었다. 그리고 성아에게 한없이 미안했다.

그날 이후 두 사람은 가급적 서로를 피했다. 성준은 조인국과 지나치게 행복한 척하는 성아에게 연민을 느꼈다. 그 이후 지금까지 성아는 성준에게서 의도적으로 멀어져 갔고, 성준 역시 관계를 회복하기 위해 어떤 시도도 하지 않은 채 자기 자리에 서서 멀어져 가는 성아를 바라보고 있다. 늘 한 가지 바람을 품고서.

'뭘 하든 행복해라. 너랑 같은 날 태어난 건 내 인생 최고의 행운이다.'

이해중 의원이 뭔가 말을 걸자 성아가 눈빛을 거두고, 성준도 다시 친구들과 술잔을 기울인다.

# 7
## 반전, 성민의 구속

"야, 형들, 다 모였네!"

성민이 성준의 친구들을 보고 환한 표정으로 다가온다. 성준의 친구들, 성민을 반갑게 맞고 성민은 그런 성준과 성준의 친구들 사이에서 마냥 어린아이처럼 해맑다. 어릴 적부터 성민은 늘 성준을 졸졸 따라다녔다. 자연 성민은 재원, 성배, 영국에겐 친동생이나 다름없는 존재가 됐다. 특히 외아들인 영국은 성민과 전공도 같아서 여간 살갑지 않다. 오늘도 성민은 영국 옆에 앉아 술잔을 기울이기 시작한다. 그런데 이때 입구가 소란해지면서 양복 차림의 남자 서넛이 신발도 벗지 않고 빈소로 올라온다.

"저놈들 뭐야?"

하면서 성준이 일어나자 친구들, 성민, 인국이 자리에서 일어나 앞으로 나온다.

"당신들 누구야? 뭔데 여길 함부로!"

"고 김영원 씨가 국가보안법을 위반했다는 정황이 드러나 수사가 시작됐으니 협조해 주십시오."

"뭐? 뭐라고? 지금 돌아가신 분 장례식에 난입해서 뭐? 보안법 위반?"

"말이 되는 소리를 하세요! 지금이 무슨 쌍팔년도도 아니고. 무슨 말도 안 되는 소립니까? 그리고 저희 아버지 돌아가셔서 장례식 치르는 거 안 보입니까?"

성준, 성민, 친구들, 그리고 조인국, 합세해서 펄펄 뛰는데 사내들 꿈쩍도 하지 않고, 맨 앞에 선 사내, 들고 온 한 장의 서류를 꺼내면서 좌중을 훑어본다.

"관련자들의 증거 인멸 가능성이 매우 높은 긴급 수사 대상이니 이해해 주십시오. 그리고 오늘 자정 0시를 기해서 김영원 씨 자택과 회사에 대한 긴급 압수 수사가 진행될 예정입니다."

"압수 수사요?"

성아가 반문했지만 사내들 거들떠보지도 않고 성민을 보더니 핸드폰을 켜서 핸드폰 속 성민의 얼굴과 대조한다.

"웨이팅포유 대표 김성민 씨 맞습니까?"

"네, 그런데요?"

"당신을 김영원 씨와 공모한 혐의로 구속합니다."

형사 1이 구속 영장을 보여 주는 사이 사내들 다가와 성민의 손에 수갑을 채우며 피의자의 권리를 읊기 시작한다. 이때 성배가 나서며 판사 신분증을 보여 준다. 경찰, 놀라서 쳐다보는데.

　"돌아가신 김영원 회장님은 업계는 물론 학계, 정치계에서도 존경받던 분입니다. 대체 이분을 국가보안법으로 고소한 사람이 누굽니까?"

　"국정원입니다."

　"뭐요?"

　성배, 표정이 굳는다. 성준, 어이가 없어 성민을 본다.

　"너 대체 무슨 짓을 한 거야?"

　"내가 하긴 뭘 해! 내가 사업을 하다가 실패한 적은 있어도."

　"그냥 있는 정도가 아니지! 너 때문에 아버지하고 내가 곤란해진 게 어디 한두 번이야?"

　"그래, 그렇다고 쳐! 그래도 국가보안법 위반은 아니지!"

　그 말에 성준도 더 할 말이 없어 머뭇거리는데, 사내들, 성민을 끌고 간다.

　"형! 나 정말 억울해! 어떻게 좀 해봐, 형!"

　꼼짝 못 하게 끌고 가는 형사들 일행을 막아선 것은 뜻밖에도 송 여사였다.

　"성민아! 성민아!"

"어머니!"

"니들 뭐 하는 놈들인데 내 아들 손에 수갑을 채워! 당장 이거 풀어!"

난감한 표정의 형사, 서로 눈빛 주고받으면 두 사람은 성민을 끌고 나가고 두 사람은 어머니를 제지한다.

"놔, 놔라, 이놈들아. 이거 놓으라구!"

하더니 그 자리에 주저앉는다. 성아와 인국이 달려가서 어머니를 부축하고, 빈소를 찾아온 이들도 삼삼오오 모여서 수군덕대기 시작한다. 순식간에 아버지 빈소는 난장판으로 변하고 성준의 머릿속이 하얘진다.


'국가보안법 위반'이라는 말이 성준에게 완전히 생소한 말은 아니었다. 두어 달 전쯤 성민이 영상통화를 하자고 하도 졸라서 줌으로 잠깐 이야기를 한 적이 있었다. 성민과의 모든 대화는 성준이 가장 싫어하는 '뜬금없는 말'로 시작됐고, 성준은 그 때문에 피곤하고 짜증스러웠다. 그날도 예외는 아니었다.

"형, 몰랐지? 내가 형 옆집 사는 거?"

"쓸데없는 소리 하려면 끊어. 나 바빠."

"형 옆집에 정말 무료해 보이는 50대 백인 부부가 살더라."

그 말에 성준의 눈이 휘둥그레졌다.

"어떻게 알았어?"

"거기 사니깐 알았지. 형 옆집에 산다니까."

"헛소리 고만하고 빨리 말해. 너 아버지 돈으로 또 엉뚱한 짓 벌이고 있는 거냐?"

"아이, 무슨 소리야. 이번에는 아버지가 먼저 하자 그랬어."

"아버지가? 그 몸으로 무슨 일을?"

무슨 일일까. 최근에는 그 어떤 일에도 관심을 보이지 않던 아버지였다. 이미 삶의 의욕을 다 잃어버리신 건 아닐까 걱정될 정도였던 아버지가 무슨 일을 하고 싶어 하셨던 것일까.

"아버지 평생소원. 아버지가 어렸을 때 살던 고향에 가보고 싶다고 하셔서 가상현실 기술에다 메타버스 기술을 좀 조합해서 아주 재미있는 시스템을 하나 개발했어. 그 프로그램이 미국 거라, 형 정보 입력 좀 하니까 줄줄 나오던데. 그걸로 형 동네도 좀 훔쳐봤지. 얼마 전에 형하고 형수가 그 집 부부하고 마신 와인 칠레산 카비뇽이잖아. 브랜드가 에스… 뭐였는데."

"그런 기술을 개발했다고? 그것도 너하고 네가 모은 그 오합지졸이?"

"왜 이래. 우리 회사 개발팀 애들, 이래 봬도 실리콘 밸리에서 난다 긴다 했던 애들이야. 특히 장진수라는 친구가 있는데 아주 마음에 들어. 나하고 말이 통하는 유일한 친구지. 그리고 극비라서 자세한 설명은 못 하겠지만, 암튼 이 기술은 실리콘 밸리에서도 거의 미지의 분야인데, 성공하기만 하면 아주 저렴한 비용으로 미국도 가고 우주도 가고 다 할 수 있어. 일런 머스크 저 사이코처럼 스페이스 엑스인지 뭔지 하면서 수조 원대 돈 쓰지 않아도 갈 수 있는 시대가 열릴 거라고!"

"또 시작이네, 또 시작이야. 그동안 아버지 돈 날린 것도 부족해서 아버지 남은 재산 다 말아먹으려고? 좋은 말로 할 때 당장 그만둬. 그리고 아버지 몸도 안 좋으신데, 괜한 기대 하게 하지 말고!"

"진짜라니까! 이 기술이면 북한을 가상현실로 가보는 건 정말 식은 죽 먹기야. 그리고 위성으로 보니까 아버지 고향은 백두산 근처 삼수갑산이라는 오지라서 지금도 별로 변한 게 없더라고. 우리 목표는 두세 달 안에 아버지를 고향으로 보내 드리는 거야."

"허풍 떨지 마. 여기 실리콘 밸리에서도 아직 그 정도까지는 멀었어. 그리고 북한 관련된 거 함부로 손댔다간 된통 걸린다. 국가보안법 위반이니 뭐니 해서."

"아이구, 국가보안법 한번 걸려 봤으면 좋겠네. 스펙터클하게. 걱정 말아. 회사는 일본에 있는 아버지 친구 거로 등록해 놨으니까. 이번에 보니까 아버지 완전 새가슴이더라구. 아직도 한반도는 정전 상태라서 언제 무슨 일 터질지 모른다고. 그런데 이제 보니 형도 똑같네."

"일본 아니라 화성에다 올려놔도 걸고넘어지면 빠져나오기 어려운 게 대한민국 국가보안법이야. 너 쓸데없는 짓 하지 말고 당장 그만둬!"

"여기 걱정은 접어 두시고 형 걱정이나 해. 옆집 남자 토니던가? 그 사람이 자기네 세스나 쌍발기 같이 타자고 해도 절대 타지 마. 그거 56년도 모델이야. 반세기도 더 된 골동품이라고!"

"시끄러워! 너나 그만해, 자식아!"

성준은 고함을 치고는 통신을 끊어 버렸다. 그러곤 잊었다. 성민의 성격상, 얼마 안 가 이런저런 핑계를 대며 하던 일 접을 게 분명했기 때문이다. 단지 그 일로 실망하실 아버지가 조금 걸렸을 뿐이다.

"그랬는데, 그 말이 사실이 된 거네."

재원이 심각한 표정으로 성준을 본다. 장례식을 마치고 급히 성민을 면회 온 성준과 친구들, 성민이 면회실에 나오기를 기다리며 대충 성준에게 이야기를 전해 듣는 중이다. 그때, 면회실로 들어서는 성민, 낯선 사내와 동행이다. 구속된 지 몇 시간 만에 눈두덩이가 퀭해졌다. 성민은 간절한 눈빛으로 성준을 쳐다보지만, 화도 나고 측은하기도 한 성준, 눈빛으로 옆에 있는 사내를 가리키면 성민, 사내를 성준 일행에게 소개한다.

"이쪽은 매형이 보낸 변호사님. 이 분야 전문가래."

"자유법인, 권혁수 변호삽니다."

"아, 네네. 잘 부탁드립니다."

성준과 친구들이 인사를 하자 성민, 동행한 사내를 보며 알겠다는 듯 고개를 끄덕이고 나간다. 성준과 재원, 성민을 의심스럽다는 듯이 보자 성민, 성배와 영국에게 매달린다.

"형들, 나 정말 억울하다구. 국가보안법 위반이라니? 말도 안 돼! 성배 형! 나 이러다 정말 어떻게 되는 거 아냐?"

"너무 걱정 마라. 잘못한 게 없는데 지들이 뭐 어떻게 하겠어?"

"아니야, 돌아가는 분위기가 심상치가 않다니까. 검사 쪽에서 최대한 공판을 빨리 열어 달라고 요청했대."

"뭐? 구속된 지 몇 시간 됐다고 벌써 공판 얘기가 나와?"

친구들, 어이없어 서로 쳐다보는데 영국이 차분하게 입을 연다.

"그게 뭐든, 아무래도 이상해. 석연치 않은 게 많아. IT 개발자들이 구속되거나 할 때는 대개 경쟁업체가 있지. 거기서 기술이 유출됐다거나 저작권을 침해했다거나, 뭐, 그래서 소송을 하거나 급하면 가처분 신청을 하거나 하거든. 그러면 이건 민사 사건이잖아? 그런데 왜 국정원이야?"

"그렇지, 내 말이."

성배가 맞장구를 치며 말을 잇는다.

"아버님을 명백한 현행법으로 확신하고 성민을 구속 수사하기로 했다면 이 두 사람이 고의적·악의적으로 국가보안법

을 어겨 가며 반국가적인 행위를 했다는 명백한 증거가 있어야
돼. 그런 거 없이 구속 수사까지 하는 건 불가능하거든. 국정원
새끼들 도대체 무슨 속셈이야. 그놈들이 쥐고 있는 패가 뭐야,
대체."

"권 변이 일정을 늦추고 구속 수사에 이의를 제기하겠다고
했어."

"변호사는 믿을 만한 사람이야?"

"매형이 잘 아는 사람이라고 하니까 일단 믿어 봐야지."

성준은 기다렸다는 듯이 성민을 다그친다.

"너 그 웨이팅포유인지 뭔지 그 프로그램, 나한테 이야기한
거 말고 뭐 딴 거 더 있어? 정부 기밀 사항 같은 거 손댔거나 그
런 거 있냐구!"

"정부 기밀에 내가 어떻게 손을 대?"

"니가 그랬잖아. 북한 땅이 뭐 창문 밖 풍경처럼 훤히 보인다
고!"

"그거야 그렇지만, 그게 문제가 되면 나보다 구글 같은 회사
가 먼저 어떻게 됐어야지."

"성민이 말이 맞아."

IT분야 전문가인 영국이 다시 맞장구를 친다.

"아직 개발 중인데다가 대외적으로 발표도 되지 않은 프로그
램에 대해서 국정원이 왜 개입을 하느냐는 거야. 프로그램까지

압수하고. 연구 과정 자체에 명백한 국가보안법 위배 요인이 있다는 건데, 그 프로그램 성격이 뭐야? 증강현실? 인공 지능? 아님 메타버스?"

"그 모든 것에 사물 인터넷까지."

"뭐?"

전혀 상상하지 못했다는 듯 영국의 눈이 휘둥그레진다.

"어떻게 그게 가능하지?"

"원래 이론적으로는 가능해요. 미국에서 논문도 여러 편 나왔고, 실리콘 밸리에서도 몇 년 전부터 시도한 팀들이 좀 있어요. 그런데 타깃이 뭐냐에 따라서 스펙트럼이 어마어마하게 다양한데, 그동안은 연구 초기라서 히트작이 없었던 거죠. 그런데 이번에 전 세계에서 단 10명만 참여하는 극비 프로그램을 통해서 제가 개발한 웨이팅포유는, 방대한 자료를 초고속으로 처리해서 완전히 생생하게 어떤 현장이나 인물의 과거를 복원해 내는 데 성공했거든요. 지금 시범 운영 중인데 정말 끝내준다니까요. 출시되고 나면 형들도 아마 깜짝 놀랄걸요."

재원, 성배, 영국, 경탄의 눈빛으로 고개를 끄덕이는데, 성준, 분위기를 깬다.

"그때 또 놀랄 심장이 남아 있을까? 그리고 그 잘난 프로그램이 세상에 무사히 나오기는 할까?"

"내가 여기서 나가는 대로 곧 출시하려고 준비 다 해 놨다니까!"

"그렇게 쉽게 내보내 줄 걸 왜 구속했겠냐? 국가보안법 위반이 장난인 줄 알아? 그리고 국정원이 어떻게 니 회사 속사정을 알았는지 그걸 먼저 생각해야지, 이 등신아! 아무리 봐도 니가 철석같이 믿는 드림팀 중의 어느 놈이 경쟁업체에 정보 유출한거지. 그 경쟁업체는 악의적으로 부풀려서 국정원에 제보하고."

"뭐? 정보 유출?"

"그래, 그렇지 않고서야 국정원이 무슨 경쟁업체도 아니고왜 널?"

"이 분야는 아직 국내에 경쟁업체가 없을걸?"

영국이 차분하게 말한다.

"그럼 내부에서 국정원에 직접 정보 유출을 했다는 거야?"

"그랬는데 국정원에서 국가보안법으로 고소를 한 거네. 왜?"

성배가 이해가 안 된다는 듯 대꾸하자 재원의 눈빛이 예리하게 빛난다.

"잠깐! 잠깐! 이거 아무래도 낌새가 이상한데? 얼마 전에 우리 기자가 비슷한 사건을 물었다가 놓친 적이 있거든. 아무래도 성민이가 국정원 공작에 걸린 거 같다."

모두 놀란 표정으로 보는데 이때 성준의 전화벨이 울린다.
성아다.

# 8

## 사라진 아버지의 유산

"집에 잠깐 와 줬으면 좋겠는데."

성준과 성아는 서로에게 자신의 감정을 내보이지 않고 살아온 지 30년이 넘었다. 그런데 오늘 밤 성아의 목소리에는 어딘가 절박함 같은 것이 묻어났다.

'무슨 일일까?'

오늘 밤 자정에 시작될 압수 수색 때문은 아닐 것이다. 회사와는 전혀 관련이 없는 성준을 부를 이유가 없기 때문이다. 성준은 잠시 망설이다가 집으로 향한다. 분명 성준이 모르는 다른 일이 벌어진 것이 틀림없었고 그의 예상은 적중했다.

"아무래도 회장님 재산의 일부가 사라진 거 같습니다."

가족들이 다 모인 자리에서 뜻밖의 말을 던진 사람은 사촌 동생인 박상규다. 그는 아버지의 고문 변호사다. 그가 변변치 않은 학벌과 경력에도 불구하고 그 중책을 맡게 된 것은 순전히 어머니 때문이었다. 박상규는 어머니의 수족이었다. 어머니는 그를 통해 회사의 자산을 정리했고, 그 과정에서 쓸 만한 땅과 건물은 어머니와 성아에게 넘어오도록 했다. 얼마나 알뜰하게 챙겼던지 막상 아버지가 돌아가실 때가 되었을 때 별도로 재산을 분배할 필요가 없을 정도였다.

회사를 제외한 남은 재산 중 절반은 어머니에게, 나머지 절반은 세 자녀에게 균등하게 배분한다는 것이 유언장 내용의 전부였다. 모든 것이 어머니 뜻대로 이루어졌다. 적어도 그렇게 알고 있었다. 그런데 아버지의 재산을 정리하는 과정에서 상당액의 재산이 사라졌다는 사실이 밝혀진 것이다! 어머니와 성아, 인국의 얼굴에 당황하는 빛이 역력하다. 송 여사가 박 변호사에게 꼼꼼히 묻는다.

"언제쯤 일어난 일이야?"

"성아가 자금 관리 쪽에서 홍보 이사로 자리를 옮기면서 제가 회사 자금 관리를 맡았고 그 뒤에 자금 상황을 파악하느라 약 1년 정도 시간이 걸렸는데, 그즈음인 거 같아요. 넓게 보면 1989년부터 1992년 사이?"

"그때라면… 수용 대금이 잘못된 건가?"

"아무래도 그런 거 같아요."

그 시기 아버지의 양묘장은 종종 국가에 강제 수용 되곤 했는데, 그때 수용된 토지 대금 중 상당 부분이 회사로 들어오지 않았고, 그중 경기도 광주에 있던 가장 넓은 땅은 수용되기 직전에 매각을 했다는 사실이 드러난 것이다. 어머니 송 여사가 부들부들 떤다.

"어째 니 아버지가 잠잠하다 했어. 내가 뭘 하겠다고만 하면 버럭 화를 내던 양반이 갑자기 그 무렵부터 조용해져서 큰 병이 들었나 했잖어. 그때? 그러면 그렇지. 회사를 고이 니들한테 넘겨줬겠니. 필요한 돈 미리 다 빼내고 껍데기만 넘긴 거야."

"어딘가 요긴히 쓰실 데가 있었겠죠."

성준을 의식한 조인국이 아버지를 두둔하고 나섰다. 그러자 어머니가 더 화가 나서 펄펄 뛴다.

"쓸 데가 있긴 하지. 평생 번 돈 다 갖다줘도 아깝지 않은 사람이 있긴 하잖아. 그 돈을 우리한테 주고 억울해서 어떻게 눈을 감았나 몰라."

"북한에 있는 가족에게 보냈다고 보기엔 금액이 너무 커요."

"무슨 소리니. 대체 금액이 얼마나 되는데?"

송 여사의 목소리가 떨렸다.

"최소 500억 이상입니다."

"뭐? 그렇게 큰돈을 빼돌렸단 말이야?"

그 말에 꾹 참고 있던 성준이 끼어든다.

"그만 좀 하세요, 제발! 아버지가 남의 돈 훔쳤어요? 아버지가 번 돈 아버지가 좀 쓰면 어때서 그래요? 그 돈 아니어도 어머니 이때껏 편하게 먹고사셨고, 돌아가실 때까지 돈 걱정 안하게 해 주셨잖아요? 그런데도 돈 때문에 아버지를 꼭 그렇게… 그렇게까지 몰아붙여야 속이 시원하겠어요?"

"넌, 내가 지금 돈 얘기 하는 걸로 보이니? 니 아버지 얘기 하는 거야. 끝까지 날 속이고 날 바보로 만든 괘씸한 니 아버지 이야기 하는 거라고!"

"어머니도 할 만큼 하셨잖아요!"

갑자기 방 안 공기가 싸늘하게 식는다.

"아버지는 어머니가 회사 안에서 무슨 짓을 하는지 다 알면서도 모르는 척해 주셨을 거예요. 그러니까 어머니도 제발 모르는 척하세요. 그리고 이럴 시간에 성민이한테나 좀 신경 쓰시죠. 아무래도 제대로 걸린 거 같으니까."

"무슨 소리야?"

어머니가 놀라서 묻는다.

"무슨 소리인지는 여기 계신 분들이 지금부터 알아봐야 할 거 같은데요?"

"너하고는 상관없다 이 말이냐?"

"말했잖아요. 장례식 끝나는 대로 떠날 거라고. 장남이라는 이유로 골치 아픈 집안일 처리하는 것도 이제 지겨워요."

성준, 말을 마치자마자 자리를 박차고 일어난다.

"성민이 일이라도 끝내고 가면 안 돼?"

성아다.

"지금 너무 많은 게 한데 얽혀 있어. 성민이 구속에, 아버지 보안법 위반도 그렇고, 또 사라진 엄청난 아버지 유산까지. 분명 뭔가 있는 거 같은데 그게 오빠하고는 전혀 상관이 없을까?"

기어이 간절함 뒤에 숨어 있던 성아의 의혹이 드러난다. 성준, 천천히 성아에게 다가가 거의 성아만 들을 수 있을 정도의 낮은 목소리로 말한다.

"아버지 옆에 그렇게 오래 있었으면서 아버지 마음을 모르겠어? 아버지는 평생을 바쳐 얻은 모든 걸 다 우리한테 주고 가셨어. 박 변호사가 찾아내지 못한 그 돈도 분명 우리를 위해 어디엔가 쓰셨을 거고. 무엇보다 아버지가 살아 계셨다면 무슨 수를 써서라도 성민이 당장 집으로 데려왔겠지? 이제라도 진짜 아버지 인정 받고 싶다면 아버지처럼 하면 돼."

말을 마친 성준, 돌아서서 집을 나온다. 멀어지는 성준의 뒷모습을 보는 성아의 눈빛이 착잡하다.

# 9

## 사라진 유산, 성준의 발목을 잡다

성준, 거의 파김치가 되어 택시를 타고 호텔로 돌아온다. 시계는 어느덧 자정을 가리키는데 호텔 로비에서 이재원이 그를 기다리고 있다.

"내일 출국할 거냐?"

"어, 그거 물어보려고 지금까지 기다렸냐?"

"아니, 너 가기 전에 꼭 할 말이 있어서. 실은 아버님이 돌아가시기 사흘 전쯤 뭘 보내셨더라고. 네가 한국에 오면 전해 달라고 하시면서."

"아버지가, 너한테?"

순간, 박 변호사가 말했던 아버지의 사라진 500억이 성준의 뇌리를 스쳐 지나간다.

"그게 뭔데? 뭐, 은행 금고 열쇠 뭐, 그런 건 아니지?"

"나도 첨엔 그런 건가 했는데, 짧은 메모 한 장뿐이었어."

재원은 주머니에서 편지 봉투 하나를 꺼내 성준에게 전달한다. 편지 봉투에 '이재원 사장'이라고 쓴 아버지의 정갈한 글씨체가 눈에 들어온다. 성준, 급히 편지 봉투를 열어 안에 있던 종이를 펼쳐 읽어 내려간다.

"이 사장, 성준이가 한국에 오면 아래 주소에 꼭 한번 데려다주시게나. 경기도 용문면 산 100-1번지?"

"네가 오기 전까지는 말하지 말라고 신신당부를 하셔서 미리 말은 못 했고, 그사이 이 땅에 대해서 좀 알아봤는데 한 해외 교포 소유로 된 땅이더라구."

성준, 도무지 모르겠다는 표정으로 종이만 뚫어져라 보고 있다.

"이 간단한 걸 왜 굳이 너한테 부탁하셨을까?"

"그럴 만한 이유가 있겠지. 아버님이 어디 보통 분이시냐. 내일 저녁 비행기지? 아침 일찍 가보는 게 어때? 혹시 아냐? 여기에 아버님과 성민이 무죄를 입증할 중요한 단서가 있을지…."

재원의 마지막 말에 성준의 눈빛이 흔들린다.


이튿날 새벽, 성준은 재원의 차를 타고 용문을 향해 출발했다. 성준의 가슴에 묵직한 의문이 밀려든다. 그랬다. 아버지는 살아 계실 때부터 성준의 커다란 물음표였다. 마지막 통화 때까지 아무 말 없었던 아버지가 왜 이 낯선 주소를 남긴 것일까. 가족들 몰래 재원에게 맡겨둔 이 낯선 주소에 숨겨진 아버지의 비밀은 무엇일까.

심란한 마음을 달래려고 창밖으로 눈을 돌리는 성준. 그런데 차가 서울을 빠져나와 한적한 시골길로 접어들 무렵, 마치 데 자뷔처럼 어디선가 본 듯한 익숙한 풍경이 이어진다.

"여기가 어디쯤이지?"

"양평. 20분이면 도착이야."

바로 그때, 성준의 눈에 익숙한 음식점 간판이 스쳐 지나간 다.

"옥천고읍냉면? 방금 지나쳐 온 데가 옥천고읍냉면 맞지?"

"어, 그럴걸. 거기 서울까지 소문난 맛집인데. 왜?"

순간, 오랫동안 빗장이 걸려 있던 비밀의 문이 열리면서 까마득한 옛 기억 하나가 살아난다. 성준은 코흘리개 시절부터 주말이면 아버지와 함께 이 길을 오갔었다. 그때 아버지와 함께 들르곤 했던 허름한 냉면집이 있었다. 아버지는 북한에 사실 때 어머니가 해주곤 했던 냉면 맛이 난다면서 심심한 맛의 물막국수를 국물까지 깨끗이 비우고 성준은 두툼하고 커다란 고기 완자를 말끔히 먹어 치우곤 했던 곳, 바로 그곳이 옥천고읍냉면이다.

그렇게 배를 채운 뒤에는 근처에 있는 아버지 농장에 가서 아버지가 사람들에게 농장 일을 지시하면서 농장 전체를 돌아보시는 동안, 성준은 일하는 아주머니들에게 롯데 껌을 하나씩 나눠 드리곤 했었다. 아버지의 첫 양묘장이기도 했던 그 산에서 아버지는 무척이나 행복하고 활기찬 모습으로 성준의 기억에 남아 있다. 하지만 얼마 뒤 그 농장에서는 성준의 가족이 기억하고 싶지 않은 불행한 일이 벌어졌다. 그 사건이 얼마나 끔찍했던지 성준은 아버지가 이 농장에서 얼마나 행복한 시간을 보냈는지조차 까마득히 잊어버리고 있었다.

'설마, 그 농장은 아니겠지?'

하지만 어느새 재원의 차는 오래전 아버지와 함께 드나들던 양묘장 입구에 와서 멈추고 차에서 내려 주변을 돌아보는 성준의 눈에는 아련한 그리움이 밀려온다. 나지막한 나무 묘목으로 덮여 있었던 일대는 울창한 아름드리나무 숲으로 변해 있다.

"여기가, 확실해?"

"내비 따라 왔으니까 맞을 거야. 아는 곳이야?"

"아마도⋯."

"아직 시간 있으니까 천천히 둘러보고 나와. 난 차에서 한숨 자고 있을 테니까."

성준, 고개를 끄덕이고는 안으로 걸음을 옮긴다. 아버지의 마음은 성준의 생각이 닿기에는 너무 멀리 있는 것만 같아 마음이 착잡하다. 성준은 아버지의 집착을 이해할 수가 없다. 용문농장은 아버지가 첫 번째로 소유한 묘포장이자 아버지와 어머니의 사이를 결정적으로 갈라놓은 비극의 농장이다. 그런데 얼마 안 가 아버지의 묘포장이 있는 땅이 개발 명목으로 정부에 수용되기 시작했고, 용문농장도 그때쯤 남의 손에 넘어간 것으로 어렴풋이 기억하고 있었다.

'아버지는 왜 이곳으로 날 부른 것일까?'

성준의 기억이 맞는다면 이 안쪽에 자그마한 나무집이 있다. 원래 벌목 장비를 보관하는 창고로 지은 것이었는데, 그 방 천장에는 하늘이 한눈에 들어오는 커다란 창문이 있었다. 코흘리개 시절 성준은 아버지와 함께 그 침대에 누워서 밤에는 쏟아질 듯한 별을 보며 잠이 들고, 아침에는 눈부신 햇살에 눈을 뜨곤 했다. 함박눈이 창문에 쌓일 때면 아버지는 사다리를 놓고 성준은 싸리 빗자루를 들고 지붕에 올라가서 창문에 덮인 눈을 치우곤 했다.

사춘기 청소년이 되기 전까지 성준은 그렇게 아버지와 함께 주말을 이곳에서 보내곤 했다. 거의 반세기 전 기억을 따라 몽환적인 분위기의 숲을 걸어가는데 시야에 오래된 산장이 눈에 들어온다. 기억 속의 산장보다 훨씬 작아 보이는 산장을 향해 천천히 걸어가는데 어디선가 그를 부르는 소리가 들린다.

"성준아!"

처음에는 혼자만의 상상에 골몰해서 잘 듣지 못했다. 아니,

들리긴 했는데 기억 속에서 소용돌이치는 아버지의 우렁찬 음성에 묻혀서 구분을 하지 못했다. 그런데 목소리가 점점 또렷하게 들려왔다. 흠칫 놀라서 주변을 돌아보는 그의 앞에 나타난 낯익은 얼굴, 아버지의 고향 후배이자 평생의 동업자였던 최재복이다.

"재복이 삼촌?"

"생각보다 빨리 왔구나야."

"네에? 제가 여기 올 줄 알고 있었어요?"

"기럼, 니 아브지가 돌아가시구 나믄, 네가 여기 올 거라고 기래서 내가 기다리고 있었다."

성준의 눈이 점점 더 휘둥그레진다.


그날 저녁, 인천공항 국제선의 한 게이트 앞. 성준과 아내 미주 마주 보고 서 있다.

"곧 갈게."

"누가 기다린다고 곧 온대?"

새초롬하게 성준을 흘겨보는 미주. 어느새 환갑을 앞두고 있는 그녀의 그 눈빛은 그녀를 처음 만났던 40년 전처럼 늘 사랑스럽다. 그런 미주와 함께 나이 먹어 가는 게 행복한 성준, 미주를 먼저 보내기 싫은 듯 꼭 잡은 손을 놓을 줄을 모른다. 미주, 천천히 성준의 손을 놓으며 말한다.

"오래 걸려도 좋으니까 당신 동생, 집에 꼭 데려다 놓고 와."

"알았어."

미주, 게이트 안으로 들어간다. 미주가 시야에서 완전히 사라질 때까지 바라보고 서 있던 성준, 비장한 표정으로 돌아서서 밖으로 나와 승차장 인파 속에 섞여서 하늘을 바라보다가 숨을 한번 크게 들이마신 후, 길 건너에 있는 택시에 오른다.

# 10
# 용문산장

성준이 다시 돌아온 곳은 용문면 산 100-1. 오래된 산장에 짐을 푼 성준은 책상 위에 있는 서류 봉투를 쳐다본다. 오늘 아침 산장에서 만난 최재복이 전해준 그 봉투 안에는 오래전 국가에 수용된 것으로 알고 있었던 용문농장의 땅문서와 소유주의 개인 정보가 들어 있다. 소유주는 샘 킴. 아버지가 비밀리에 구입한 호주 시드니 외곽의 한 주택에서 살고 있는 것으로 되어 있는 그 샘 킴의 여권 속 얼굴은 바로 다름 아닌 성준이었다.

그러고 보니 오래전 기억이 떠오른다. 성준이 미국 텍사스에서 박사 학위를 하고 있을 때 아버지가 미국에 잠시 오셨다. 한 번은 어머니와 함께 오셨고, 한 번은 미국을 들러 호주로 여행을 하신다면서 고향 후배들과 오신 적이 있다. 그때 아버지가 이상한 말을 했었다.

"호주가 땅이 넓어서 양묘장 만드는 데 드는 돈이 한국의 10분의 1도 안 되어서 거기 양묘장을 좀 만들었으면 좋갰는데, 그렇게 할라믄 투자 이민 비슷하게 해서 시민권을 따야 되는데 나는 나이가 너무 많아 개지구 안 받아 준다고 하니까니 니 영어 이름으로 좀 하믄 안 되갰니? 너 귀찮게 할 일은 하나도 없지비. 고건 내가 약속하마."

그때 성준은 아버지가 참 이상하다고 생각했다. 마치 그 부탁을 하러 미국까지 다시 오신 것처럼 집요했다. 그런 아버지가 정말 부담스러웠지만, 그 청을 거절하지 못했다. 오히려 장남이면서도 아버지 사업을 물려받지 않은 미안함과 자신이 하고 싶어 하는 공부를 마음껏 하도록 해주신 데 대한 고마움을 이 일로 갚을 수 있다는 생각이 들었다.

그래서 성준은 아버지가 성준의 영어 이름으로 호주에 투자 이민을 할 수 있도록 허락했고, 아버지는 이내 작은 양묘장과 이를 관리할 수 있는 조경 회사를 만들어 일을 시작하셨다. 그런데 아버지는 이 일과 관련해서 또 하나 부탁을 하신 게 있었다.

"이 일은 니 어마이한테는 당분간 비밀이다. 알믄 또 괜한 일 벌인다고 난리 치면 또 집안 시끄러워지니까니 내가 말할 때까지 니 어마이한테는 함구하라."

그런데 얼마 안 가 그럴 필요도 없어졌다. 왜냐하면 아버지는 현지 여건이 생각보다 좋지 않아 이내 사업을 접었기 때문이다. 그리고 성준의 호주 시민권은 혹시라도 나중에 쓸 일이 있을지 모르니 그냥 두었다고 하셨다. 호주에 갈 일도 없거니와 아버지 일에 전혀 상관없이 살아온 성준은 그렇게 자신이 호주 시민권이 있다는 사실조차 까마득히 잊고 살았다. 그런데 그때 만든 성준의 호주 시민권으로 가족들 몰래 용문산장을 사서 최재복에게 맡겨둔 것이었다.

머리가 터질 것 같아 산장 밖으로 나간다. 그런데 언제부터와 있었는지 문 앞 벤치에 재복 노인이 와서 앉아 있다. 성준의 기분을 잘 안다는 듯, 소주병을 내민다. 성준이 받아 한 모금 들이켜자 주머니에서 멸치를 한 움큼 꺼내 벤치 위에 놓는다. 성준, 멸치를 입에 넣고 잘근잘근 씹는다. 재복, 천천히 입을 연다.

"니 아브지, 헐값에 강제 수용 당했던 이 땅을 다시 살라고 광주에 있는 그 넓은 양묘장을 거의 반값에 팔아 치웠디. 그케 다시 손에 넣은 땅을 남한테 넘기려고 그렇게 했간?"

최재복 노인의 낮은 목소리, 성준은 늘 그의 목소리가 어딘가 깊은 산속 계곡을 흐르는 물소리 같다고 생각했다. 날렵하고 훤칠한 키의 아버지가 나무를 닮았다면 최재복 노인은 그 나무를 품어 주는 산 같은 사람이다.

아버지와 비슷한 시기에 이북을 탈출한 최재복 노인은 파주에서 아버지의 고등학교 후배인 정경식 노인을 통해 처음 아버지를 만났다. 그날 이후 최재복은 60년이 넘도록 아버지와 가장 가까이 지내며 아버지가 하는 모든 사업의 손과 발이 되어 주었다. 당연히 성준과 어머니, 그리고 다른 가족들에게도 가족이나 다름없는 사람이었다.

그런데 어머니가 언젠가 아버지가 재복 노인을 시켜서 북한에 있는 아내와 자식에 관한 소식을 수집해 왔다는 사실을 알게 된 이후부터 재복 노인은 집에 오지 않았다. 아버지가 북한에 있는 아내와 아들을 그리워하는 것은 인지상정이지만, 남한에 있는 어머니에게는 못할 짓이라는 생각 때문에 스스로 발길을 끊었다는 사실을 나중에 알았다. 그때부터 재복 노인은 성준의 가족들과 점점 왕래가 소원해졌고, 이후 아버지가 사업에서 손을 뗀 이후에는 거의 만난 적이 없었다.

그런데 아버지는 이 농장을 비밀리에 사들인 후 재복 노인에게 관리를 맡겼던 것이다. 재복 노인은 이 농장의 존재를 어머니에게 끝내 비밀로 하고 싶었던 아버지의 마음을 알고, 쉽지 않은 일을 맡아 지금까지 계속해 온 것이다.

"그런데 그 많던 양묘장 중에 왜 하필 여기일까요?"

성준, 복잡한 눈으로 최재복 노인을 쳐다본다.

"니 아브지 그 깊은 쇡을 내가 무슨 수로 알갔니…. 그건 이제부터 니가 천천히 알아봐라. 성준이 니가 오면 다 알아서 할 거라고만 했으니까니."

재복은 말을 마친 뒤 천천히 일어난다. 그리고 흙냄새와 나무 냄새가 깊이 밴 두툼한 손으로 성준의 어깨를 툭툭 두드려주곤 자리를 뜬다.

홀로 남은 성준은 잠시 고민에 빠진다. 어머니에게 사실을 말해 주고 아버지에 대한 오해를 풀어줄 것인가, 아니면 이대로 조용히 미국으로 갈 것인가. 아버지는 토지 대장과 함께 '이 농장을 맡길 사람이 너밖에 없다'는 짤막한 메모를 남기셨다.

'아버지에게 이 농장은 무엇이었을까.'

풀리지 않는 의문으로 머리가 터질 거 같은 성준, 다시 안으로 들어와 쓰러지듯 아담하고 낡은 침대에 눕는다. 어렸을 때 아버지와 함께 누워서 잠이 들곤 했던 침대가 기억 속 침대보다 훨씬 작다는 사실에 새삼 놀란다. 가끔 아침에 눈을 뜨면 의자에 앉아 있곤 하던 아버지의 모습을 떠올리며 어쩌면 아버지는 어린 성준이 잠든 뒤 침대 옆에 있는 작은 의자에 앉아 밤을 새웠을지도 모른다는 생각을 하니 새삼 아버지가 그리워진다.

오래된 의자에서 시선을 돌려 천장을 보니 창을 통해 달빛이 쏟아져 들어온다. 달빛이 밝은 날에는 별이 잘 보이지는 않지만, 아스라이 보이는 몇 개의 별빛에도 이상하게 마음이 편안해진다. 그리고 오랜만에 아버지의 넓고 따뜻한 품에 안긴 소년처럼 이내 잠이 들었다.

# 11
## 재판 혹은 조작

다음 날 아침, 성준은 요란한 핸드폰 소리에 잠을 깼다. 전화를 받자마자 재원의 다급한 목소리가 들려온다.

"야, 너 지금 어디야?"

"어디긴. 용문이지. 왜?"

"5분이면 도착이야. 당장 튀어나와."

"무슨 일인데?"

"성배한테 연락이 왔는데 오늘 오후 2시에 성민이 공판이 열린대."

"뭐?"

"법원에서 검사 측 공판 일정 요청을 그대로 승인했다던데?"

"그 변호사는 대체 뭘 했대?"

"지금 그걸 따질 시간이 어디 있냐. 빨리 튀어나오기나 해!"

아침부터 성준의 머릿속이 뒤죽박죽이다. 창밖을 보니 멀리 키 큰 나무 사이로 재원의 차가 산장을 향해 달려오는 것이 보인다. 성준, 허겁지겁 옷을 입고 밖으로 나간다.

달리는 재원의 차 안. 성준, 성아에게 전화를 건다.

"어제 출국 안 했어?"

"성민이 오후에 공판인 거 알고 있어?"

"알아. 애 아빠가 잘 처리한다고 걱정 말라던데? 성민이 공판 때문에 출국을 안 한 거야?"

"됐어. 끊어!"

전화를 끊고는 답답한 듯 눈을 질끈 감는 성준. 이번에는 재원의 전화가 울린다. 핸즈프리로 전화를 받으면 성배의 다급한 목소리가 흘러나온다.

"어디야?"

"가는 길. 옆에 성준이 있다."

"성준아!"

"어, 말해."

"그 변호사, 믿을 만한 사람이야? 공판 일정은 물론이고 구속 수사에 대해서 아무런 이의 제기도 안 했다는데?"

"뭐?"

"그 변호사 조 청장이 소개한 사람이라고 하지 않았어?"

"어, IT 분야 소송 전문가라고 소개했다던데, 왜?"

"그러니까 더 심각하지. 그 분야 전문가인 변호사가 이의 제기를 하지 않았다는 사실 자체가 법정에서는 아주 불리하게 작용할 수 있거든. 게다가 검사 측에서 요구한 형량이나 고소장이 아주 살벌해. 일이 잘못되면 보름 안에 성민이가 선고 받고 수감될 수도 있어."

"뭐? 지금이 뭐 5공 때냐? 이런 급한 일정이 어디에 있어? 이건 말도 안 돼."

"그렇다니깐!"

성준, 한숨이 절로 난다.

"일단 오늘 재판 과정을 잘 지켜보고 나서 방법을 좀 찾아보자. 이거 제대로 대응하지 않으면 정말 큰일 날 거 같아. 나도 여기서 알아볼 수 있는 대로 최대한 알아보고 갈 테니까 끝나고 보자."

"그래."


오후 2시. 서울 지방법원 4호 법정. 성준과 재원은 입구에 서 있던 영국과 함께 법정 안으로 들어간다. 텅 빈 방청석 맨 앞줄에 초조한 표정으로 앉아 있던 수경, 성준을 보더니 금방이라도 울음을 터뜨릴 듯한 표정으로 다가온다.

"너무 걱정 말아요. 저놈 사고 치는 게 어디 한두 번이에요?

이번에도 어떻게 해결될 거예요."

"정말 그렇게만 되면 좋겠는데…."

유난히 하얀 얼굴에 깡마른 체격 때문에 예민하고 겁도 많을 거 같은 인상을 주지만, 사실 수경은 가족 중 가장 총명하고 웬만한 일에는 꿈쩍도 하지 않는 강심장이다. 그런 수경이건만, 성민이 백주에 경찰에 끌려와 재판정에 서게 되니 여간 심란하지 않은 눈치다. 사고뭉치 동생 때문에 성준이 괜히 미안하고 면목이 없어 수경을 그냥 지켜보고만 있는데….

이윽고 경찰관과 함께 피고석에 등장하는 성민, 한눈에 봐도 완전 넋이 나간 듯한 모습으로 들어서다가 성준 일행을 보고는 안도하며 자리에 앉는다. 성민을 따라 들어온 권 변호사, 굳은 표정으로 성민 옆에 앉자, 성준과 재원, 그를 주시한다. 판사는 성민에게 피고가 맞느냐고 확인을 한 뒤 곧바로 검사에게 기소 내용을 들어 보자고 한다. 검사의 날 선 목소리가 법정을 싸늘하게 압도한다.

"피고 김성민은 얼마 전 세상을 떠난 김영원의 아들이자 김영원이 주도한 웨이팅포유 프로젝트의 실질적 개발 책임자로서 국가보안에 심각한 위해를 끼칠 수 있는 북한에 관한 정보를 무단으로 사용한 가상현실 프로그램을 개발하는 과정에서 관련 정부 기관의 사전 허가나 검수 등을 거치지 않은 채 거의 완성 단계에서 정상적으로 작동하기 직전 이 사실이 국정원 사이버 감시팀에 적발된 바 있습니다. 참고로 피고 김성민이 개발한 웨이팅포유, 가상현실 프로그램은…."

한창 검사가 논지를 펼치는데 성민이 갑자기 벌떡 일어난다.

"이것 보세요. 수사를 하려면 제대로 해야지! 단순한 가상현실 프로그램이 아니라 실리콘 밸리에서도 성공 못한 포인원테크! 최첨단 프로그램이라니까! 담당 형사는 그렇다 치고, 검사 양반이라도 좀 제대로 알고 말을 해야지!"

"피고! 자리에 앉아요!"

판사가 망치를 두드리며 말리자 성민은 검사를 한심하다는 듯 보다가 도로 자리에 앉는다. 성민의 변호사는 난처하다는 듯 성민을 쳐다본다. 검사, 계속 논지를 이어 간다.

"웨이팅포유 프로그램을 검사해 본 결과, 북한의 한 지역이 생생하게 재현되어 있었습니다. 함께 보시죠."

검사가 리모컨을 누르자 웬만한 5K 화면 못지않게 북한의 삼수갑산 지역이 생생하게 펼쳐진다. 판사는 놀라서 화면에서 시선을 떼지 못하는데, 성민은 환한 표정으로 성준을 향해 손짓을 한다.

"형, 저기가 아버지 고향이야. 그대로더라구!"

"야, 이 정신 나간 놈아. 지금 그게 중요하냐! 가만히 입 닥치고 있어!"

검사의 목소리가 높아진다.

"이곳은 얼마 전 세상을 떠난 피고 김성민의 아버지 김영원의 고향입니다. 마치 가까운 거리에서 보는 것처럼 매우 선명합니다. 그런데 이 프로그램을 활용하면 누구나 북한의 어느 지역도 마음대로 볼 수 있어서 국가보안상 매우 위험합니다. 이런 프로그램이 시장에 출시될 경우의 향후 활용 가능성과 그 영향에 관한 KIST와 서울대학 등 전문가들의 의견서를 제출합니다."

검사는 두툼한 분석 보고서를 판사에게 제출한다. 성민, 놀라서 변호사를 채근한다.

"저 보고서 뭐예요? 언제 우리 프로그램을 분석했다는 거지? 저거 우리도 볼 권리가 있는 거 아니에요?"

하지만 변호사는 요지부동이다.

"볼 필요 없습니다. 제가 봤는데 빠져나갈 구멍이 없어요. 저도 지금 입장이 난처합니다. 청장님 부탁으로 사건을 맡기는 했는데 대체 무슨 일을 벌이신 건가요?"

"벌이긴 뭘 벌여? 당신 내 변호사 맞아?"

성민, 화가 나서 씩씩거리는데 검사의 일방적인 기소가 계속된다.

"그뿐 아닙니다. 이 프로그램은 전 세계 어디서나 접근 가능하도록 되어 있는데, 특히 주인공이 대한민국 국민으로 살아온 지난 60년간의 경험이 모두 들어 있어서 특별히 정부와 일을 했던 20년간의 기록과 정보가 적성국에 들어갔을 경우 한국의 사회정치적 상황을 아주 소상하게 알 수 있기 때문에 국가의 안전에 심각한 영향을 끼칠 가능성이 매우 높습니다. 그리고 마지막으로 피고 김성민은 고 김영원과 함께 북한에 살고 있는 김영원의 아들 김일훈을 수차례 접촉하며 막대한 자금을 북으로 보냈을 뿐 아니라 약 20여 명의 고정간첩들에게 일자리와 은신처를 제공했다는 사실이 최근에 포착되어 그 증거 역시 제출합니다."

순간, 성준이 객석에서 벌떡 일어난다.

"지금 뭐라고 했습니까? 누가 고정간첩에게 아지트를 제공했다는 거야?"

그러자 성민이 덩달아 변호사에게 난리를 친다.

"뭐라고 말 좀 해! 당신 검사하고 한패야?"

판사, 방망이를 마구 쳐서 두 사람을 제압한다.

"조용! 조용! 조용히들 하세요. 이런 식으로 나오면 몽땅 법정모독죄로 처넣습니다!"

차분해 보였던 판사의 입에서 뜻밖의 고성이 튀어나온다. 어느새 성배가 와서 판사와 눈인사를 나누고는 씩씩거리는 성준을 주저앉힌다. 판사, 성준을 한번 흘겨보고는 고개를 돌려 성민에게 경고한다.

"그리고 피고! 한 번만 더 내 허락 없이 입을 열면 검사의 기소로 실형을 받기 전에 법정모독죄로 실형을 받게 될 겁니다. 이거 빈말 아니에요!"

성민, 자리에 앉으며 변호사를 향해 나지막하게 입을 연다.

"당장 나가. 넌 해고야, 새끼야."

변호사, 기다렸다는 듯이 일어나 법정을 나간다. 검사, 드디어 말을 마무리한다.

"이상과 같은 사건의 정황과 전문가의 의견, 그리고 김영원의 오랜 간첩 활동 재원에 관한 추가 혐의로 볼 때 김성민은 분명하고도 명확하게 국가보안법에 위반이 되는 줄을 알면서도 김영원의 사주를 받아 이 일을 함께했던 것이 분명함에도 자신의 죄를 인정하지 않고 반성의 기미가 전혀 없는 바, 국가 안전에 대한 중대한 불이익을 회피하기 위하여 한정된 사람에게만 허용되고 적국 또는 반국가 단체에 비밀로 하여야 할 사실, 물건, 또는 지식을 무단 사용, 유포한 경우에는 사형이나 무기 징역 또는 최소 7년 이상의 징역에 처한다는 국가보안법 제4조 제2항에 의거, 본 검사는 피고 김성민에게 징역 10년 형을 구형하는 바입니다."

성준과 친구들, 놀라서 어이없다는 표정. 피고석의 성민은 놀라서 벌떡 일어나려다가 판사와 눈이 마주치자 부들부들 떨면서 앉아 있다. 판사, 성민에게 말한다.

"피고, 변론할 게 있으면 하세요."

성민, 벌떡 일어나 애써 흥분을 가라앉히며 말한다.

"제가 사용한 모든 정보는 지구상의 모든 사람들에게 오픈된 공개 자료입니다. 반면 검사 측에서 무단으로 압수한 장비 속에 있는 정보들은 제 아버님의 개인 신상에 관한 지극히 개인적인 정보이고요. 그래 놓고 저와 아버지에게 뒤집어씌운 국가보안법 위반은 말도 안 되는 개소리이고요, 오히려 제가 국정원이 개인 재산 침탈과 사생활 침해 및 감찰로 고소를 할 예정입니다. 그리고…."

잠시 목이 메는 듯 말을 멈췄다가 다시 입을 연다.

"돌아가신 제 아버지는 실향민으로 평생 우리나라 산림녹화에 이바지한 분입니다. 좋은 묘목을 싼 값에 정부에 납품했고, 아버지가 제공한 나무들은 지금도 우리나라 전국의 많은 산에서 강산이 세 번이나 바뀌도록 푸르게 자라고 있습니다. 그런 아버지가 평생 그리워한 고향이 바로 백두산 근처 오지인 삼수갑산입니다. 웨이팅포유 프로젝트는 아버지가 돌아가시기 전에 꼭 한번 가보고 싶다고 하셔서 시작된 프로젝트일 뿐입니다. 제가 동원할 수 있는 기술을 최대한 활용해서, 최대한 실감나게 아버지의 고향을 재현하려고 했을 뿐입니다. 그것이 이 프로젝트의 유일한 최종 목적이었다는 점을 참작해 주시기 바랍니다."

그러자 검사가 판사를 향해 질문을 하고 싶다는 뜻으로 손을 든다. 판사, 고개를 끄덕여서 허락한다.

"피고의 말이 사실이라면 프로젝트의 이름을 특별히 웨이팅 포유라고 지은 이유도 설명할 수 있습니까?"

"그건… 아버지가 그렇게 하자고 해서서."

"누군가를 기다린다는 뜻 아닙니까? 무슨 뜻일까요? 그 프로그램을 통해서 만날 북한의 누군가를 기다린다는 뜻입니까? 아니면 북한에서 올 누군가를 기다린다는 겁니까?"

빈정거리는 듯한 검사의 말에 판사 역시 편치 않은 표정. 잠시 검사를 보다 성민에게 말한다.

"피고, 검사의 질문에 답하겠습니까?"

"예, 아버지가 많이 기다리긴 하셨죠."

그러자 검사와 판사의 눈이 반짝하는데, 성민, 찬찬히 숨을 한번 고르고는 드디어 검사를 향해 입을 여는데.

"우리 아버지가 돌아가실 때까지 기다린 건… 바로… 통일이다, 이 새끼야. 그런데 너 같은 놈이 검사를 하고 있으니까 이 나라가 통일이 되겠냐, 이 개자식아!"

하더니 피고석에서 튀어나와 검사를 덮친다. 순식간에 법정이 난장판이 된다. 경찰들에게 제압당한 성민이 퇴장당한 뒤 코피를 흘리는 검사와 텅 빈 피고석을 향해 판사가 겨우 감정을 추스르며 재판을 마무리한다.

"본 건에 관한 판결은 앞으로 일주일 후, 본 법정에서 하도록 하겠습니다. 이상입니다."

선고가 끝나자마자 일행은 빠르게 나와서 법원 앞으로 나간다. 힘없이 막 호송차에 오르는 성민을 발견한 성준, 큰 소리로 외친다.

"곧 변호사 찾아서 면회 갈 테니까 사고 치지 말고 얌전하게 기다려!"

성준의 목소리에 고개를 돌린 성민, 다시 힘을 얻은 듯 활짝 웃어 보이며 차에 오른다. 성준과 일행, 멀어지는 차를 바라보는데, 뒤늦게 나온 성배가 걱정스러운 표정으로 다가온다.

"잠깐 담당 판사 만나 봤는데 최악이야. 빠져나갈 길이 안 보여. 이런 상황이 될 거라고는 상상도 못 했는데."

재원, 영국도 심각한 표정인데 성준은 검사를 덮치던 성민을 생각하며 혼자 실실 웃고 있다. 재원, 그런 성준을 툭 치면서 한심하다는 듯 말한다.

"야, 너 어떻게 된 거 아냐. 지금 이 상황에 웃음이 나오냐?"

"상황은 좀 그렇긴 한데, 자꾸만 웃음이 나오는 걸 어떻게 하냐."

웃음을 참지 못하는 성준을 보며 재원, 성배, 영국의 얼굴에 수심이 깊어 간다. 이때 수경이 다가와 성준에게 인사를 하면서 재빨리 낮은 소리로 속삭인다.

"남편이 아주버님께 보여 드리라고 한 게 있어요."

# 12

# 웨이팅포유 DGX-Z의 비밀

그날 밤, 재원과 성배는 사무실로 돌아가고, 성준은 영국과 함께 수경을 따라 성민의 사무실로 향한다. 혹시라도 있을지 모를 감시망을 피하기 위해 수경과 따로 건물 안으로 들어선 성준과 영국, 사무실 앞에서 수경과 다시 만난다.

"압수 수색 한다고 경찰이 다 가져가 버려서 사무실이 난장판이에요."

수경, 문을 열고 들어가 불을 켜니 사무실 안은 태풍이 지나간 듯 어지럽기 짝이 없다. 사무실 한쪽에는 아이디카드와 생체 인식을 해야만 들어갈 수 있는 연구실이 보인다. 약 10대의 컴퓨터의 초고속 CPU와 고용량 저장 장치는 모두 뜯겨 나가 버리고 모니터만 덩그러니 남아 있는데, 수경, 랩을 지나 작은 창고 안으로 안내한다. 들어가 벽에 걸린 트레이를 밀고 뒤에 있는 버튼을 누르자 벽 한쪽이 미닫이문처럼 천천히 열린다. 놀라는 성준과 영국에게 수경, 차분하게 말한다.

"남편이 만약의 경우를 대비해서 만들어 둔 데이터 백업실이에요. 여기 있는 프로그램이 국내에 하나밖에 없는 시스템이라고 늘 큰소리치긴 했는데."

들어서자 연구실의 좁은 공간 거의 대부분을 차지하고 있는 것은 모니터와 대형 컴퓨터 본체다. 수경과 성준은 멀뚱하니 보고만 있는데 영국, 파워 버튼을 찾아 누른다. 본체가 돌아가는 기계음과 함께 모니터가 켜진다. 장비를 보는 영국의 눈이 휘둥그레진다.

"야… 이거 DGX-Z 같은데…."

"그게 뭔데?"

"엔비디아에서 비밀리에 개발 중인 최신 딥 러닝 프로그램인데 이게 텐서코어라고 하는 엔비디아의 핵심 기술이라, 영상 해상도가 장난이 아닌데다가, 초고속 사물 인터넷을 접목시킨 초인공 지능 구동 프로그램이거든. 일기 예보에서부터 품절 위기 물품 파악, 치매 노인의 행동 예측까지 광범위한 분야의 정보를 처리하고 예측하지."

"그런 엄청난 게 어떻게 여기 있어?"

"엔비디아는 이런 새 기술을 개발할 때 전 세계 개발자들에게 공개해서 자기가 개발하고 있는 프로그램을 테스트도 해볼 수 있게 기회를 주는 대신에 프로그램의 장단점에 대한 리포트를 받아서 계속 자기 기술을 진화시켜 나가거든."

"뭐 하는 데 쓰는 프로그램인데?"

"고급 게임 만드는 데도 쓰고. 맘먹기에 따라선 가기 어려운 곳을 영상으로 생생하게 구현해서 아주 현실감 있는 가상현실을 만들고 있어. 성민이 말대로 북한의 곳곳을 창밖 풍경 보듯 볼 수가 있는 거지. 성민이, 대단한데?"

"봉사 뒷걸음치다 문고리 잡은 거지…."

"그렇게 아무나 가질 수 있는 프로그램이 아니야. 4년 전인가 트럼프가 이란하고 북한의 핵 개발 지역을 감찰하려고 엔비디아가 거의 개발 완료 단계에 있던 최첨단 딥러닝 시스템을 1년 독점 사용 조건으로 사들이려고 한 적이 있었어. 그런데 엔비디아 젠슨 황이 그걸 거절하긴 곤란하고 하니까 슬쩍 이 기술을 유출시켜서 계약을 무산시켰다는 소문이 돌았어."

"총 맞았냐. 수십조짜리 프로그램을 넘기게. 1년 지나면 기술 가치 다 떨어지는 건데 누가 그걸 하겠어?"

"그렇지, 그러고는 그 기술을 다시 극소수의 개발자들에게 이전하고 똑같이 테스트 기회를 줬는데 그게 바로 DGX-Z, 바로 이 프로그램이야. 국내에 그 행운을 잡은 사람이 있다는 것도 학계가 뒤집어질 일인데 그 사람이 바로 성민이라니…!"

"그럼 이걸로 미국에 있는 내 사생활도 볼 수가 있냐?"

"데이터만 있으면 식은 죽 먹기지."

"그러니까 이 프로그램에 아버님에 관한 데이터를 몽땅 넣고는 가상현실을 통해서 아버지를 고향에 보내 드리려고 했다는 건가?"

"그렇지."

그제야 성준은 성민의 손때가 묻은 장비를 바라보며 중얼거린다.

"이런 걸 만들 머리가 있는 놈이 덜미는 왜 잡혀 가지구는…."

"사람을 너무 믿은 죄지. 이건 외부에서는 절대 보안을 뚫을 수가 없어. 그러니까 100% 내부 고발자의 짓이야."

"그놈은 매번 그래. 동업자, 친구 놈들한테 배신당하고 빈털터리 돼서 다시 집으로 기어 들어와서 징징대고."

"그게 이 바닥 생리야. 가까운 사람들이 기술 빼내고, 거래처 가로채고 그래. 하지만 이 바닥은 그게 자본이야. 배신당하면서 내공이 느는 거지."

"그것도 한두 번이지."

"그나저나 이걸 한번 구동해 봤으면 좋겠는데… 그래야 이 속의 데이터에 문제가 있는지 없는지 증명할 텐데…."

"없어요. 아무리 찾아도…."

그제야 성준과 영국은 이 방에 들어온 뒤로 수경이 계속 혼자서 뭔가를 찾고 있었다는 사실을 눈치챈다.

"제수 씨, 뭐 찾아요?"

"남편이 아버님께 갈 때마다 들고 다니던 오래된 노트북이 있었는데, 그게 안 보여요."

"그게 왜요?"

"그걸 찾아 드리라고 했거든요. 아버님이 첨단 컴퓨터는 다 루실 줄을 모르시기 때문에 아버지 손에 익숙한 구닥다리 컴퓨터에 연결시키느라고 아주 애를 먹었대요. 그리고 거기다가 예비로 이 프로그램을 열 수 있는 키워드를 심어 뒀다고 했는데…."

이때 영국이 장비를 만지다가 뭔가를 본다.

"여기 이거, 지금 찾는 그 노트북 백업 화면 같은데?"

성준과 수경, 다가와 보면 연구실 감시 카메라인데 가장 마지막에 찍힌 화면 속에 돌아가신 아버지의 얼굴이 뜬다. 자세히 들어 보니 성민의 목소리다.

"그러니까 아버지 옛날 살던 동네 번지수랑 형 생일 누르고 엔터 이 버튼만 누르시면 고향 모습 보실 수가 있다고요. 그리고 한 달 정도만 있으면 아버지 고향도 가보실 수 있어요. 작업 다 끝나면 제가 모시고 갈게요."

그러자 좋아서 고개를 끄덕이는 아버지, 입가에 희미한 미소가 퍼진다. 그 모습을 보던 성준, 아련한 그리움에 가슴이 뜨거워진다.

"이 노트북. 껍데기 까만 거, 아버지가 처음 사신 그거죠?"

"맞아요! 그 낡아 빠진 노트북!"

"언제 멈출지도 모르는 노트북인데… 영국아, 그거 없이는 안 되는 거야?"

"내 생각엔. 백업된 마지막 화면이 이거인 걸 보면 아무래도 성민이가 그 노트북을 아버님께 드리고 온 거 같은데…?"

그러자 수경의 안색이 어두워진다.

"그럼 큰일이네요. 지금 아버님 방에는 아무것도 없어요. 일 하는 이모 말로는 압수팀이 들이닥쳐서 먼지 한 오라기 안 남 기고 다 가져갔다고 했거든요."

"개새끼들…!"

성준, 자기도 모르게 욕이 튀어나온다. 이때 영국의 핸드폰 이 울린다. 재원이다.

"영국아! 성준이랑 같이 있냐?"

"어, 잠깐만."

영국, 스피커폰을 켜서 함께 듣는다.

"니들 어디야?"

"성민이 사무실. 그 기자는 뭐래?"

"내 촉이 틀린 적이 있냐. 공작이 거의 확실한 거 같다는 데…."

"자세히 설명해 봐."

"얼마 전에 우리 기자 한 놈이 아주 재미있는 걸 물었다가 결정적인 증거가 없어서 접었는데, 한 IT업체가 실리콘 밸리의 탈북자들하고 디지털로 북한판 내비를 개발했는데 그걸 국정원이 국가보안법 운운하면서 몰수했대. 우리 기자 놈 말로는 그 기술을 국정원이 독점하려고 그런 게 분명하다는 거야."

"그걸로 뭘 하려고?"

"요즘 대빠들이 대통령 영웅 만들기에 혈안이 되어 가지고 북한하고 뭘 못 해서 안달이 났거든. 성민이도 비슷한 케이스 같대. 상황이 그때하고 거의 비슷하거든."

"그럼 그 회사는 어떻게 됐어?"

"완전 공중분해 됐지, 뭐, 어떻게 돼. 그리고 그 대표는 얼마 전에 자살했고."

그 말에 충격을 받은 수경이 자리에 털썩 주저앉는다. 성준은 얼른 다가가서 수경을 부축한다.

"왜 그래, 무슨 일이야?"

전화 속 재원이 묻자, 영국, 전화의 스피커폰을 끈 뒤 핸드폰을 들고 구석에 가서 속삭인다.

"옆에 성민이 집사람이 듣고 충격을 받은 거 같아."

"아, 미안. 몰랐어. 암튼 이거 이대로 있다간 성민이 완전 인생 종 친다. 판결 전에 손을 써야 돼."

"뭘 어떻게?"

"그걸 왜 나한테 물어! 니가 생각을 해야지, 짜샤!"

영국, 초초하게 자리를 맴돌다가 입을 뗀다.

"우선 성준이 아버님 노트북을 찾아야 해."

"그게 어디 있는데?"

"국정원에 있지 않을까?"

"잠깐만."

전화 속의 재원, 옆에 있는 누군가와 잠시 대화를 나누는 듯 하더니 다시 말한다.

"우리 기자 생각에는 삼성동 주택가에 특수임무팀이 쓰는 안가가 있는데 거기 있을 확률이 높다고 하네. 이 친구가 도와준다고 하니까 성준이 당장 튀어오라고 해."

"왜?"

"왜는 왜야. 쳐들어가야지!"

"뭐어?"

영국의 놀라는 소리에 성준이 돌아보는데, 영국, 차마 말은 못 하고 침을 꿀꺽 삼킨다.

# 13

## 배신자 그리고 국정원의 음모

그날 저녁 무렵, 삼성동에 있는 국정원 특수임무팀 안가. 갑자기 언론사 차량들이 주택가에 들이닥친다. 그들 속에서 재원과 성준 그리고 재원과 3년 전 재원이 창설한 온라인보수신문 '뉴스 큐' 신문사의 국정원 출입기자 강호연의 모습 보인다. 성준은 몰려드는 취재진을 보고 놀란 눈빛이다.

"설마, 이 사람들 다 네가 불렀어?"

"내가 부른다고 올 리가 있냐, 그냥 찌라시를 하나 뿌렸지. 현직 국정원장이 야당 대선 후보를 제거하기 위해 대선에 개입했다는 결정적인 증거가 국정원 안가에 숨겨져 있다. 뭐, 그런 거. 찌라시는 저기 강 기자가 쓰고."

이때 강호연 기자 다가와 재원에게 말한다.

"압수한 물건들을 보관하는 창고가 지하 1층에 있을 겁니다.

찾는 노트북이 어떻게 생긴 건지 정확하게 아시는 거죠?"

"그럼요. 제가 용산에 가서 직접 사 드렸으니까."

"잘됐네요. 저하고 카메라 기자가 창고에 있는 직원을 붙들고 있는 사이에 얼른 들어가시면 됩니다. 10분쯤 뒤에 다시 올 테니까 그때 나오세요. 10분입니다."

성준, 긴장해서 대답도 못 하고 고개만 끄덕인다. 강호연, 불안한 듯 재원을 본다.

"이참에 그냥 같이 들어가서 뒤집어 놓을까요?"

"넌 안 돼, 인마! 들어가서 지난번 건 증거 찾으려는 거잖아. 내가 그 속을 모를 줄 알고."

"아이, 아니라니까요!"

"김 교수가 뭐라도 찾아 가지고 나오면 그때는 정식 수색 영장 발급받아서 경찰하고 같이 들어가자니까. 오늘은 참아!"

세 사람, 얼른 취재진을 따라 들어가 무리에 섞인다. 리포터와 카메라, 2층 국실장실로 가는 사이 성준과 강호연, 그리고 카메라 기자, 지하로 향한다. 강호연, 카메라 기자와 함께 자료 보관실 문을 열고 들어선다. 성준, 슬쩍 문 뒤로 몸을 숨긴다.

"어, 여기가 맞죠?"

그러자 안에서 당황한 젊은 남자 목소리가 들린다.

"지금 뭐 하시는 거예요!"

"뉴스 큐 강호연 기자인데요, 여기 자살한 아이에이치비 문현식 사장의…."

"나가세요. 여긴 외부인 출입 금지 구역이에요. 경찰에 신고하기 전에 나가라니까요!"

젊은 남자, 강호연과 카메라맨을 밀어내는 사이, 성준, 얼른 창고로 들어간다. 성준이 창고 안으로 사라지는 것을 본 강호연, 마지못해 밀려나는 척 돌아선다.

창고 안으로 들어간 성준, 주변을 둘러보면 수많은 선반들이 늘어서 있다. 가만히 보니 가나다순인데 '김영원/김성민'의 이름이 쓰인 선반은 하필이면 직원이 앉은 자리에서 가까운 곳에 있어서 고개만 들어도 성준과 눈이 딱 마주칠 위치에 있다. 숨소리, 발걸음 소리가 나지 않게 조심하면서 접근하는데, 갑자기 자리에서 벌떡 일어나는 직원. 성준, 놀라서 바닥에 엎드린다. 직원, 신경질적으로 혼잣소리를 하면서 발을 동동 구른다.

"아아, 배야. 저 새끼들 때문에…. 아아, 배 아파, 아아아."

젊은 남자, 급히 밖으로 튀어나간다. 성준, 겨우 마음 편하게 숨을 쉬면서 아버지와 성민의 물건이 있는 쪽으로 돌진한다. 겨우 '김영원 중요자료'라고 쓰인 박스를 찾아보니 과연 아버지의 손때 묻은 소지품들이 들어 있다.

사실 아버지의 서재는 지극히 단출했다. 책상에 의자 하나, 아버지가 즐겨 읽으시는 오래된 역사책과 위인전, 그리고 양묘와 조림에 관한 국내외 전문서적이 꽂힌 나지막한 서가 하나와 항상 듣던 라디오가 전부였다.

또 다른 박스에는 아버지가 스크랩해 둔 것으로 보이는 오래된 스크랩북이 담겨 있다. 어린 시절에도 가끔 아버지는 손잡이가 둥그런 철 가위로 신문을 오려서 누런 한지로 된 큰 노트에 붙이시곤 했는데 북한의 재해, 굶주림에 관한 기사가 대부분이었다.

그리고 그 스크랩북 아래, 아버지의 노트북이 보였다. 성준, 얼른 노트북을 챙기려고 하는데 갑자기 문이 덜컥 하고 열린다. 성준, 얼른 서가 모퉁이로 돌아가서 몸을 숨기는데, 다른 사내 두 사람이 들어선다.

"어, 없네? 지금 위에는 난린데 이 새끼는 문 열어 놓고 어딜 간 거야?"

"화장실 갔나 보죠."

"뉴스 큐 강호연 그 새끼도 왔지?"

"네, 아까 그 새끼 얼굴 보고 간 떨어지는 줄 알았다니까요. 아휴, 물귀신 같은 새끼. 일단, 이 자료들을 빨리 벽 뒤에 있는 밀실로 옮겨 두는 게 안전할 거 같습니다."

"문현식 거 내가 옮길 테니까 넌 김영원 자료 옮겨. 빨리빨리!"

두 사내, 분주히 자료를 밀실로 옮긴다. 잠시 후 젊은 남자 들어온다.

"팀장님, 지금 뭐 하세요?"

"뭐 하긴, 새끼야. 너도 빨리 옮기기나 해."

"강호연 그 새끼 왔어. 얼른 자료 밀실로 옮겨야 해."

"아, 그 새끼 때문에 또 배탈 나서… 아… 저… 다시 잠깐 화장실에…."

하더니 종종걸음으로 다시 나간다.

"아이, 저 새끼는 꼭 급할 때…."

"그냥 두세요. 애가 예민해서 그러니까. 저도 여기 온 뒤 몇 달 동안은 긴장해서 배탈, 설사 달고 살았어요."

"그것도 한두 번이지. 창고에 감시 카메라가 없다고 지 맘대로라니까."

"이 박스만 옮기면 다 옮기는 거 같은데요."

하면서 젊은 남자 박스를 드는 순간, 성준이 옆에 꺼내놓은 노트북이 땅에 떨어져서 성준이 숨어 있는 모퉁이 가까이 미끄러져 온다.

"무슨 소리야?"

건너편 선반 쪽에서 팀장이 다가온다. 성준, 조마조마한데 젊은 남자, 다가와 노트북 껍데기를 보더니 한심하다는 표정이다.

"후지쯔 5010?"

"뭐? 그거 내가 대학 들어갔을 때 막 나온 모델인데?"

"하여튼 38따라지들은 어쩔 수 없다니까. 돈이 있어도 이런 고철을 쓰면서 청승을 떨어요. 통일되면 다 싸들고 가겠다는 거야 뭐야. 그럼 뭘 해. 철부지 아들놈이 다 날리고 있는데."

"그러게나 말이다. 자자, 얼른 옮겨!"

자료를 다 옮긴 두 사내, 밀실 문을 닫고 나와서는 한숨 돌린다.

"그나저나 너는 김성민 회사 잠입 끝내고 다시 본사로 돌아오니까 좋냐?"

그 말에 갑자기 성준의 귀가 솔깃해진다.

"그럼요. 거기서도 별로 힘든 건 없었어요. 애가 멍청해서 전혀 눈치를 못 챘거든요. 덕분에 오랜만에 프로그램 개발하니까 실리콘 밸리에서 일하던 기억도 나고 재미있었어요."

"정말 웃겼던 게, 자기는 구속당한 주제에 널더러는 일본으로 도망가 있으라고 했다면서?"

"그러게 말이에요. 지금도 유치장에서 제 걱정 많이 하고 있을걸요."

"이름도 장진수로 알고 있을 거 아냐. 홍진수를. 병신 새끼."

두 사람, 재미있다는 듯 키득거린다. 듣고 있는 성준의 속이 더 터진다.

'김성민… 이 천하의 바보 멍청이 새끼!'

그러면서도 조심스럽게 핸드폰 카메라로 두 사람을 촬영하는데, 화면 속 두 사람 등을 지고 서서 대화 중이다. 성준, 한숨을 폭 내쉬는데.

"그런데, 김성민 확실하게 처리하는 거죠? 대통령 임기 동안은 확실하게 감방에 잡아 놔야 암호 해독하고 프로그램을 북한하고 연결할 수 있어요."

성준, 놀라서 숨이 턱 막힌다.

"걱정 마. 일주일 뒤에 실형 최소 5년은 받을 거니까. 넌 암호 해독 빨리해서 프로그램만 살려. 이번 일로 대통령이 북한하고 디지털상으로는 통일의 문을 열었다 이런 평가만 받아도 너하고 난 인생 펴는 거야."

"암튼, 이번 일에 제 모든 커리어, 인생 다 건 거 팀장님 아시죠?"

"알아. 잘 알고 있으니까 넌 부암동 안가에 박혀서 얼른 암호 해독이나 해!"

두 사람, 다시 나가자 성준, 밀실에서 노트북을 얼른 챙긴다. 이때 또다시 문이 벌컥 열린다. 놀라서 다시 움츠리고 엿보는데 강호연과 카메라맨이다.

"어, 아무도 없네!"

이때, 성준, 서가 사이에서 벌떡 일어난다. 강호연, 주변을 살펴보고 얼른 나오라는 손짓, 두 사람을 따라서 나오는 성준의 두 다리가 후들후들 떨린다. 강호연과 카메라맨, 위층으로 올라가고 성준은 강호연이 열어준 비상구를 통해 주차장으로 나온 뒤 기다리고 있던 재원, 차에 시동을 건다.

30분 후, 강남경찰서. 재원을 사이에 두고 화를 참느라 애쓰는 성준과 성준의 핸드폰을 보며 놀라는 성민이 마주 앉아 있다. 이윽고 진상을 알게 된 성민이 허탈한 눈으로 성준을 본다.

"그러니까 장 팀장이 국정원 공작원이었단 말이야?"

"맨날 우리 장 팀장, 우리 장 팀장 입에 달고 살더니 꼴좋다! 그놈이 그 프로그램이 탐나서 엔비디아 뒤지다가 니 신상 털어서 잠입 수사 한 거라니까. 그 새끼가 널 물루 보고 완전 갖고 놀았더라. 모자란 놈, 등신 천치 쪼다 새끼! 생각만 해도 화가 나네."

재원이 두 사람을 진정시키며 상황을 수습하려고 애쓴다.

"성민아! 영국이 말로는, 가능한 한 빨리 프로그램을 구동시켜서 불법성이 없다는 걸 증명해야 된다는데, 그게 가능하겠냐? 공판 열리기 전에 결정적인 증거를 찾아야 돼."

"가상현실로 들어갈 때 쓰는 고글에 저장 장치가 있어서 그 안에서 벌어지는 상황이 영상과 오디오로 그대로 녹화가 되니까 그걸 증거 자료로 제출하면 안 될까, 형? 그게 이 프로그램의 독보적인 기술이기도 하고 가장 큰 셀링 포인트야. 아마도 장 팀장, 아니 이 홍진수라는 놈이 그 기술 완성되기를 기다렸던 거 같아."

재원의 머리가 번개처럼 돌아간다.

"그럼 아무나 들어가서 녹화를 해오면 되나?"

"아직은 아무나 들어갈 수가 없어요. 굳이 간다면 그래도 제가 가는 게 제일 안전한데."

"왜?"

"이 DGX-Z 프로그램이 얼마나 끝내주는지, 접속을 할 때마다 실시간으로 딥러닝이 돼요. 계속해서 업그레이드를 하는 거죠. 그러니까 예측 불가능한 위험 요소가 아직도 커요. 예상 밖의 상황에 몰리게 되면 들어간 사람이 심장 쇼크를 일으키거나 뇌의 기억 장치가 완전히 뒤죽박죽될 수도 있거든요. 그래서 테스트를 계속하고 있던 중이었어요."

"그래도 누군가는 들어가서 녹화를 해와야 아버지가 고정간첩이라는 누명을 벗을 거 아냐?"

갑자기 성준이 버럭 소리를 지른다. 문밖에 있던 경찰들이 창문을 통해 안을 들여다본다.

"그러면 형밖에 없지."

"뭐? 왜 나야?"

"인공 지능이 재구성한 아버지 가장 큰 단점 중의 하나가 낯가림이야. 모르는 사람의 정보가 입력되면 전혀 반응을 안 해. 그것 때문에 데이터 입력할 때도 엄청 애를 먹었어. 노트북은

후지쯔 그것밖에 모르고."

"난 안 가! 몰라! 일은 니가 저질러 놓고 왜 날 물고 늘어져! 재원아, 성배한테 이야기해서 얘 불구속 수사 할 수 있도록 해 달라고 하자."

재원, 성준을 빤히 본다.

"뭐? 왜 그렇게 보는데?"

"지금 니 눈에는 그게 될 상황처럼 보이냐?"

"그럼 날더러 어떻게 하라고! 사흘 후에 내가 부의장으로 있는 미국 환경공학회에서 중요한 국제회의가 있어. 저놈이 만든 이상한 프로그램에 들어갔다가 내 기억이 잘못되면 누가 책임질 건데? 이 새끼 인생 종 치기 전에 내 커리어 먼저 종 치라고? 미쳤냐? 난 안 해! 절대 못 해! 니가 저지른 일, 니가 알아서 해결해!"

성준, 화를 참지 못하고 일어나 나가 버린다. 성민, 자책하는 표정으로 고개를 숙이면 재원, 걱정 말라는 듯이 성민을 다독인다.

# 14

## 가상현실: 아버지를 만나다

다음 날 아침, 용문농장 근처의 한 전원주택. 착잡한 표정의 성준, 커피 잔을 들고 창문을 내다보고 있다. 농장이 한눈에 내려다보이는 전원주택으로 재원의 차가 열심히 달려온다. 성준, 한숨을 푹 쉬며 돌아서면, 최재복과 그의 아내 강성실은 성준의 짐을 대충 옮겨 주고는 나갈 채비를 한다. 굳었던 얼굴이 두 사람을 보자 편안해진다.

"니 아브지가 사둔 집이니까니 일 마칠 때까지 여기서 지내는 게 좋갔다."

"네, 삼촌, 고마워요. 숙모! 아침밥 잘 먹었어요. 솜씨가 여전하시네요."

"김 교수가 뭘 만들어 줘도 잘 먹어 주니까 내가 고맙지."

최재복은 방을 나가다가 돌아서서 확인하듯 다시 묻는다.

"요기 뒷길로 산장에 오는 길은 봐놨디?"

"그럼요. 며칠 지내니까 어렸을 때 기억이 나서 이젠 눈 감고도 다닐 수 있어요."

"어련하간! 니가 고저 쥐방울만 할 때부터 여간 맹랑했디 안칸. 한번 숨기만 하면 고저 경식이랑 내가 널 찾느라고 얼마나 진땀을 뺐는지…."

성준, 어릴 적 생각에 피식 웃음을 터뜨린다. 재복의 입가에서도 오랜만에 보일락 말락 미소가 보인다. 재복 부부가 지하로 난 문을 통해 나가고 난 뒤, 이내 재원과 성배가 들어선다. 성준, 두 사람과 함께 반지하로 향하는 계단을 내려가 문을 열자 어젯밤 옮겨온 성민의 장비를 테스트하고 있는 영국, 밤을 샌 듯 피곤한 기색이 역력하다. 재원과 성배, 영국에게 다가간다.

"수고했다. 안식년 한번 요란하게 보내는구나."

"누가 아니래냐. 성준이 새끼 하도 지 동생한테 까칠하게 구는 통에 내가 다 잠이 안 오더라."

"그러게 말이다. 장남이란 놈이 사업도 물려받지 않겠다. 한국에서도 살지 않겠다. 아버님께서 오죽했으면 성민이 데리고 일을 벌이셨겠냐?"

재원과 영국의 대화에 성배 역시 전적으로 동감한다는 표정. 성준, 이런 분위기에 익숙한 듯 무시하고, 들고 온 아버지 노트북의 전원을 연결하고 전원 키를 누른다. 윈도우 XP가 깔린 노트북이 요란한 소리를 내면서 돌기 시작한다. 영국이 입을 연다.

"그거 열리는 데 시간 좀 걸릴 거다. 그런데 너 결심한 거지?"

성준, 대답 대신 한숨을 푹 내쉰다. 이윽고 화면이 열리는데 바탕 화면에 깔린 어린 성민, 성준, 아버지가 함께 찍은 흑백 사진이 뜬다. 순간, 성준의 눈길이 아득해진다. 잠시 후 시스템 오픈 암호를 입력하라는 창이 뜬다. 어젯밤 성민이 일러준 노트북 두 번째 암호는 성준의 생일이다. '0319'를 입력하자, 바탕 화면이 뜬다. 영국이 기다렸다는 듯이 잭 하나를 내민다. 성준이 노트북에 연결하자 화면은 자동적으로 웨이팅포유 프로그램에 연결된다. 마지막 암호를 입력할 차례다. 여기에 성민이 생일인 네 개의 암호를 입력하면 시스템이 구동된다.

"잠깐, 성준아. 여기 가고 싶은 연도와 날짜, 시간을 입력하게 되어 있어. 날짜는 정했니?"

"아버지하고 성민이가 언제 이걸 시작했는지는 정확하게 알 수도 없고 또 언제 구체적으로 이 프로그램 개발 목적을 이야기했는지 모르니까 그걸 찾아내는 건 좀 어려울 거 같고."

"그럼 언제로 할까?"

"아버지가 중국 도문에서 북한에 있는 아들 만난 날로 하면 어떨까. 검사도 그 일을 물고 늘어지고 있고, 또 내 기억으로는 아버지하고 성민이 놈이 거기 다녀온 다음부터 좀 달라졌거든."

영국, 고개를 끄덕인다.

"그래, 그날로 해보자."

"날짜 정확하게 기억해?"

"어, 그날이 그러니까 1988년 9월 30일이었을 거야. 서울올림픽이 거의 끝나갈 무렵이었고, 마침 이날 우리 과에 중요한 학회가 있어서 내가 아버지와 중국에 가지 못하고 성민이 놈이 대신 갔거든."

"됐어. 날짜 입력했고. 자, 이제 난 엔터키만 누르면 돼."

성준, 천천히 영국의 뒤에 준비된 의자에 앉는다. 영국, 고글을 들고 와서 성준 앞에 선다. 그리고 찬찬히 설명을 시작한다.

"잘 들어. 시스템에 대해 설명을 해줄게. 네가 이걸 쓰고 내가 엔터키를 누르면 너는 완전히 가상현실 속으로 들어가게 되는 거야. 세팅은 1시간, 30분, 10분을 할 수 있는데, 10분을 하면 6시간, 30분을 하면 반나절, 1시간을 하면 만 24시간을 경험할 수 있어. 네가 보고 듣는 모든 것은 여기 내가 연결해 놓은 모니터를 통해서 우리 모두가 볼 수 있어. 단, 너는 현실과 완전히 차단되어서 아무것도 볼 수도 느낄 수도 없어. 내가 취소 버튼을 누르지 않는 한."

"알았어."

"아주 강력한 전자파와 낯선 정보들이 강제로 네 뇌와 감각을 완전히 압도하는 거라서 처음에는 테스트를 위해서 10분 정도만 해보면 좋을 거 같아. 그리고 너의 몸 상태를 다시 체크하고 그다음에 시간을 늘려갈 생각이야. 최대 3시간, 그러니까 가상현실 속에서 사흘간 계속해서 있을 수 있는데 내가 보기엔 우리 몸이 3시간을 견디기엔 무리일 거 같아. 어디까지나 내 추측이지만."

성준, 고개를 끄덕인다. 그리고 시스템과 연결된 캡슐에 들어가 눕는다.

"준비됐니?"

"어."

지켜보던 재원과 성배가 잔뜩 긴장한 표정이다.

"성준아, 정신 바짝 차려. 우리가 지켜보고 있을 테니까 아무 걱정 말고."

"그래, 네 뇌파, 심장 박동 수 체크하고 있다가 이상 있으면 바로 소환할 거니까."

"야, 야, 거울 좀 보고 말해라. 니들이 가냐. 내가 가지. 니들 얼굴이 더 무섭다."

그 말에 서로의 얼굴을 보는 재원과 성배. 허옇게 뜬 서로의 얼굴을 보고 놀라는데, 성준, 심호흡을 한번 크게 한다. 그리고 고개를 끄덕이면 영국, 고글과 이어폰을 씌워 준다. 그리고 엔터키를 누른다. 순간 성준의 심장 박동과 뇌파 움직임이 급격

히 빨라진다. 놀라서 성준을 보는데, 잠시 후 수치가 정상화되
면서 성준의 호흡이 안정을 되찾는다. 동시에 뿌연 화면 위에
낯선 풍경이 뜬다.

"여기 어디야?"

"한국이 아닌데? 중국? 베이징 공항?"

# 15

# 1988년으로 돌아가다

그 시각, 가상현실 속. 성준, 정신을 차려 보니 중국의 공항이긴
한데, 눈에 띄는 공항의 시설이며 사람들의 옷차림이 중국 소
도시의 간이 공항 같은 느낌이 역력하다. 하지만 눈에 들어오
는 풍경과 지나치는 사람들이 너무도 생생해서 실제로 자신이
이곳에 와 있는 게 아닐까 착각을 할 정도다.

'잘못된 건 아니겠지?'

불안한 마음으로 주변을 둘러보다가 사람들이 많이 몰려 있
는 곳으로 천천히 발걸음을 옮기려고 하는데 순간 신기한 일이
벌어졌다. 생각만 했을 뿐인데 어느새 군중 속에 들어와 있는
게 아닌가! 얼떨떨한 성준, 다시 원래 있는 위치로 가려고 하자
이번에도 순식간에 처음 있던 자리로 돌아왔다. 가상현실 속에
서는 일정한 시간의 틀 안에서 자유로운 이동이 가능하다는 것

을 느끼며 신기해하는 성준, 다시 사람들 속으로 돌아와 이번에는 사람들을 살피기 시작했다. 모여 있는 사람들의 시선은 하나같이 공항에 설치된 커다란 TV 화면에 고정되어 있다. 자세히 보니 양영자, 현정화조와 자오즈민, 첸칭조의 올림픽 여자탁구 결승전이 중계방송되고 있다! 성준, 깜짝 놀란다.

'정말 온 건가? 1988년 9월 30일로?'

그제야 가상현실 속으로 들어온 것을 알고 주변을 두리번거리는데, 마침 입국장 게이트가 열리면서 아버지와 성민이 나오고 있다. 60대 무렵의 아버지가 마치 살아 있는 것처럼 활기차게 움직이는 모습에 성준은 할 말을 잃는다. 인공 지능이 만들어 낸 모습인 줄을 알면서도 여간 신기하지가 않다. 얼른 다가가 말을 걸고 싶지만 '낯을 심하게 가린다'는 성민의 말을 기억하고 근처에서 가만히 지켜본다. 대학생임에도 장난기가 줄줄 흐르는 성민, 실제 인물보다 훨씬 더 귀엽다. 성민에게는 사고 뭉치에 밉상인데, 아버지에게 성민은 저렇게 사랑스러웠던 것일까.

성준, 어떻게 두 사람에게 접근해야 할까 고민하며 잠시 바라보고 있는데, 성민은 게이트를 나오자마자 아버지를 끌고 텔레비전 앞으로 간다. 마침, 양영자, 현정화 선수가 연속 득점에 성공하자 성민, 신이 나서 박수를 치며 파이팅을 외치기 시작하고, 다혈질인 군중 몇 사람이 성민을 향해 삿대질을 하면서 언성을 높이기 시작했다.

분위기가 이상하게 돌아간다 싶어 성준, 아버지와 성민에게 다가가려고 하는데, 그 순간 경기가 끝났다. 한국의 양영자와 현정화 선수가 세계 최강인 자오즈민과 첸칭조를 꺾고 우승한 것이다! 믿을 수 없는 기적, 한국인들에겐 서울올림픽 최고의 감격적인 순간이었지만, 지금 눈앞의 상황은 일촉즉발의 위기 상황이다. 금메달이 확실시되었던 자오즈민, 첸칭조의 패배로 인한 중국인들의 실망이 성민을 향한 반감으로 증폭되고 있는 걸 성준은 온몸으로 느끼고 있었다.

그제야 군중의 분위기를 느낀 성민이 아버지와 함께 군중 틈에서 빠져나가려고 하지만, 이미 늦었다. 사람들도 성민과 아버지를 둘러싸기 시작하는데 취객인 듯한 중년 남자 한 사람이 성민의 멱살을 잡고 내동댕이치려는 찰나, 성준이 아버지와 성민에게 순간이동해서 두 사람을 감싸고 군중 속에서 빼내는 데 성공한다. 성준, 화가 나서 자기도 모르게 성민에게 버럭 소리를 지른다.

"야, 넌 대체 생각이 있는 거니, 없는 거니? 여기가 한국인 줄 알아?"

하고 성민을 나무라는 성준, 순간, 아버지와 성민의 눈에 경계심이 번진다. 성민, 성준을 아래위로 훑어보면서 대꾸한다.

"구해준 건 고마운데요, 왜 반말이에요? 아저씨, 저 아세요?"

순간, '아차' 하며 감정을 누그러뜨리며 아버지 눈치를 보는 성준, 가상현실 속에서는 낯가림이 더 심하다는 성민이 말이 기억나 가만히 아버지를 보는데, 오히려 아버지가 성준을 유심히 관찰하며 다가선다.

"혹시, 우리 아를 아십니까?"

"아, 저희 집에도 비슷한 놈이 하나 있어서 저도 모르게 그만…."

"아, 길쿠만요…."

하면서 껄껄 웃음을 터뜨리는 아버지. 성준, 안심하는데 성민은 여전히 토라져 있다. 성준, 성민을 달랜다.

"미안. 화낸 건 사과할게. 그런데 아까 위험했던 건 알지?"

"그건 알죠. 그래도 깜짝 놀랐잖아요. 우리 형이 나타난 줄 알고."

순간 자기도 모르게 웃음을 터뜨리는 성준.

"저 봐. 저 봐. 형하고 웃는 것도 똑같아. 그리고 아버지하고도 너무 닮았는데?"

화들짝 놀라는 성준, 애써 감추느라 허둥대고 있는데, 두 사람을 지켜보던 아버지가 상황을 정리한다.

"이 아가 선생을 아주 좋아하는 거 같소. 성(형)을 닮았네, 아브지를 닮았네 하는 거를 보니까니. 조금 전에 우리를 구해준 것도 고맙고, 또 뭐 이것도 인연인데 우리 밥이나 한 그릇 같이 먹는 거이 어떻갔소?"

하면서 환한 얼굴로 웃는 아버지. 그 표정을 보며 성준은 한 시름 놓는다. 아버지는 평소에도 뭔가 대화가 잘 풀리지 않거나 상황 판단이 분명하지 않을 때는 상대가 누구든 먼저 밥을 같이 먹자고 말씀하시곤 했다. 한 상에 둘러앉아 밥을 같이 먹다가 보면 그 사람이 어떤 사람인지 좀 더 알게 되고 사업을 해야 할지 말아야 할지도 알게 된다고 하셨다. 그러니까 아버지가 성준에게 밥을 먹자고 하신 것은 그만큼 관심이 있다는 표시였다.


그렇게 공항을 빠져나와 베이징 시내로 와서 식당에 마주 앉았다. 허름해 보이는 식당으로 들어서자 성민은 불만스러운 표정인데, 성준은 내심 놀란다. 몇 년 전 아버지의 중국 출장길에 함께 왔던 곳이다.

"몇 년 전에 우리 큰아랑 같이 왔더랬습니다. 그 아가 이 아다마가 상당히 좋아 개지구 공부를 좀 시켜 놨더니 아주 국제적으루다가 돌아댕기는 안데, 그 아가 여길 소개시켜 줍디다. 베이징에서 아주 소문난 집이라고."

"아, 네에."

"그 아가 아다마만 좋은 게 아니라 이 셋바닥(혀)도 보통 아니라는 걸 내 그때 알았습니다. 내가 이렇게 맛있는 만두는 첨

먹어 봤습니다."

"아버지, 만두가 뭐예요. 바오즈. 아휴, 촌스럽게."

"안다. 알아, 이놈아."

하면서 호탕하게 웃는다. 성준은 그런 아버지를 가만히 훔쳐
본다. 몇 년 전에 함께 식사를 하실 때에는 드시면서도 별말씀
이 없어서 입맛에 안 맞으신가 해서 여간 마음이 쓰이지 않았
다. 이렇게 좋아하시는 줄은 전혀 몰랐다.

"작은아드님도 아주 영특해 보이고 큰아드님도 명석하시다
니, 어르신을 닮았나 봅니다."

"그럴 리는 없습니다. 내 대가리는 빠가요. 고저 나무 심고 나
무 키우고 그런 거나 좀 알지, 세상 일 돌아가는 건 젬병인데,
아들 어마이가 머리가 아주 비상한 사람입니다. 무슨 일이든지
허투루 하는 게 없지요. 다행히 아들이 그 사람 머리를 닮아서
머리가 좀 쓸 만하다 나는 요렇게 봅니다. 긴데 말을 하고 보니
까 어째 마누라 자랑 하는 거 같구만 그래."

하면서 민망한 표정. 영락없는 아내바보 남편이다. 놀라움
의 연속이다. 어머니에게는 한없이 무뚝뚝하고 냉정했던 아버
지의 기억 속 어머니가 이런 사람이었다니! 아버지의 이런 마
음을 알았다면 어머니가 조금은 덜 불행했을 텐데 싶은 마음에
잠시 말을 잃는 성준…. 어디 그뿐인가. 가족들 모두가 집에서
아버지의 웃음소리를 들어본 적이 없다. 그런데 지금 눈앞에

있는 아버지는 그가 어린 시절에 보았던 아버지의 모습 그대로다. 쾌활하고 다정다감하고 따뜻했던 아버지…. 아버지는 언제부턴가 이런 모습을 잃어버린 채, 자기 세계 속에 갇힌 우울한 노인으로 살다가 돌아가셨다. 성준은 마치 잃어버린 아버지를 찾은 듯 마음이 따뜻해지기 시작했다.

드디어 음식이 나오고 세 사람이 식사를 하기 시작했는데 성민, 처음 먹어 보는 중국 만두 바오즈가 입에 맞는지 3인분이나 시켜서 먹어 치운다. 그 모습을 흐뭇하게 바라보던 아버지는 틈틈이 성준의 젓가락이 어디로 가는지를 살피다가 요리 접시를 성준 쪽으로 밀어 준다. 그리고 성준을 찬찬히 살피다가 입을 열었다.

"우리 아 말이 틀리지는 않는 거 같소. 내 눈에도 선생이 누구하고 많이 닮아 보이니 말이오."

"네에? 그렇습니까…?"

"선생을 보니까 고향에 있는 내 아우 생각이 납네다. 지금쯤 선생 나이 또래 됐을 텐데…."

하시더니 결국 말을 끝내지 못하고 젓가락을 놓는다. 그러자 성민도 아버지와 성준을 번갈아 쳐다보면서 굳은 표정을 짓는다. 이번에는 성준이 화제를 돌린다.

"북한이 고향이신가 봅니다. 사투리 쓰시는 걸 보니."

"자란 곳은 북청인데 어른이 되어서는 함흥에서 죽 살았습니다. 전쟁 때 잠깐 피신한다고 내려와서리 고만 못 돌아가고 오늘이 벌써 35년하고 5개월 12일쨉니다."

그 말에 깜짝 놀라 아버지를 쳐다보는 성준과 성민, 얼마나 고향이 그리웠으면 날짜까지 정확하게 계산하고 있었던 것일까. 갑자기 성준의 가슴이 먹먹해진다.

"북한에는 동생분 말고 다른 가족도 있으신가요?"

"아내 임명신하고 열네 살 된 아들 일훈이를 두고 왔습매. 일훈이 생일을 며칠 앞두고 나와서 지금까지 돌아가지 못하고 있습네다."

고개를 숙이는 아버지의 눈자위가 젖기 시작했고, 성준과 성민은 말없이 그런 아버지의 모습을 지켜본다. 성민이 그런 아버지를 위로하려고 입을 열었다.

"아버지, 낼 일훈이 형 만나면 한국으로 데리고 오면 안 돼요?"

순간, 아버지가 눈을 부릅뜨며 성민을 쳐다보면, 성민, 성준을 의식한 듯 입을 다물고, 성준을 보는 아버지의 눈빛에도 경계심이 퍼지기 시작한다. 성준, 아버지를 안심시키기 위해 먼저 입을 연다.

"걱정 마십시오. 저희 아버님도 실향민이셔서 어르신 심정, 조금은 이해합니다. 그래도 월남하셔서 가정도 꾸리시고 자식들도 있는데 꼭 이렇게까지 위험하게 북한에 있는 아들을 만나

셔야 하나요? 남한에 있는 가족들, 특히 아내분께서 많이 섭섭하실 거 같은데….”

그러자 아버지의 얼굴에 쓸쓸함이 배어난다.

“내가 그걸 와 모르겠슴매? 남한에 피난 와서 얻은 자식이 셋이요. 이 아들한테 미안해서 내래 북한에 있는 안사람하고 아가 보구 싶어도 만날 생각을 하지 않았시오. 그런데 몇 년 전에 호주에 사는 함흥농고 후배가 의료 선교 한다고 북한에 간다 하더이만 고향에서 우리 일훈이를 만났다면서 핸드폰으로 연결을 해주지 않았소? 30년 만에 아 목소리를 들었는데, 이게 꿈인지 생시인지 믿어지질 않았시오. 그 아 어마이는 몇 년 전에 병으로 세상을 떠났고… 아는 김일성 대학 의예과를 졸업해서 의사가 됐다고 하더구만요. 그 아를 도문까지 누가 데려오겠다고 해서 내 지금 죽기 전에 그 아 얼굴 한번 볼 수 있을까해서 가는 길입네다. 요즘 북한에 먹을 거이 없는 건 물론이고, 병원도 약이 없어서 개점휴업 상태랍디다. 삼팔선이 막혀 있다고 해 개지고 천륜까지 막을 수는 없는 거 아입니까? 이 아들도 내 자식이지만 그 아도 내 자식인 걸 어캅니까? 만날 길만 있다면 어떻게 해서라도 자식을 돌봐야 하는 게 애비 도리 아니오? 내가 이런 죄인이기 때문에 이 아 어마이한테는 죽는 날까지 속죄하는 심정으로 살 각오를 하고 있습네다.”

아버지의 목소리에서 금방이라도 피를 토할 듯한 아픔이 배어 나온다. 이런 아픔을 가족들에게는 평생 한 번도 내색하지 못하고 살아온 아버지가 한없이 안쓰럽게 느껴졌다. 그런 아버지를 말없이 바라보는데 시계 알람이 울리기 시작한다. 그러고 보니 곧 돌아갈 시간이다. 성준은 다급하게 묻는다.

"아드님을 만나시면 뭘 하실 계획이세요? 혹시 뭐 특별한 계획이라도?"

"계획은 무스매 계획이 있갔소? 무사히 만나면 다행 아이갔소? 국경에서 군인들한테 걸리면 사람 목숨이 왔다 갔다 하는 판인데…."

"그러니까요. 그렇게 위험한데 이렇게 가시는 걸 보면 꼭 가야 하는 이유가 있거나, 아니면 서로 주고받을 뭔가가…."

그 순간, 뒤쪽에서 억센 조선족 사투리의 사내가 성준의 말을 막는다.

"뭐이가 주고받을 거이 있단 말입네까?"

성준, 놀라서 돌아보면 덩치가 산만 한 조선족 사내가 버티고 서 있다.

"회장님! 이 사람 누굽네까? 누군데 꼬치꼬치 캐묻는 겁네까?"

"아, 이분은… 공항에서 첨 만난 분인데…."

"회장님! 처음 보는 사람하고 여기까지 왔다는 말씀입네까? 중국에서는 사람을 함부로 믿지 말라고 내 수태 말하지 않았습까? 이 사람이 꿍안 끄나풀인지 아닌지 어케 압니까?"

"이보세요! 지금 무슨 말을….."

"당신, 신분증 좀 봅시다!"

성준이 대응할 시간을 주지 않으려고 당차게 밀고 들어오는 사내, 성준은 당황하고, 그런 성준을 보며 조선족의 의혹 어린 눈빛에 동화되는 아버지와 성민, 점점 성준의 입장이 난처해진다. 조선족, 커다란 손으로 성준의 어깨를 잡는다. 성준, 덜컥 겁이 나는데.

"당신, 누굽네까? 좋은 말로 할 때 대답하기요."

"아, 그게… 마침 저도 갈 데가 있어서…. 그럼 선생님, 잘 다녀가십시오."

하고 사내의 손을 겨우 피해 자리를 뜬다. 사내, 날카롭게 성준을 쏘아보며 뒤따라온다. 그런데 이상하게 몸이 마음대로 따라 주지를 않는다. 성준, 빠르게 걷다가 뛰기 시작한다. 사내, 긴 다리로 성큼성큼 뒤따라온다. 성준, 정신없이 달리면서 소리 지른다.

"영국아! 지금! 빨리!"

조선족 사내에게 덜미를 잡힌 순간, 성준은 정신을 잃는다.


잠시 후, 정신을 차린 성준, 눈을 뜨니 재원과 영국, 그리고 성배의 넋이 나간 듯한 표정의 얼굴이 코앞까지 다가와 있다.

1988년으로 돌아가다

"정신 드냐?"

"야, 인마, 정신 차려!"

성준, 현실로 돌아온 것을 깨달은 순간 벌떡 일어나 앉는다. 살았구나 싶은데 순간, 머릿속에 예리한 고통이 느껴진다. 거의 반사적으로 입에서 끙 소리가 새어 나온다.

"성준아, 괜찮아? 우리 알아보겠어?"

영국이 걱정스러운 표정으로 묻는다. 성준, 고개를 끄덕인다. 그러자 친구들, 큰 소리로 환호성을 지르며 서로 손뼉을 마주치며 잔치 분위기다.

"와아, 정말 굉장하다. 이런 시대가 정말로 오긴 오는구나!"

"성준아, 굉장했어. 전파 방해 같은 게 있어서 영상이 깨끗하지는 않았지만 우리도 다 봤어."

"넌 흥분해서 정말 지리는 줄 알았다."

"너 앞으로 성민이 구박하면 내가 가만 안 둬. 이건 단순한 가상현실이 아니야. 성민이가 엄청난 걸 만들어 낸 거라구!"

성준도, 두통 때문에 미간을 찡그리고는 있지만 잠시 전까지 있다가 온 가상현실 속에서의 생생한 기억에 심장이 뛴다! 성준이 그토록 다시 보고 싶어 했던 따뜻하고 쾌활하며 거침이 없었던 어릴 적 아버지의 모습, 죽는 날까지 다른 가족들에게는 보여 주지 못하고 가신 여리고 다정다감한 남편이자 아버지였던 진짜 김영원의 모습이 거기에 있었다! 어쩌면 이 프로그램을 통해서 아버지에게 듣지 못한 답을 들을 수 있을지도 모르겠다는 기대를 품게 되는 성준이다.

# 16

## 성준, 지명 수배자가 되다

그런데 그 순간, 최재복 노인이 문을 벌컥 열고 뛰어든다. 성준과 친구들, 깜짝 놀라 돌아본다.

"재복이 삼촌!"

"성준아, 날래 올라와서 이것 좀 보라!"

친구들과 성준, 허겁지겁 올라와 최재복이 켜놓은 TV를 본다. 화면 위에 김성준의 사진이 대문짝만하게 뜬다.

"뭐야, 저거?"

모두 놀라 귀를 쫑긋하는데, TV 속 뉴스 앵커의 목소리가 흘러나온다.

"검찰은 재미교포 김성준 씨를 국정원 불법침입 및 국가기밀 자료 무단탈취 혐의로 긴급 공개 수배 했습니다. 미국 어바인 대학 교수이자 국제환경기구에서 활동한 바 있는 김성준 씨는 지난주에 있었던 김영원 고정간첩 혐의 공판의 결과에 불만을 품고 있던 중, 모 인터넷 신문사 취재원으로 위장해서 국정원 중요자료실에 들어가 아버지 김영원의 집에서 압수한 결정적인 증거물들을 탈취해 달아난 사실이 밝혀졌습니다."

재원, 고개를 갸웃한다.

"그럴 리가 없는데. 강 기자가 창고에는 감시 카메라가 없다고 그랬거든."

하지만 뒤이어 이어지는 뉴스 속에서 뜻밖의 사실이 밝혀진다.

"당시 상황을 제보한 현장 담당자의 말을 들어 보시겠습니다."

그러자 서고의 어딘가에 설치된 몰래카메라 화면과 함께 젊은 남자의 음성이 흘러나온다.

"제가, 혼자 서고를 담당하고 있기 때문에 유사시 창고 자료의 안전을 위해서 제 개인 핸드폰과 연결된 간이 감시 장치를 설치해 두었습니다. 그런데 이날 국정원에 있었던 어수선한 상황이 마음에 걸려서 혹시나 하고 녹화된 영상을 봤는데 그 속에 생각지도 못했던 상황이 포착된 것이죠."

남자의 음성과 함께 성준의 서고 진입 과정이 여과 없이 화면에 흐른다. 성준과 친구들, 경악한다. 화면 속 뉴스 오디오 계속된다.

"검찰은 국정원 직원의 제보에 따라 뉴스 큐 강호연 기자를 상대로 수사를 한 결과, 김성준 씨의 신원을 파악하게 되었다고 발표했습니다."

친구들 놀라서 성준과 재원을 보는데, 재원, 서둘러 나갈 준비를 한다.

"검찰이 곧 회사에 들이닥칠 거야. 가서 대충 상황 정리하고 연락할게. 그리고 니들도 앞으로 여기올 때는 차 가지고 오지 마. 그리고 핸드폰도 꺼놓고. 지금 이 정부의 전자 감시, KGB 수준이니까."

재원, 급히 자리를 뜬다. 성준, 머릿속이 뒤죽박죽이다.


한편, 송 여사의 집. 온 가족이 텔레비전 앞에 굳은 듯 앉아 있다. 성아와 송 여사, 어이가 없는 표정인데, 인국의 눈빛이 유난히 반짝인다.

"저기 저 창고에 들어간 게 큰 처남 맞아? 작은 처남이라면 몰라도, 큰 처남한테 저런 면이 있었나?"

인국, 혼잣말을 하듯 중얼거린다.

"당신이 소개해 준 그 변호사가 망친 일, 오빠가 처리하는 중이네."

"섭섭하다, 그 말."

인국, 애써 감정을 추스르며 성아를 본다. 성아, 그런 인국의 기분을 알면서도 모른 척하고 할 말 다 한다.

"처음이야, 당신이 맡은 일 실패한 거."

"상황 다 알면서. 첨부터 안 되는 일이었어. 오히려 큰 처남이 일을 더 악화시키고 있다구."

듣고 있던 송 여사, 조인국을 두둔하고 나선다.

"조 서방 탓하지 마라. 애초부터 일 벌인 니 아버지 잘못이지. 지나간 일 신경 쓰지 말고 변호사 바꿔서 성민이나 얼른 빼와."

"이 사람 탓해서 뭐 하게요. 전 지금 회사 경영권 얘기하는 거예요."

송 여사와 조인국, 성아를 돌아본다.

"오빠는 아버지의 무고를 밝히겠다고 저렇게까지 하는데, 당신이 소개해 준 변호사는 성민이 하나 못 지키고 아버지가 고정간첩으로 몰리는 데에도 속수무책으로 있다가 재판 도중에 쫓겨나기나 하고. 그러다가 만일 오빠가 성민이 빼내면, 이사들이 자기나 나를 어떻게 볼지 그게 걱정돼서."

그 말에 송 여사도 공감한다는 듯 조인국을 본다. 조인국, 전혀 요동하지 않고 답한다.

"어머니, 걱정 마세요. 제게 다 생각이 있습니다. 복잡하게 꼬인 문제는 한꺼번에 안 풀립니다. 순서를 잘 정해서 풀어야죠. 아버님 고정간첩 혐의 먼저 벗겨야 합니다. 그러면 회사도 안전하고 성민이 문제도 자연히 풀리게 되어 있습니다."

"생각해 보니 그렇네."

"당연하지요. 성민이를 먼저 빼내려고 하니까 아버님을 걸고 넘어진 거거든요. 정확히는 알 수 없지만, 제 생각엔 작은 처남이 만든 프로그램이 너무 좋은 게 원인이 아니었나 싶어요."

"그게 무슨 말이야?"

성아가, 고개를 갸웃한다.

"다른 나라에서도 종종 있는 일인데, 민간에서 개발한 프로그램을 정부에서 독점으로 사용하려고 강제로 사들이거든. 돈 많이 주고. 그런데 이 정부는 돈이 없으니까, 이런저런 평계로 프로그램을 가져가려는 건지도 몰라."

성아의 귀가 솔깃한다.

"그 말은, 프로그램만 포기하면 성민이가 무사할 거다, 그런 얘기?"

"그럴 가능성이 있다 이 말이지. 내가 한번 그쪽으로 알아볼게. 만일 그렇다면 헐값이라도 받고 프로그램 넘기면 되잖아. 프로그램은 또 개발하면 되는 거 아니야? 머리 좋잖아, 작은 처남?"

송 여사의 표정이 밝아진다.

"역시 조 서방이다! 이렇게 쉬운 걸 왜 김 교수는 저렇게 미련하게… 당장 성민이한테 가서 매형 말대로 하라고 해."

"제가 가서 설득하겠습니다. 그나저나 김 교수가 걱정이네."

"걱정하지 마. 오빠도 다 생각이 있을 거야. 우리는 우리 할 일을 하면 돼."

조용하지만 성준에 대한 믿음이 강하게 전달되는 성아의 말에 인국, 잠시 표정이 굳는다. 뉴스에 놀란 송 여사가 피곤하다면서 방으로 들어가자 두 사람도 자리에서 일어난다. 앞서 나가는 성아를 뒤따르던 조인국, 고개를 돌려 TV 화면에 뜬 성준의 사진을 보며 불쾌한 표정이다.


한편, 서울 광화문 로터리에 위치한 '뉴스 큐' 편집국. 사복경찰과 기자들이 팽팽하게 대치하고 있는 가운데 사장실에는 재원과 강호연, 검사 1이 마주하고 있다. 검사와 강호연이 아연해서 보고 있는 가운데 재원, 미친 사람처럼 펄펄 뛰면서 언성을 높인다.

"아, 그 미친 새끼! 그 새끼가 간땡이가 부었지, 거기가 어디라고 들어가! 미국으로 이민을 가더니 한국이 그렇게 우습게 보이나? 정말 어이가 없네, 안 그렇습니까?"

재원의 난데없는 질문에 당황한 검사 1, 기가 막혀 말이 안 나온다.

"지금 그걸 왜 나한테 묻습니까. 김성준 씨를 국정원까지 데리고 간 게 이재원 사장 당신이라는 거, 여기 강 기자가 벌써 다 털어놨는데."

"네에? 야! 너 정말 그랬어? 너 말 바로 해. 내가 그놈을 데려갔냐?"

"아니, 그게….“

강호연 기자가 당황해서 말을 더듬는다.

"생각해 봐. 내가 그놈하고 저녁 먹으려고 나가는 중이었는데, 그때 니가 찰거머리처럼 붙어서 같이 가 달라고 했잖아. 특종급 찌라시 떴다고 국정원 갈 인원이 부족하다고, 생각 안 나? 그때 성준이 그 새끼는 차에서 기다리겠다고 그래서 같이 간 거 아냐. 말을 똑바로 하자면 나하고 그놈을 국정원에 끌고 간 게 너잖아, 아냐? 맞잖아!"

하면서 강호연에게 눈치를 준다. 그제야 강호연, 재원의 생각을 눈치채고, 오버액션을 하기 시작한다.

"아, 맞다, 맞아! 제가 메이저 신문사에 특종 뺏길까 봐 사람들을 몰고 가려구 그랬는데, 하필 편집국이 텅 비었더라구요. 그래서 제가 사장님한테 같이 가 달라고 했습니다. 종종 현장 지원 잘해 주시거든요. 제가 그걸 깜빡했네요….“

그 말에 검사 1의 입에서 욕지거리와 함께 험한 말이 튀어나온다.

"아이, XX! 이 사람들 지금 이거 뭐 하는 거야! 강 기자, 지금 당신이 한 말, 책임질 수 있어? 위증죄로 넘어가는 수가 있어!"

"죄송합니다, 검사님. 제가 넘 경황이 없다 보니 그만 깜박…

했지 뭡니까."

이 기회를 놓칠세라 이재원, 검사 1 옆에 차악 붙어 속삭이듯 말한다.

"그리고 김 검사님, 우리가 뭐 하루 이틀 보는 사이도 아닌데, 뭘 이렇게 화를 내시고… 제가 그런 멍청한 짓을 할 위인은 아니죠!"

"아니긴, 딱 그 타입이지! 니가 뒤에서 꼴통보수 여론몰이 하는 거 알 만한 인간은 다 알아."

"아이구, 우리 검사님 흥분하셨네. 말을 막 까고."

"야, 말 나온 김에 대학 선배로서 내가 경고하는데, 이재원! 이 일에 털끝이라도 개입했다간 너 신세 조져. 그러니까 너무 설치지 말고 조심해!"

"아이, 선배나 조심해요. 괜히 대빠들 찌라시만 믿고 착실하게 살아가는 사람들 억울하게 만들지 말고. 얼마 전에도 정말 어이없는 대빠 찌라시에 속아서 스타일 완전히 구기셨잖아요."

"아이, 그런데 이 새끼가…."

"그 바람에 야권 검찰개혁 대상 순위에 이름이나 올리시고. 아이구, 실력이 없어, 인물이 빠져, 뭐 하나 흠잡을 데가 없는 양반이, 그것만 아니었어도 벌써 지검장 되셨을 텐데. 지금 대빠들이 역대 대빠들 중에 젤 위험하다니까요. 그러니까 선배나 조심하세요. 저 같은 모범국민 걱정은 마시고, 예?"

"아이, 저 꼴통 새끼! 너 나한테 한 번만 제대로 걸려라, 제발. 소원이다. 박살을 내줄 테니까."

하고 돌아서자 재원, 안도의 한숨을 쉬는데 갑자기 다시 돌아서는 검사 1. 재원, 흠칫 놀란다.

"김성준한테 연락 오면 자수하라고 해!"

"그 새끼 어디 있는지 모른다니까요!"

"누굴 속이려구! 대학 때부터 붙어 다니던 거 다 아는데."

검사 1, 씩씩거리며 방을 나가자 검찰과 사복형사들이 썰물처럼 빠져나간다. 이재원, 털썩 자리에 앉으면 강호연이 조심스럽게 묻는다.

"교수님은요?"

"안전한 곳에 있으니까 걱정 마. 그나저나 골치 아프게 됐는데."

"아이, 뭐, 한두 번 있는 일이에요. 작전 들어가면 되는걸."

"작전? 이 새끼가 아주 신이 났네."

"신이 나긴요. 죽은 문 대표 때문에 그러는 거죠. 어떻게든 명예 회복시켜 줘야죠."

그 말을 하곤 시무룩해진 강호연을 힐끗 쳐다보는 이재원.

"알았다, 알았어. 작전 들어가자. 일단 기본적으로 필요한 거 폐차 직전의 승용차 한 대, 대포폰 넉넉하게 구해 봐라. 안전한 걸루다가."

그제야 좋아서 강호연이 방을 나가자, 이재원, 창문의 블라인드를 내리고 자는 척하다가 조용히 뒷문을 이용해서 사장실을 빠져나간다.


한편, 성준의 은신처. 최재복 노인이 들어온다. 성준, 눈빛이 아련해지는데, 최재복, 방의 옷장 안을 뒤적거리더니 오래된 버튼식 전화기를 꺼내서 벽에 있는 콘센트에 연결한다.

"그게 뭐예요?"

"니 아브지가 중국에 있던 가이드하고 연락할 때 쓰던 전화다. 아직도 번호가 살아 있으니까 당분간 핸드폰보다 이걸 쓰는 게 안전하지 않겠나."

"유선 전화라서 더 위험할 수도 있어요."

"걱정 붙들어 매라. 아브지 회사 전화번호로 등록되어 있으니까니. 그 회사 전화번호가 수십 갠데 어느 놈이 어느 번호를 쓰는지 누가 알간."

"아, 그래요?"

"글구… 너까지 문제가 생기믄 니 아브지, 편히 눈을 감지 못할 거인데 괜찮겠지?"

"걱정 마세요."

"기래, 기래. 그럼 난 간다."

최재복 노인이 나간 뒤 성준은 아버지의 손때가 묻은 전화기를 만지작거린다. 그리고 불과 몇십 분 전에 떠나온 꿈같은 만남을 떠올린다.

그런데 문득, 오래전 기억 하나가 성준의 머릿속을 섬광처럼 스쳐 지나간다. 중국을 다녀온 직후 아버지와 성민이 어딘가 이상하다고 느꼈던 그때, 성민은 비행기에서 먹은 음식 때문에 배탈이 나서 공항에 내리자마자 호텔로 가고 도문은 아버지 혼자 다녀오셨다고 했었다. 그런데 아버지 기억 속에서 성민은 너무도 멀쩡했다!

그렇다면 성민이 도문에 가지 못했다는 건 거짓말이고, 거짓말을 할 수밖에 없었던 이유가 있을지도 모른다! 어쩌면 성민은 도문에 함께 갔었고, 거기서 뭔가 현 정부가 위험하다고 판단되는 일을 아버지가 한 걸 목격했을지도 모른다. 어쩌면 그걸 숨기기 위해서 성민은 도문에 가지 못했다고 거짓말을 한 것은 아닐까. 그게 무엇이든 성준은 진실을 알아야 했다.

강남경찰서 구치소. 성배, 경찰서 입구에서 한참을 뭔가 생각하다가 이윽고 결심한 듯 안으로 들어간다. 판사 신분증을 보이고 뭔가 경찰관과 말을 주고받더니 성민과 마주 앉은 성배. 경찰의 눈을 피해 선이 없는 초소형 골전도형 이어폰 한쪽을 얼른 성민의 귀에 꽂아 준다. 그리고 귀를 후비는 척하면서 자신도 귀 뒤쪽에 붙인 뒤 핸드폰으로 줌 링크를 연결해 성준과 성민을 연결해 준다. 성민, 성배의 의도를 알아채고 눈짓을 하면 성배, 핸드폰을 주머니에 넣고는 성민과 대화를 하는 척 연기를 시작한다.

"형, 어때? 끝내주지?"

"그래, 생각보다는 뭐….'"

"내가 뭐랬어. 나 아니었음 꿈도 못 꿀 일 한 거야, 안 그래?"

"시끄러워. 거기서도 넌 나 아니었으면 중국 사람한테 잡혀서 뼈도 못 추렸어."

"무슨 소리야? 언제 시점에 들어갔다 온 건데? 어딜 갔었어?"

"시끄러워. 시간 없으니까 질문에나 대답해."

"지금 판사님이 날 취조하시는 겁니까?"

하면서 앞에 있는 성배에게 얘기하듯 너스레를 떤다. 핸드폰 속에서 성준이 묻는다.

"너, 아버지하고 중국 갔을 때 같이 도문까지 간 거 왜 숨겼어?"

성민, 깜짝 놀란다.

"사실대로 말해. 도문에서 무슨 일이 있었던 거지?"

"아니야, 나 안 갔어. 배탈이 나서."

"배탈이 난 놈이 바오즈를 3인분이나 시켜서 먹냐?"

방금 전까지만 해도 호기심으로 눈을 반짝였던 성민, 집요한
성준의 질문에 표정이 어두워진다.

"뭐야, 무슨 일 있었네, 분명히. 그것도 아주 엄청난 일이…."

"겨우 잊었는데. 잊히질 않아서 너무 힘들게 잊어버린 기억
인데…."

갑자기 성민의 눈에서 뜨거운 눈물이 흐른다. 당황한 성배,
차분히 앉아서 성민을 바라본다. 성배를 통해 성민이 울고 있
다는 이야기를 전해 들은 성준은 당황한다. 성준에게 성민의
이런 모습은 처음이다. 어떤 상황에서도 특유의 경쾌함을 잃어
버리지 않는 성민의 눈물 속에 감춰진 기억은 무엇일까. 성준
은 차분히 기다린다. 말없이 눈물을 흘리던 성민, 겨우 감정을
추스르고 이야기를 시작한다.

# 17
# 1988년, 도문 사건

1988년 10월 1일 밤, 중국 압록강변 도문시의 남쪽 국경 지대. 멀리 북한의 국경에는 완전 군장한 북한 인민군이 날카로운 눈빛으로 국경을 살피고 있다. 해가 저물자 일대는 순식간에 칠흑 같은 어둠이다. 달빛마저 구름에 가려 한 치 앞도 보이지 않는데, 북한 쪽 국경이 가장 인접한 도문의 국경 지대로 빠르게 접근하는 그림자가 보인다. 아버지와 성민, 그리고 거대한 덩치의 조선족 가이드 진 선생이다.

진 선생이 전후좌우를 살피며 맨 앞에서 움직이고 있고, 그 뒤로 아버지 김영원 회장이 나이답지 않게 민첩한 걸음으로 뒤따른다. 성민은 완전히 긴장한 표정으로 아버지 김영원 회장에게 딱 붙어서 따라가고 있다.

이윽고 국경 철책 근처에 도착한 세 사람. 건너편 북한 쪽 국

경을 보고 있다. 잠시 후 건너편에서 희미한 불빛이 세 번 꺼졌
다 켜졌다 한다. 신호다! 진 선생 역시 랜턴을 켰다 껐다 하면
서 신호를 보낸다.

"여기서부터는 회장님하고 아드님 두 분만 가셔야 합니다.
그리고 무슨 일이 생겨도 나는 모르는 일이라고 말할 겁니다.
아시겠습니까?"

성민, 겁을 먹어 벌벌 떠는데, 아버지 김영원은 초연한 표정
이다.

"여기선 얼마나 더 가야 합니까?"

"한 30미터쯤 가시면 거기 옛날에 중국군들이 쓰던 벙커가
있슴다. 거기서 보면 저쪽 건너편에 있는 사람 얼굴도 보이고,
목소리도 들립니다. 30분마다 군인들이 순찰을 돌고, 저기까
지 가는 데 5분이 걸리니까 얘기할 시간은 딱 10분뿐입네다.
절대 늦으면 안 됩니다."

김영원 회장, 고개를 끄덕인다. 진 선생, 김 회장 허리에 밧줄
을 매준다.

"무슨 일이 있으면 내가 이 밧줄을 댕기갔습니다. 5분이 지
나면 두 번, 7분이 지나면 세 번을 당길 거니까 그때는 돌아올
준비를 하셔야 합니다. 마지막으로 다섯 번을 당기면 바로 돌
아서서 제가 불빛을 비추는 데로 돌아오는 깁니다."

그때, 순찰병들이 다가온다. 세 사람, 엎드려서 숨소리를 낮

춘다. 순찰병들이 시야에서 완전히 사라지기를 기다려 진 선생, 고개를 끄덕이면 김영원 회장과 성민, 숲을 헤치며 강변에 있는 벙커를 향해 빠르게 돌진한다. 하지만 주변에선 아무런 기척도 없다.

"아버지, 혹시 안 오는 게 아닐까요?"

"꼭 전해줄 게 있다고 했으니까 틀림없이 올 거이다."

"뭔데요?"

"도청당할까 봐 겁이 나서 그런지 정확하게 얘길 안 해서, 나도 모른다. 사람을 통해서 돈을 좀 보내 주겠다고 했더니 그건 필요 없고 대신 나한테 꼭 주고 싶은 게 있다고 하더라. 들키는 날에는 곧바로 아오지 탄광으로 끌려가거나 아니면 즉결처형인데, 그 위험을 불사하고 주려는 게 뭔지…."

그때, 어렴풋이 강 건너편 철책에 두 개의 그림자가 보이기 시작한다. 성민이 랜턴으로 불빛을 비추자, 그중 그림자 하나가 그 불빛이 비치는 곳에 나와 선다. 그 순간, 아버지 김영원의 눈이 번쩍인다. 아버지, 조심스럽게 소리를 내어 본다.

"거기, 일훈이가? 일훈아! 아브지다!"

그러자 잠시 후 상대편 쪽에서 아주 낮게 목소리가 들려온다.

"큰아들 대학 어디 졸업했습니까. 그리고 뭘 공부했습니까?"

뜻밖의 질문에 아버지가 대답한다.

"우리 큰아는 고려대학교 졸업했고 전공은 그 환경공학."

"작은아들 이름은 뭡니까?"

"우리 작은아 이름은…."

이때 불쑥 성민이 대답한다.

"일훈이 형, 저 성민이에요. 형 막냇동생 성민이!"

잠시, 철책 사이로 침묵이 흐른다. 아버지와 성민, 긴장해서 조용히 기다리는데 잠시 후, 나지막이 들려오는 소리, 일훈의 흐느낌이다.

"아브지… 아브지… 그리운 우리 아브지…!"

35년간 쌓인 애끓는 그리움을 토해 내는 듯한 짐승 같은 울음소리에 김영원 회장의 다리가 휘청거리고, 눈에서는 눈물이 하염없이 흘러내린다.

"그래, 아브지다. 무정한 아브지다. 일훈아! 일훈아, 내 아들…! 미안하다. 미안하다, 일훈아….."

강을 사이에 두고 마주 서서 눈물로 서로를 부르는 백발의 아버지와 중년의 아들. 그 모습을 지켜보는 성민도 감정이 복받쳐 올라 할 말을 잃는다.

"어마이가 3년 전에 병으로 돌아가셨는데, 숨을 거두시기 전에는 활짝 핀 꽃봉오리처럼 웃으면서 가셨습니다. 살아서는 다시 못 만난 아브지를 넋이나마 찾아갈 수 있으니까 너무 좋다고… 먼저 아버지를 만나러 가서 미안하다고… 저는 꼭 살아서

아브지를 만날 수 있는 세상이 오게 해 달라고 기도하겠다고
했습니다….”

그 말에 김영원 회장의 흐느낌이 더욱 뜨거워진다.

“명신아…, 명신아….”

아내의 이름을 부르다가 기어이 그 자리에 고꾸라지는 아버
지를 부축하는 성민. 이때, 아버지 몸에 감긴 밧줄이 팽팽하게
당겨진다. 세 번이다! 벌써 돌아갈 때가 된 것이다.

“아버지! 이제 가야 돼요!”

“이제 겨우 만났는데 가긴 오델 가니. 난 안 간다.”

“아버지! 곧 국경 순찰대가 온다구요! 잡히면 다시는 일훈이
형 못 봐요!”

그 말에 아버지는 겨우 일어나 벙커에 기대어 서서 마지막
인사를 한다.

“일훈아, 보자마자 이별이구나. 니 얼굴을 똑똑히 보지도 못
하고.”

“아브지, 또 만날 날이 있갔지요. 그리구 이거 가지고 가시
오.”

하더니, 철책을 넘어와 강변에 서서 벙커를 향해 무언가를
힘껏 던진다. 그런데 그만 나무에 맞아 중간에 떨어지고 만다.
순간, 당황한 일훈, 돌아가지도 못하고 머뭇거리고 있는데, 성
민, 날렵하게 벙커를 뛰어넘어 나무를 향해 돌진한다. 그리고

랜턴을 비추며 나무 밑에 떨어진 묵직한 보따리를 찾는다. 그러곤 일훈에게 안심하고 돌아가라는 듯 손짓을 한다. 그 순간, 불과 10미터도 안 되는 거리를 두고 마주 선 성민과 일훈! 누가 보아도 한 핏줄이 분명한 중년의 일훈과 대학생 성민, 비록 몇 초 되지 않는 짧은 순간이었지만, 서로를 바라보는 것만으로도 두 사람의 가슴이 뭉클해진다.

일훈과 성민의 얼굴에 기쁨과 반가움의 미소가 천천히 번지는데 그 순간, 멀리서 개 짖는 소리가 들린다. 당황한 성민, 벙커 쪽으로 몸을 돌리다가 중심을 잃고 강에 빠진다. 그와 동시에 국경감시라이트가 환하게 강물을 비추고, 성민은 보따리를 안은 채 세찬 강물에 휩쓸려 내려가기 시작한다.

"성민아, 무슨 일이가! 성민아!"

그 순간, 건너편에서 지켜보던 일훈이 강물로 뛰어든다.

"성민아! 일훈아!"

김영원 회장은 어쩔 줄 몰라 발을 동동 구르는데, 허리에 동여맨 밧줄이 다시 팽팽하게 당겨진다. 다섯 번! 돌아오라는 뜻이다. 그사이 일훈은 성민을 건져서 강가로 데려다준다. 성민은 보따리를 안은 채 벙커로 돌아오고 일훈도 급히 몸을 돌이켜 물살을 헤엄쳐 가는데, 눈물로 멀어져 가는 일훈의 뒷모습을 보던 김영원 회장이 겨우 몸을 돌려 발걸음을 옮기는 순간, 두 발의 총성이 울린다.

순간, 놀라서 뒤돌아보는 김영원 회장과 성민의 눈에 총을 맞고 휘청거리는 일훈이 보인다.

"일훈아! 일훈아!"

일훈은 필사적으로 강변을 향해 가려고 하지만 결국은 힘없이 쓰러져 강물에 휩쓸려 내려간다. 그 광경을 본 김영원 회장은 그 자리에 주저앉고, 성민도 자책감에 휩싸여 완전히 패닉 상태인데, 이때 누군가가 두 사람에게 접근한다. 성민, 놀라서 돌아보니 진 선생이다!

성민의 이야기가 끝났다. 한참 동안 모두 말이 없었다. 한참을 멍하니 앉아 있던 성민이 겨우 다시 입을 열었다.

"그 뒤에 일어난 일들은 거의 기억에 없어. 그 이전에 일어난 일도 아득하기만 한데, 강물에 떠내려가던 일훈이 형의 그 힘없는 모습만 점점 더 선명해져. 그 모습이 지금도 생생하게 머리에 남아서 잊히지가 않아. 아버지가 그토록 그리워했던 일훈이 형은 그날, 나 때문에 죽었어."

그러고 보니 성준도 생각나는 장면이 하나 있다.

"그래서 그랬구나…, 아버지."

"무슨 소리야?"

"중국에서 돌아온 뒤 며칠쯤 지났을 거야. 아버지가 온종일 서재에서 꼼짝을 안 하시더라고. 저녁 식사도 안 하시고…. 그래서 걱정이 돼서 올라가 봤는데, 아버지가 가슴에 뭔가를 품고 소리 죽여서 울고 계시더라구…."

"충격이 크셨겠지…."

"그래서 학교 기숙사로 들어간 거냐? 아버지 보기 미안해서?"

"아버지가 나 볼 때마다 일훈이 형 생각날 거 같아서 피한 거지. 이 프로그램 잘 만들어서 그때 일 갚으려고 했는데, 오히려 고정간첩이라는 오해나 받게 만들고…."

"어쩔 수 없는 상황이었잖아. 그 일은 이제 그만 잊고 벌어진 일 먼저 해결하자. 우선, 그 보따리 안에 들어 있었던 것 중에 뭐 이상한 건 없었어?"

"그건 나도 몰라. 그날 이후로 본 적이 없어."

"가족사진이나 기념품 뭐, 그런 거였나?"

"뭔가 묵직한 게 들어 있었어. 돌은 아닌 거 같았고."

"위험을 무릅쓰면서까지 아버지한테 전달하려고 했다면 뭔가 중요한 게 틀림없고, 아버지도 그걸 절대 버리지는 않았을 텐데 아버지를 다시 만나 물어봐야겠어."

"형! 안 돼!"

"왜?"

"지금 캡슐에 들어갔다 온 지 몇 시간 안 됐잖아! 최소 24시간이 지나서 가야 한다구!"

"니 다음 공판이 앞으로 사흘밖에 안 남았는데?"

"그건 그런데, 잘못하면 기억 교란이 올 수도 있어. 못 깨어날 수도 있고. 더구나 형 같은 오가닉 스타일은 전자파에 더 약할 텐데…."

"지금 그런 거 따질 시간 없어. 얼른 해결하고 나 미국 가야 해."

"그래, 성민아. 형은 우리가 잘 챙길 테니까, 너 조금만 더 고생해라."

"고마워요, 형들! 그리고 형, 조심해. 1시간 넘기지 말고!"

"알았어!"

# 18

# 개발팀장 홍진수의 복수

그 시각, 홍진수의 은신처. 심각한 표정으로 키보드를 치다가 화면에 뜬 알고리즘을 체크하는 홍진수, 점점 더 심각해지는 얼굴, 어디론가 전화를 건다.

"저예요. 문제가 생겼어요. 제가 비밀리에 빼온 서브암호로 시스템에 겨우 들어갔는데, 아무래도 누가 들어왔다가 간 거 같아요."

"뭐? 김성민은 유치장에 있고, 프로그램 개발하던 친구들은 접근 권한이 없다면서 누가 들어온 거야?"

"국내에선 들어올 수 있는 팀이 없고, 아무래도 중국이나 실리콘 밸리 쪽 애들 같아요. 우선 경로를 추적해 볼게요. 그런데 시간이 좀 걸려요."

"서둘러. 우리 원장님, 어제도 일부러 내 사무실에 다녀가셨다. 얼마나 걸리느냐고 물으시면서 우리 둘, 평생 먹고살 걱정 없이 해 주겠다고 하셨다. 원장님도 이 일에 목숨 걸었어."

"옛날부터 궁금했는데, 원장님은 왜요?"

"박 원장 옛날부터 '빨치산' 이슈로 시달렸잖아."

"대박! 다른 것도 아니고 빨치산이요?"

"넌 전혀 모르냐?"

"금시초문이에요. 그럼 아버지, 아니 할아버지가 빨치산?"

"아니지. 아니, 나도 진실은 몰라. 암튼 빨치산 계보에 있는 사람이 박 원장 아버지라나 그래 가지고 난리가 났었고, 결정적인 증거가 없어서 여기까지 오긴 왔는데, 지금도 그 얘기만 나오면 박 원장 완전 초죽음이야. 이번 일도 잘못 알려지면 또 그 일하고 엮일까 봐 극비리에 하는 거고."

"부담이 넘 큰데요. 원장님까지 신경 쓰기엔."

"좋게 생각해. 원장님이 우리 뒤에 있다, 이렇게."

"암튼, 빨리 해결할게요. 이 새끼들 찾으면 다시는 이 바닥에 발 못 붙이게 박살을 내버릴 거예요. 그런데 문제는 그게 아니에요. 이 프로그램은 초인공 지능 기능이 있어서 데이터 값이 조금이라도 바뀌면 그 데이터를 가지고 자기 진화를 해요. 그래서 완전히 다른 프로그램이 되어 버려요. 더 이상 제가 아는 프로그램이 아니라는 거죠."

"뭐?"

"일단은 락을 걸어 놓고, 누가 접근했는지 찾아보고 나서 연락드릴게요."

전화를 끊는 홍진수, 키보드의 버튼을 누르면 락이 걸렸다는 문구가 뜬다. 그제야 안심을 하며 혼잣말.

"대체 누구야…."


그 시각, 성준의 은신처. 은신처로 돌아온 네 사람, 영국이 프로그램 세팅하기를 기다린다. 그런데 영국의 표정이 심각하다.

"무슨 일이야?"

"프로그램이 이상해. 어제저녁부터 시스템 알고리즘이 변했어."

"쉽게 말해라. 알고리즘이 바뀐다고 하면 우리 중에 알아들을 놈이 있냐?"

"누군지는 모르지만 이 프로그램에 손을 대고 있다는 거지."

"뭐? 암호도 모르고 시스템도 여기에 있는데, 누가?"

"아무래도 국정원에서 압수한 프로그램을 누가 손대고 있는 거 같아. 게다가 1시간 전쯤 락을 걸어 놔서 들어갈 수도 없게 됐어."

그제야 성준이 생각났다는 듯이 답을 한다.

"맞아! 홍진수란 놈이 지금 안가에서 성민이 걸어둔 비밀암호를 해독하고 있다고 했어."

"그럼 그 친구가 눈치채고 막아 버린 게 분명해. 못 들어가게 하는 선에서 끝나는 거면 괜찮은데, 만일 이 프로그램에 고의적으로 문제가 될 만한 정보를 심기라도 하면 성민이는 그걸로 끝장이야."

"뭐?"

"재판에 유리한 증거를 찾는 거보다 더 급한 건 그걸 막는 거야."

"그걸 무슨 수로 막나? 그놈이 어디 있는지도 모르는데."

성준과 성배, 영국, 심란한 표정인데, 재원, 별일 아니라는 듯 말을 꺼낸다.

"이 나라는 인터넷 사찰의 제국이라니까. 대한민국 안에 있기만 하면 사람 하나 찾는 거야 식은 죽 먹기지. 미국 할리우드 영화에만 나오는 얘기가 아니라구."

"그럼 방법이 있다는 거야?"

"뭐, 성배가 조금 도와주기만 하면."

하면, 성준과 영국, 간절한 눈빛으로 성배를 본다. 성배, 당황하면서 재원을 본다.

"안 돼, 절대 안 된다니까! 무사히 정년퇴직 좀 하자, 어? 아이, 자식, 정말!"

하면서도, 성준과 영국의 절실한 눈빛을 외면하지 못하는데.

개발팀장 홍진수의 복수

그날 저녁, 부암동 산꼭대기 외진골목 끝에 있는 한 주택 앞. 길 건너편에는 작은 승용차 한 대가 주차되어 있고 2층 창문으로 불빛이 새어 나온다. 길 건너편 차 안에서 창문을 노려보고 있는 사람, 성준과 재원이다.

"차 안에서 시체 썩은 냄새가 나는 거 같다."

"폐차장에서 빌린 차에서 향수 냄새 날 줄 알았냐?"

"속이 울렁거려서 토할 거 같아. 그런데 여기가 확실해?"

"어, 성배가 준 자료로 추적했더니 홍진수 와이프는 홍진수가 지방 출장 간 줄 알고 있더라고. 그런데 홍진수 이 새끼 핸드폰 위치는 며칠째 저 집 붙박이야."

"그런데 우리 두 사람으로 될까?"

"그 영상 보니깐 체격이 왜소한 편이던데?"

"그 새끼는 팔팔한 나이고, 우리는 이제 낼모레면 경로석에 앉아야 돼. 그리고 그 새끼가 국정원 애들 몰래 깔아 놨으면 어쩌려구?"

"딴짓하면 바로 뉴스 큐 강호연 기자한테 영상을 보낸다고 했으니까, 섣부른 행동은 못 할 거야."

이때, 집 안에서 누군가가 조용히 대문을 열고 나온다. 다가오는 사내, 홍진수가 틀림없다! 성준과 재원, 서로 눈빛을 교환하더니 차 문을 열고 나선다.

잠시 후 성준의 은신처. 성배, 초조한 표정으로 계속 방 안에서 왔다 갔다 서성이고 있고 영국은 그런 성배를 빤히 쳐다보고 있다. 성배, 혼자 자기 세뇌를 하듯이 계속 중얼거린다.

"성준이와 재원이를 믿자. 걔들이 폭력배는 아니니까. 내가 준 정보로 사람에게 험한 짓은 안 할 거야, 그치?"

영국, 고개를 끄덕끄덕.

"머리가 좋으니까, 홍진수가 제 발로 여기까지 걸어오게 만들 거야, 그치?"

"그렇진 않을걸. 이 장소가 노출되면 안 되니까."

성배, 화들짝 놀란다.

"그럼 눈을 가린 채 데려온다는 건데? 무슨 핑계로? 사람 눈을 가리자고 하면 말을 듣겠어?"

"안 듣겠지."

"안 들으면?"

"불가피하게 제압을 해야겠지."

"뭐?"

성배, 놀라서 기겁을 하는데, 그때 급하게 올리는 초인종. 영국, 벌떡 일어나 문을 열어 주니 얼굴이 만신창이가 된 재원과 성준, 홍진수를 묶어 머리에 두건을 씌운 채 끌고 들어온다.

"야, 이 새끼 의자에 묶어, 얼른!"

네 사람이 달려들어 몸부림을 치는 홍진수를 의자에 겨우 묶는다. 성준과 재원, 바닥에 벌렁 드러눕는다. 성배가 놀라서 어쩔 줄을 모른다.

"저 친구가 자기 발로 자기 집에서 나온 거지?"

성준, 겨우 고개 끄덕끄덕.

"누가 먼저 주먹질했어?"

"당연히 저 새끼지!"

재원, 열을 내면서 대답한다. 성배의 얼굴이 밝아진다.

"잘했어, 잘했어! 정당방위로 인정될 거야."

"잘하긴 뭘 잘해! 너 때문에 내 턱뼈 날아갈 뻔했어. 저 새끼 저거 생긴 건 기생 오래비처럼 생겼는데 어찌나 맷집이 좋은지, 하마터면 우리가 당할 뻔했다니까."

의자에 묶인 홍진수, 발버둥을 친다. 성준, 다가가서 머리에 씌운 두건을 벗기고 입에 물린 재갈을 빼준다. 홍진수, 밝은 불빛 아래서 성준을 보더니 긴장한다.

"당신, 김성준?"

"맞아. 그리고 니가 얼굴에 펀치를 날린 저 친구는 뉴스 큐 대표 이재원 사장이고."

홍진수, 날카로운 눈빛으로 성배와 영국을 훑는다. 성배와 영국, 험상궂은 표정을 하려고 애쓰는데….

"겁도 없네, 이 꼰대들이. 국정원 요원을 건드려? 뒷감당을 어떻게 하려구 일을 이렇게 크게 벌였어?"

이재원이 멍든 얼굴에 얼음주머니를 대고 다가와 말한다.

"우리가 어떻게 되기 전에 니가 먼저 죽고 싶어질 거야. 강호연 기자한테 내가 전화 한 통만 하면 곧바로 언론에 이 영상이 좌악 깔릴 거거든."

"난 죄 없어. 지시받은 대로 임무 수행했을 뿐이야."

"임무 수행 좋아하시네. 이게 바로 민간 사찰이야. 대통령도 흔들 수 있는 게 민간 사찰 죄야, 이 친구야!"

"그러니까 김성민 그 인간이 애초에 분수에 맞지 않는 프로그램에 손을 대지 말았어야지. 그 엄청난 프로그램을 고작 자기 아버지 한 사람을 위해서 쓰겠다는 그 발상이 너무 국가적인 낭비 아닌가?"

"그런데 이 새끼가….."

성준의 불끈 쥔 주먹이 홍진수를 향해 날아가는데, 성배와 영국이 필사적으로 막는다. 재원이 계속 홍진수를 상대한다.

"암튼, 너 하기에 달렸어. 지금부터 협조를 잘하면, 이 영상 같은 건 없었던 걸로 해줄 수도 있어."

"… 무슨 협조?"

그러자, 영국이 나선다.

"프로그램 여는 데 필요한 데이터 값 넘겨."

그 말에 홍진수, 코웃음을 친다.

"넘기면 당신들이 그걸로 뭐 할 건데? 당신들이 프로그램 구동할 줄은 알고? 그거 구동하려면 장비가 장난이…."

하는데 영국이 뒤에 있던 커튼을 확 젖힌다. 홍진수, 커튼 뒤에서 드러난 엄청난 시스템 위에 떠 있는 DGX-Z를 보더니 눈이 휘둥그레진다.

"저, 저건…."

"이게 웨이팅포유 시스템 본체고 그쪽이 갖고 간 건 연결된 하부 시스템."

"어쩐지 엔비디아 예전 모델하고 별 차이가 없더라니. 김성민이 진짜 DGX-Z는 감쪽같이 숨기고 있었네."

"우리도 놀랐어. 알고 보니 보통 아니더라고."

"저걸로 프로그램을 구동한 게 당신들, 아니 당신인가 보네?"

홍진수가 영국을 주시한다.

"응, 왜? 조금씩 흥미가 생겨? 내가 사실 그쪽한테 물어볼 게 좀 많아."

"당신, 누구?"

"그건 곧 알게 될 거고, 어때? 이 바닥이 워낙 좁잖아. 내가 친구 한두 사람한테 그쪽 이름 넘기면 아마 1시간도 안 돼서 그쪽 족보가 좌악 나올 텐데, 이 바닥 사람들이 알아도 괜찮을까? 저 시스템을 알 정도면 나름 이 분야에서 야망도 있고 아직 젊어서 장래도 있어 보이는데, 나랑 같이 잘 좀 해 보자고. 그러면 당신 인생도 풀리고, 성민이도 풀려나고, 나도 집에 좀 가고, 응?"

이재원 앞에서도 당당했던 홍진수가 윤영국의 나긋나긋한 말에 기가 팍 죽는다. 그 모습을 본 성준과 성배, 그리고 이재원, 영국의 색다른 면모에 놀라는 눈빛인데.

"원하는 게 뭐예요?"

"김성준 저 친구가 다시 프로그램 안에 들어갈 거야. 가서 뭔가 찾을 게 있거든. 그런데 그쪽이 알고리즘에 손을 대는 바람에, 나 혼자서는 프로그램 구동이 안 돼. 그쪽도 마찬가지잖아? 나 없이는 이 프로그램 손도 못 대. 그러니까 우리가 같이해야 된다는 거지. 그래서 내 친구가 무사히 갔다가 다시 깨어나면 끝."

"대체 저 안에서 찾으려는 게 뭔데요?"

"너무 많이 알려고 그런다. 그냥 쿨하게 협조하지. 콜?"

홍진수, 마지못해 고개를 끄덕인다. 하지만 성준은 미덥지 않다는 듯 영국을 본다.

"걱정 마. 너한테 무슨 일 생기면 자기도 끝장이라는 거 잘 아니까."

이윽고, 성준은 다시 캡슐로 들어갈 준비를 시작하고, 영국과 홍진수, 하나가 되어 프로그램을 다시 구동시킨다. 이윽고 프로그램이 열린다. 성준, 캡슐 안에 들어가고, 영국, 고글을 씩워 준다.

"날짜는?"

"어제 갔던 때보다 일주일 후쯤?"

"그러면 1988년 10월 5일 정도로 할까?"

"그럼 될 거 같은데."

"시간은 10분?"

"될까, 그 정도로?"

"그러면 30분. 하루면 충분하지 않을까. 너무 오래 있는 것도 좋지 않아."

"그래, 내가 가서 서둘러 볼게."

"위치는 위도, 경도로 입력하는 게 정확한데…."

이때 홍진수가 나선다.

"아, 답답해. 거 개발자로서 한마디 하겠는데, 위도, 경도 그럴 필요 없어요. 모든 게 김영원 회장 기준으로 세팅이 되어 있으니까, '우리집'이라고 입력하시면 됩니다. 복잡한 숫자 입력하다가 잘못되면 엉뚱한 곳에 떨어질 수도 있고."

영국, 망설이는 눈빛으로 홍진수를 보는데.

"못 믿겠음 말든가."

이때 성준이 말한다.

"시간 없어. 간단한 걸로 해."

영국, '우리집'이라고 입력한다. 순간, 홍진수의 얼굴을 스쳐 가는 희미한 미소를 아무도 눈치채지 못한다.

"자, 암호! 먼저 입력해!"

모두 물러나자 홍진수, 암호를 입력한다. 그러고 나면 영국이 다가가서 암호를 입력한다.

"성준아, 준비됐어?"

"어."

이때 성배와 재원이 예의 긴장한 표정으로 다가와 성준의 손을 꼭 잡는다.

"걱정 말고 잘 다녀와라."

"그래, 여긴 걱정 말고."

"아, 아, 알았어. 그 심란한 얼굴 좀 치워."

성배와 재원, 뒤로 물러난다. 재원이 홍진수를 보면서 성배에게 속삭인다.

"뭔지 모르지만 불안해, 저 조합…."

"다른 방법이 없잖아. 영국이를 믿는 수밖에."

이윽고 캡슐이 닫히고 영국, 엔터 버튼을 누른다. 순간, 성준의 심박동, 혈압, 뇌파 진동수가 끝없이 올라간다. 그러다가 천천히 내려오면서 안정권에 접어들자 모니터를 보는 세 사람. 그런데 아무것도 보이지 않는다. 당황하는 세 사람, 서로 얼굴을 보는데 다시 성준의 혈압과 심장 박동수가 빨라진다. 놀라서 화면을 보지만 먹통이다.

"뭐야, 왜 이래?"

그제야 영국, 홍진수를 돌아보면, 비열하게 웃고 있다.

"이 시스템의 단축 키워드, 그거 내가 개발한 거야. 나만 아는 사이버 폭탄! 우리집? 그건 만일의 경우에 대비해서 김영원 회장 처리하려고 만들어 놓은 폭탄이야."

"뭐? 너 죽으려고 환장했어? 대체 성준이를 어디로 보낸 거야?"

"아마 김영원 회장이 살던 함흥에서 제일 전쟁이 치열했을 때지. 1950년 12월 12일 아니면 13일쯤?"

그제야 '우리집'이란 키워드에 세팅된 시간을 확인하는 영국, 얼굴이 파래진다.

"3시간이야!"

"뭐? 그럼 전쟁터에서 사흘이나 있어야 한다는 거야?"

허둥대는 재원과 영국, 성배를 보며 소리 내어 웃는 홍진수. 재원이 날아가서 펀치를 날리자 홍진수, 의자와 함께 나가떨어진다. 그러고도 웃으면서 비아냥거린다.

"날 이렇게 함부로 대해도 되나? 나 아니면 김성준 영영 못 돌아와. 아님, 돌아오기 전에 폭탄 맞아 죽거나."

"뻥치지 마, 이 새끼야. 가상현실에 들어갔다가 사람 죽는 거 봤어?"

"이게 단순한 가상현실이면 살아 돌아오겠지. 그런데 이게 그 정도 수준이 아냐. 저기 봐. 지금 김성준 혈압, 뇌파 움직임…. 저게 정상이냐? 저러다 쇼크 한 방이면 폭탄 안 맞아도 심장마비로 가는 거야."

그 말에 머리끝까지 화가 난 재원과 성배와 영국이 동시에 홍진수를 향해 몸을 날린다.

# 19
## 가상현실: 1950년 12월 13일 함흥

한편, 아무것도 모른 채 요란한 소리에 눈을 뜬 성준, 사방에서 날아다니는 포탄, 비명을 지르며 정신없이 사방으로 흩어지는 사람들을 보며 혼이 나갈 지경이다.

'뭐야, 여기 어디야?'

다급하게 지나가는 사람에게 다가간다.

"오늘이 언젭니까? 오늘 며칠이냐구요?"

"이 사람이 정신이 들락날락한 게 아딩메? 지금 이 판국에 날짜 따질 정신이 있으면 고저 날래 도망이나 치기요. 사람 잡아서 깝질을 쫘악 베껴서 먹는다는 중공군이 벌떼처럼 내려오고 있다는 소리도 못 들었음매?"

하더니 다시 식솔들을 끌고 사라진다.

'중공군? … 그럼 한국 전쟁?'

뭔가 잘못됐구나 하는 직감과 함께 정신이 아득해진다. 김성준, 전쟁의 한가운데서 어쩔 줄을 모르고 서서 주변을 살피는데, 바로 길 건너편에 있던 집에서 낯익은 인상의 사내가 빠져나온다. 자세히 보니 젊은 시절의 성준과 무척이나 닮은 아버지 김영원이다. 그리고 함께 길을 나선 여인은 임명신, 꼬마는 일훈이라는 아버지의 첫아들일 것이다. 성준은 경이로운 눈으로 보다가 용기를 내어 다가간다.

"저기, 실례합니다."

그 말에 돌아보는 세 사람, 눈이 점점 휘둥그레지고 일훈이 고개를 갸웃하더니 더듬거리며 말을 하는데….

"… 아바이(노인)?"

그 말에 김영원은 고개를 돌려 일훈에게 아니라고 고개를 저으면서도 다시 성준을 자세히 들여다본다.

"무시기 일 있음꾸마?"

"여기가 어딘가요? 혹시… 함흥입니까?"

"그렇습다. 근데 어딘지도 모르면서 여긴 어케 왔음매?"

"그게… 좀 그렇게 됐습니다. 그리고 오늘 며칠이지요?"

명신, 고개를 갸웃하는데 일훈이 영원에게 속삭인다.

"폭격 때문에 아바이가 정신이 좀 들락날락하는 거 아임매?"

그 말에 영원, 성준을 측은하게 보면서 또박또박 대답해 준다.

가상현실: 1950년 12월 13일 함흥

"오늘은 1950년도 섣달 열사흘 날입네다."

그 말에 깜짝 놀란 성준, 그제야 홍진수가 손을 쓴 사실을 눈치챈다.

"홍진수, 이 개새끼!"

펄펄 뛰는 성준을 보며 놀란 세 가족, 뒤로 주춤 물러서는데, 다시 들려오는 요란한 포격 소리, 세 사람, 다시 가던 길을 가려고 하는데 성준이 다시 불러 세운다.

"이 사람들은 어디로 가는 거죠?"

"남쪽으로 가는 배를 타려고 흥남 부두로 가는 거 아임매? 우린 갈 길이 바빠서 먼저 가겠음매."

하고 돌아서는데 성준, 다급하게 말한다.

"저도 좀 데려가 주시면 안 되겠습니까?"

그 말에 잠시 머뭇거리는 영원, 그런데 일훈이 나선다.

"기차역까지만 데려가면 안 됨까. 저 아바이 저러구 댕기다가 중공군한테 붙잡히기라도 하면 어떡함까?"

영원, 그런 일훈을 돌아보더니 하는 수 없다는 듯 성준에게 말한다.

"기럼 흥남 부두로 가는 기차역까지 같이 갑시다."

"아, 감사합니다."

성준, 기다렸다는 듯이 따라붙는다. 앞서가는 임명신도 성준을 흘낏흘낏 보며 김영원에게 속삭인다.

"일훈 아브지, 세상에 이런 일도 있소? 저 아바이, 일훈이 할아브지(할아버지)를 똑 빼닮지 아니했음매?"

"그 말 같다도 않은 소리 집어치우라. 우리 아브지는 머리 노란 사람들처럼 신식 옷을 안 입는 양반임매. 길구 지금 그런 한가한 얘기 할 새가 어디 있음매? 기차 시간 늦지 않게 도착할라믄 날래 가야 함매."

말은 퉁명스럽게 하면서도 김영원 역시 흘낏흘낏 성준의 얼굴을 살핀다. 세 식구, 거의 뛰다시피 걸어가고, 성준도 정신없이 세 사람을 따라간다. 이내, 기차역이 눈에 들어오고 수도 없이 많은 사람들이 철도 길을 따라 걷고 있다. 그리고 얼마 가지 않아 기적 소리가 들리면서 멀리서 기차가 달려온다. 그런데 기차가 보이자마자 사람들이 걸음을 멈추고 기차가 오기를 기다린다.

"아브지! 기차가 오고 있소!"

"기래, 아브지도 안다. 이제부터 아브지가 말한 대로 해야 기차를 탈 수 있다. 알았음매? 당신도 정신 줄 놓지 말고, 내 손을 절대 놓치면 아이됨매!"

아내와 일훈, 비장한 표정으로 고개를 끄덕인다. 영원, 성준에게 다가와 찬찬히 설명을 한다.

"저 기차가 흥남까지 가는 마지막 기차입니다. 저 기차를 놓치면 흥남까지 꼬박 사흘을 걸어서 가야 됩니다. 그래서 이 기차가 가까이 오면 이 사람들이 고저 벌떼처럼 달려들어서 죽기 살기로 올라탈 깁니다. 그때는 인정사정 보면 아이됨매. 그저 막 밀어 버리고 저 기차에 올라타야 합니다. 알아들었음매?"

그 말에 성준, 주변을 돌아본다. 다가오는 기차와 기차에 올라타기 위해서 기다리는 사람들을 보고는 엄두가 나지 않는데, 다가오는 기차를 자세히 보니 이미 기차 위에 수많은 사람들이 올라타 있다. 오래전 한국 전쟁 사진전에서 보았던 광경이다! 성준은 다시 한번 자신이 한국 전쟁의 포화 속에 들어와 있다는 것을 실감한다.

이윽고 기차가 역에 도착하자 수많은 사람들이 기차 위로 기어오르려고 하지만, 이미 기차 위도 짐과 사람으로 만석이다. 올라가도 도통 앉을 자리라곤 보이지 않는다. 그때 성준의 눈에 놀라운 광경이 들어온다! 콩나물시루처럼 빼곡히 붙어 앉은 기차 위 사람들, 끝도 없이 기어오르는 사람들의 손을 잡아주며 어떻게든 앉을 자리를 만들어 내준다. 겨우 올라왔지만 앉을 자리가 없어 서 있는 갓난아기를 업은 아낙과 젊은 남편, 기차가 출발하면 금방이라도 떨어질 거 같은데, 이때 아이를 안고 앉아 있던 사내가 일어나 옆에 둔 짐 위에 아이와 함께 앉더니 갓난아기를 업은 아낙이 앉을 자리를 내준다. 젊은 남자, 아이 안은 남자에게 연신 고맙다고 인사를 한다.

성준, 그 광경을 멍하니 바라보고 있다가 돌아보니 김영원과 가족들이 인파를 뚫지 못하고 제자리걸음이다.

"저야 혼자니까 괜찮은데 선생님하고 가족분들이 기차 위에 타시기는 좀 힘들 거 같은데요…."

"아, 우리 걱정은 마시라오. 우리는 기차표가 있습네다. 그래도 사람들이 벌떼처럼 많아서 내래 네편네와 아한테 당부를 했습매."

성준, 마음이 놓인다.

"아, 그러시군요. 그럼 얼른 가시죠. 제가 길을 내어 드리겠습니다."

성준, 앞장서 인파를 헤치며 길을 낸다. 그 모습을 보고 있던 김영원과 아내, 일훈, 그런 성준을 의아하게 보면서 따라간다. 이윽고 기차가 와서 멈추고, 차장이 나와서 사람들을 둘러본다.

"차표가 있는 사람만 승차하시오! 차표 있는 사람 있소?"

그러자 김영원이 차표를 번쩍 들어 보인다.

"여기! 여기! 세 사람 차표 있습네다!"

"두 사람밖에 못 탑니다!"

"분명 세 사람 좌석표를 샀음매. 여기 보시오!"

"두 사람밖에 못 탑니다. 더 타려면 돈을 내시오!"

"뭐 이런 날강도질이야?? 이 표도 야미를(비싸게) 주고 샀음매!"

"시끄럽소. 타고 싶으면 10원 더 내시오!"

"무시기? 10원씩이나!"

김영원, 치미는 화를 참으며 주머니에서 돈을 꺼내려고 하는데, 이때, 이들을 밀치며 들어오는 사람이 있다.

"여기 20원 있음매! 그 자리 내래 사겠음매!"

김영원, 어이가 없어 돌아보면 체구가 탄탄한 사내가 어린아이를 업은 여자를 데리고 인파를 헤치며 들어오고 있다. 사람들의 삿대질에도 전혀 아랑곳하지 않고 들어오는 얼굴이 여간 뻔뻔스럽지가 않다.

"100원도 낼 수 있음매! 내래 꼭 이 차를 타야 하오!"

"아니, 이 간나새끼가 왜 남의 자리를 뺏으려고 지랄임매?"

하고 보더니 화가 잔뜩 났던 얼굴 표정이 금세 달라진다.

"한… 계장?"

하자, 그 남자 김영원을 돌아본다. 잠시 시선이 흔들리는 거 같더니 이내 무시하고 차장에게 다가간다.

"100원이요! 내가 그 좌석 사겠음매!"

"이보오, 한 계장!"

김영원, 사내의 덩치에 밀려나고, 그사이 차장은 한 계장이라는 사람이 내민 10원짜리 10장 묶음을 세면서 입이 벌어진다.

"돈 낸 사람이 타기요!"

"이 간나새끼가 벙거지 시욱 만지는 소리(어처구니없는 소리)를 하고 있음매! 아니, 이런 법이 어디 있소?"

하지만 말이 통하지 않는다. 한 계장이란 사람이 막 기차를 타려고 하는데 차장이 길을 막는다.

"내 두 사람 타라고 했는데?"

"눈이 삐었음매? 우리가 두 사람이지비, 세 사람이요?"

"등에 업은 아는 사람이 아니오?"

"갓난애새끼 기거도 돈을 내라 이 말임매?"

"그럼 이 짐을 버리고 타든가! 짐에다 아까지 있으면 그기 한 사람인 거이다. 싫으면 내리기오! 기차 곧 떠나니까 실갱이 할 시간 없소."

김영원과 성준, 결국 돈만 뺏기고 기차도 타지 못해 고소하다 싶어 지켜보는데, 갑자기 한 계장이라는 사람이 여인이 등에 업은 아이를 들쳐 안고 여인이 들고 있던 보따리를 빼앗은 뒤 여인에게 내리라고 소리를 지른다.

"내래 서울 가면 자리 잡고 연락할 테니, 눈 뜨고 코 베어 갈 세상 조심하고 집이나 지키고 있소."

"이제 가면 영영 안 온다면서 무시기 말을 하는 검까?"

"내리라고 하면 내리라!"

일대가 쩌렁쩌렁 울릴 만큼 큰 사내의 소리에 움찔한 여인이 결국 밀려서 기차에서 내려오자마자 기차가 움직인다. 급기야 여인의 눈에서 눈물이 흐르기 시작한다.

"재인이 아브지! 재인이 아브지!"

하지만 사내는 안으로 들어가 얼굴도 보이지 않는다. 여인, 열차에 매달려 남편을 부르다가 어느 순간 제자리에 굳은 듯 더 이상 움직이지 않고 서 있다.

"저 사람, 누굽니까?"

"홍남농고 나와서 농진청 농업과 있던 공무원임네다. 나보다 몇 살 아랜데, 내가 묘포장 하다 보니 일 관계로 몇 번 만난 적이 있지요. 평시 무뚝뚝하더니 이렇게 무지막지한 줄 몰랐습매. 기래서 사람은 지내봐야 한다 아임께. 저 애새끼(북한에서는 새끼라는 말이 욕이 아닌 평상어) 장인이 인민군 높은 간부라서 한 계장이 농진청에 들어가더니 출세 빨리했다 소문이 파다했습매."

영원과 명신, 안쓰러워서 쳐다보는데 여인의 목에 두르고 있던 스카프가 스르르 풀려서 떨어진다. 명신, 다가가서 주워 주자 여인, 천천히 목에 다시 스카프를 두른다. 이때 여인의 목에 있는 커다란 반점이 영원의 눈에 들어온다. 여인, 명신에게 의지해서 겨우 인파를 빠져나와 시야에서 멀어진다.

기차가 썰물 빠져나가듯이 떠난 자리, 남겨진 사람들은 다시 철길을 따라 느릿느릿 움직이기 시작한다. 영원, 명신과 일훈에게 말한다.

"저기 나무 보임매? 절루 가서 밥 먹고 생각을 좀 하다 보면 무시기 좋은 생각이 떠오르지 않겠습둥?"

김영원이 가리킨 곳은 키 큰 나무들이 우거진 숲이었다. 1시간 후, 숲에 도착해 보니, 먼저 와서 짐을 푼 사람들로 인산인해다. 사람들의 얼굴엔 끝없는 공포가 일렁인다. 멀리서 포탄 소리가 들릴 때마다 여인과 아이들이 비명을 지르고 사람들의 시선이 일제히 소리가 나는 쪽으로 쏠린다. 한쪽에서는 배가 고픈 듯 아이가 칭얼거린다. 아이 아버지가 아이를 윽박지르자 기어이 울음을 터뜨리는데…. 아이에게서 눈을 떼지 못하고 안쓰러운 듯 바라보는 명신, 그 모습을 지켜보던 김영원, 고개를 끄덕이자 명신 표정이 밝아지며 보따리를 풀어 뭔가를 꺼내는데, 집을 떠나기 전 준비한 듯한 둥그스름하고 큼지막한 고기 완자다! 꺼내자마자 코끝을 사로잡는 구수한 냄새에 성준의 눈이 휘둥그레진다.

　‘모양도, 냄새도 같아…!’

　그것은 어렸을 때 아버지가 즐겨 가시던 양평의 막국수 집에서 먹었던 고기 완자였다. 성준은 김영원을 조용히 바라본다. 주말이면 용문농장으로 달려가셨던 아버지, 농장 일이야 외삼촌과 일꾼들에게 맡겨도 될 일인데 굳이 왜 주말에도 집을 비우느냐며 어머니가 많이도 말렸다. 하지만 아버지는 장남인 성준을 데리고 용문농장으로 가는 길에 늘 이 고기 완자가 나오는 냉면집에 가시곤 했다. 그런데 이상하게 아버지는 고기 완자는 한 조각도 드시지 않고 성준이 오물오물하며 맛있게 먹는 모습만 보시곤 했다.

'그때의 고기 완자가 아버지에겐 고향이었어…. 고향의 냄새, 바로 이 냄새….'

성준이 잠시 상념에 빠져 있는 사이 명신은 고기 완자 절반을 뚝 잘라 건너편 아이 엄마에게 건네주자 아이 엄마, 연신 고맙다고 인사하며 받아 아이에게 먹이기 시작한다. 흐뭇한 시선으로 보다가 남은 고기 완자 절반을 일훈에게 주려고 고개를 돌리던 명신, 성준의 시선이 고기 완자에 꽂혀 있는 것을 발견하고 성준을 본다. 순간 명신의 시선에 당황한 성준은 얼른 시선을 거두고 창밖을 보는데 명신, 고기 완자를 절반 잘라서 두쪽을 일훈에게 주며 무어라고 속삭인다. 그러자 일훈이 성준을 툭툭 건드린다. 성준 돌아보자, 일훈이 두 손으로 완자 조각을 내민다. 성준, 고개를 젓는다.

"난 괜찮아. 일훈이 많이 먹어라."

그 말에, 깜짝 놀라는 김영원과 명신, 성준을 쳐다본다.

"우리 아 이름은 어케 아심까?"

아차 하며 당황하는 성준, 얼른 할 말을 찾지 못하고 있는데, 일훈이 아버지 눈치를 보면서 허겁지겁 완자를 삼킨다. 지켜보던 명신, 얼른 물을 주자 일훈, 단번에 물과 함께 완자를 삼켜버린다. 그 광경을 본 성준, 어릴 적 생각에 웃음이 나온다. 어릴 적에 아버지와 함께 완자를 먹을 때면 성준은 아버지가 막국수를 다 먹기 전에 그걸 다 먹어야 했다. 그러느라 입천장을 데거나 체한 적이 한두 번이 아니었다.

아니나 다를까 얼마 안 가 일훈이 배를 움켜쥐면서 허리를 굽힌다.

"어쩌? 오데가 아파?"

"모르겠음매. 쏙이 매슥거리는 거이…."

명신, 영원을 보며 원망 섞인 말투.

"맨날 아한테 음식 먹고 있는 거를 다그치니 아가 자꾸 체하질 않음매?"

"내가 온제 그랬다고 그럼매? 사내자식이 에미나이처럼 먹으니까 그런 거이디."

그사이 일훈의 얼굴에서 식은땀이 배어난다. 김영원, 일훈을 잠시 살피더니 허리춤에서 조그맣게 접힌 하얀 종이를 꺼낸다. 펼치면 그 안에서 하얀 가루가 나오는데. 성준의 눈이 반짝인다.

"안 되갔다. 너 혓바닥 내밀라."

그 순간 데자뷔처럼 성준의 뇌리를 스쳐 가는 기억. 어렸을 때 성격이 좀 예민했던 성준이 스트레스를 받아 배앓이를 할 때마다 아버지가 성준에게 하얀색 가루약을 먹이곤 했다. 그때에도 아버지는 똑같이 말했었다.

"안 되갔다. 너 혓바닥 내밀라."

그런데 어느 날은 어머니가 그 광경을 보더니 질색하며 성준을 가로막고는 못 먹게 했다. 그때 어머니는 아버지를 향해 이렇게 소리를 질렀다.

"대체 제정신이에요? 애한테 무슨 짓이에요? 한 번만 더 애한테 그거 들이밀면 경찰에 고발해 버릴 테니까 그런 줄 아세요!"

당시 성준은 겨우 10살 남짓이었다. 성준은 그 가루약이 무슨 약인지는 몰랐지만, 그날 이후로 아버지도 그 약을 성준에게 먹이지 않았고 성준도 먹지 않으리라 다짐했었다. 그런데 지금 김영원이 아들 일훈에게 같은 가루약을 먹이고 있었다. 성준이 고개를 갸웃하는데, 일훈은 경험이 있는 듯 혀를 내밀고 영원은 가루를 조금 혓바닥에 부어 준다. 일훈, 가루약을 침으로 녹여 삼키고는 배를 움켜쥔 채 눈을 감는다. 성준, 궁금증이 풀리지 않아 일훈을 보는데, 명신이 그런 성준을 위해 작은 소리로 속삭이듯 말한다.

"저거이 뭔지 궁금하심매?"

"아… 네에. 저도 어릴 때 아버지가 주신 적이 있는 거 같아서…."

"저거이 아편 아임매."

"네에?"

성준이 놀라서 영원을 쳐다보는데, 영원, 대단한 비밀이라도 전해 주는 듯한 표정으로 성준에게 속삭인다.

"이거이 우리 할아브지 때부터 내려오는 민간요법입네다. 우리 집안 사내들이 이 장이 약해서리 조급하게 다그치면 배앓이를 하는 내림이 있는데, 일정시대 때 우리 아브지가 저기 백두산 밑에서 아편을 재배하면서 배앓이를 해도 걱정이 없었습네다. 이 아편 잎 몇 장 따서 먹으면 고짓말처럼 배앓이가 낫곤 했습네다."

그 말에 성준의 눈이 휘둥그레진다. 그러면 성준이 어렸을 때 아버지가 먹여 주신 그 하얀 가루가 아편이었단 말인가. 성준, 어이가 없어 김영원을 보는데, 영원, 장난스러운 표정으로 성준을 놀린다.

"아바이도 좀 드셔 보시갔음매?"

"아니, 아닙니다. 전 괜찮습니다."

손사래를 치는 성준을 보며 짓궂게 웃는 영원, 어딘가 성민을 닮았다. 성준은 문득 성민을 생각한다. 성민은 지금 무얼 하고 있을까. 착잡한 마음을 달래려고 고개를 돌렸는데, 어디선가 강한 바람 소리 같은 게 들린다. 놀란 성준, 뒤를 돌아보는 순간 코앞까지 다가온 거대한 폭탄!

"앗! 위험해요!"

성준, 소리를 지르며 세 사람을 덮친다. 그 순간, 포탄이 숲에 떨어진다. 세 사람을 끌어안고 파편에 맞은 성준, 정신을 잃는다.

가상현실: 1950년 12월 13일 함흥

# 20
## 1950년 12월 14일 만세교

그 시각, 성준의 은신처. 갑자기 성준의 뇌파 활동과 혈압이 뚝 떨어지자, 영국, 비명을 지른다.

"성준아!"

"뭐야? 왜 그래?"

"갑자기 생체 신호가 모두 떨어지고 있어!"

"뭐?"

"성준이를 깨워야겠어."

하면서 시스템을 작동시켜 보지만 말을 듣지 않는다. 홍진수, 비열하게 웃는다. 영국, 홍진수에게 달려가 멱살을 잡고 윽박지른다.

"대체 무슨 짓을 한 거야?"

"그러게 시스템도 모르면서 왜 쓸데없이 나서고 그래? 그 키는 취소가 안 돼. 한 번 작동하면 시간이 다 돼서야 끝나. 그런데 여기선 3시간이지만 가상현실 안에서는 사흘을 살아야 하니까 생체 에너지도 사흘치가 필요한데…. 먹지도 못하지 자지도 못하지 날씨는 영하 30도쯤 될걸. 포탄에 맞아 죽지 않으면 얼어 죽겠지."

"너, 이 새끼… 진짜 죽고 싶어?"

"죽이려면 진작 죽였어야지. 이미 국정원에서 내 위치를 파악했을 거고, 아마 이쪽으로 벌써 출발했을걸?"

"웃기고 있네. 우리가 빙신이냐. 니 핸드폰 벌써 작살났어."

"핸드폰 없으면 추적이 안 될까?"

깜짝 놀라는 재원과 성배, 그리고 영국.

"이건 기밀 사항이긴 한데, 우리는 입사를 하자마자 예방주사를 맞아요. 일명 GPS 백신이라고 부르는데 일종의 센서를 몸 안에 주입하는 거지."

"뭐, 뭐라고?"

"이 대빵 미친놈들이 생체칩으로 민간인 사찰을 못 해서 그렇게 안달을 하더니 기어이 국정원 직원들한테 실험을 했단 말이야?"

놀란 재원과 영국, 어쩔 줄을 모르는데, 가만히 지켜보고 있던 성배가 집 안을 뒤지더니 오래된 야구방망이 하나를 들고 다가온다. 놀란 재원과 영국이 미처 막을 틈도 없이 성배, 홍진수를 향해 날렵한 스윙으로 야구방망이를 날린다.

"안 돼!!"

"아악!"

세 사람의 비명이 방 안에 휘몰아친다. 잠시 후, 눈을 뜬 홍진수, 야구방망이를 홍진수의 얼굴 바로 옆에 세운 채 눈을 부라리고 있는 성난 성배의 얼굴을 보고 뒤로 화들짝 놀라 제풀에 넘어진다. 뒤에 있던 재원과 영국도 가슴을 쓸어내린다.

"이 국정원 나부랭이 새끼가 어디 현직 판사를 상대로 설레발이야? 몸에 위치 추적 센서를 심는 나라가 그게 나라냐? 집단 수용소지."

홍진수, 벌벌 떤다.

"현직 판… 판사요?"

"그래, 나 서울지방법원 판사 김성배다, 이 새끼야. 그리고 지금 방금 니가 한 말 내가 다 녹음해 놨거든. 이거 하나면 그게 사실이든 아니든 너 때문에 국정원이 쑥대밭 되는데, 그 사람들이 여길 온다 해도 와서 널 구해 주겠냐, 우리 말을 듣겠냐?"

홍진수, 얼굴이 사색이 되어 사정한다.

"전화… 전화 한 통만 쓰게 해 주세요. 제가 전화하면 괜찮을 거예요."

"왜? 생각이 달라졌나 보네?"

영국이 나선다.

"됐어. 그쪽 회사 사람들 절대 여기 못 찾아."

"네에?"

"이만한 장비를 굴리는데 내가 아이피를 노출시켰겠어?"

그 말에 성배가 펄펄 뛴다.

"야, 그랬음, 인마, 진작 말해야지. 내가 꼭 이렇게 이런 놈 앞에서 몽둥이를 들고 설쳐야겠냐?"

"그러게 말을 할 틈을 줬어야지. 니가 좀 빠르냐?"

성배, 불만스러운 표정으로 야구방망이를 던지자 홍진수, 안도의 한숨이다. 영국, 홍진수를 설득한다.

"그쪽이 살길은 딱 하나야. 무조건 가능한 한 빨리 김성준을 저 아수라장에서 데려오는 거."

홍진수, 난감한 표정이다.

"그게…."

"뭐?"

"그 코드는 수정, 취소가 안 돼요. 거짓말 아니에요. 정말이에요."

그 말에 재원과 성배, 영국의 얼굴에 절망감이 번지는데, 이때 시스템의 오디오가 달라진다. 놀라서 돌아보면 다시 성준의 생체 신호가 조금씩 살아난다. 안도하는 세 사람, 시계를 보면 어느새 1시간이 넘어서고 있다.

같은 시각, 가상현실 속 함흥시 외곽의 한 폐허. 성준은 누군가가 애타게 부르는 소리에 눈을 뜬다. 자세히 보니 명신과 일훈이다.

"정신이 들었음매? 나 알아보갔음매?"

"아… 네에, 괜찮습니다. 머리가 깨질 듯 아픈 거 빼고는요."

"밤새 기척도 없어서 돌아가신 거이 아닌가 하고 우리 아 아브지가 지극정성으루다가 밤을 꼬박 새우면서 간호했습니다."

"아, 이런 민폐를…."

"민폐? 아, 고생… 아임다. 생각 아이 납니꺼? 아바이가 우리를 살려 주셨습니다."

그제야 기억을 떠올리는 성준, 그런데 김영원이 보이지 않는다.

"그런데 남편분은…?"

"아, 우리 아 아브지는 남쪽으로 가는 배편을 알아보겠담서 새벽녘에 만세교 건너편에 사는 친구를 만나러 갔슴매. 진작 돌아왔어야 하는데 어케 아직도 안 오는지…."

그 말에 성준이 화들짝 놀란다.

"만세교요?"

"네, 친한 친구가 그 다리 너머에 삽니다. 긴데 왜 그러십니까?"

"오늘이 며칠이죠?"

"오늘은 열나흘 날입니다."

"12월 14일인데 만세교에 가셨다고요?"

순간, 성준의 머릿속을 스쳐 가는 게 있었다. 아버지는 돌아가시기 몇 년 전에 자신의 삶을 기록한 자서전 형식의 글을 남기신 적이 있다. 아버지가 돌아가신 후에 통일이 되면 형제끼리 서로 알아보지도 못하고 살아갈 것을 걱정하신 아버지는 당신의 삶을 소상히 기록해서 남기기를 원하셨다.

당시 성준이 그 자서전을 만드는 일을 함께했었다. 그래서 아버지의 일기를 거의 외우다시피 하고 있었다. 아버지는 해방이 된 이후 소련군이 점령한 이북에서는 희망이 없다고 판단하시고 남쪽으로 이주하기 위해 몇 차례나 서울에 와서 상황을 살피고 돌아가시곤 했다. 그러다가 한국 전쟁이 나자 가족과 함께 남쪽으로 가기 위해 만세교 건너 사는 친한 친구와 함께 배편을 마련하기 위해 나간 길이었다. 하지만 그것이 가족과 마지막이 되었다. 만세교가 폭파됐기 때문이다.

오늘이 바로 그날이었다. 아버지는 아무것도 모르고 집에서 자신을 기다리고 있을 아내와 아들을 생각하며 만세교에서 통곡하셨다고 회고했다. 그때가 아버지 인생에서 가장 괴롭고 아픈 순간이었다고….

성준은 명신과 일훈을 바라본다. 지나간 일을 바꿀 수는 없다. 그러나 조금이라도 그 아픔을 덜어줄 수는 있지 않을까 생각한다. 성준은 벌떡 일어난다.

"지금 당장 만세교로 가야 합니다. 남편분이 만세교를 건너기 전에….."

"그 몸으로 어딜 간다고 기럼매? 만세교가 여기서 5리가 넘습니다."

"아주머니하고 일훈이, 짐을 싸서 저하고 같이 가시죠."

"예에? 가긴 어딜 가자는 것임매?"

"김영원 씨가 만세교를 건너면, 못 돌아옵니다! 그 전에 우리가 가야 해요."

"그것이 무시기 말입니까? 좀 알아듣게 얘기하시라요."

"지금 그거 설명할 시간이 없습니다. 절 믿고….."

하는데 명신과 일훈의 표정이 굳는다.

"아바이가 뉘긴지도 모르는데 어케 믿갔습니까?"

꼼짝도 하지 않겠다는 듯 단호한 명신의 말에 성준은 하는 수 없이 천기누설을 시작한다.

"당신 남편 이름은 김영원, 삼수갑산 출신이고 함흥농고를 졸업해서 묘포장을 하는 분 아닙니까? 일훈이 할아버지 함자는 김득교, 아주머니 이름은 임명신, 너는 일훈이. 올해 14살이지?"

그 말에 놀라서 말을 못 하는 명신과 일훈.

"그것만 아는 게 아닙니다. 오늘 만세교가 폭파된다구요. 남편하고 영영 이별하게 될⋯ 지도 모르니까 서로 얼굴이라도 보게 얼른 가시자구요."

명신, 놀라서 그 자리에 털썩 주저앉는데, 일훈이 엄마를 채근한다.

"어마이! 이 아바이 말이 참말이면 어캄매? 우리 아브지 다시 못 보게 되면 어캄매?"

명신, 잠시 머뭇거리다가 안방에 가더니 사진 한 장을 들고 와 성준에게 내민다. 단아한 복장의 노인 사진이다. 그런데 살이 좀 빠진 것을 빼고는 성준과 판박이다.

"이분은⋯."

"아바이가 어제 살려낸 내 남편의 아브지 되시는 김자 득자 교자 어르신입니다. 어떻습니까. 보시기에도 아바이하고 똑 닮지 않습니까?"

"아, 네에, 그런 거 같습니다. 그런데 이걸 왜⋯?"

"돌아가신 아 할아브지가 우리를 살려 주려고 온 거이다 그렇게 믿어 보갔다 이 말임매. 긴데 만일 아바이를 따라나섰다가 아 아브지하고 길이 어긋나게 되믄, 내 죽어서도 아바이한테 복수를 할 김니다."

"그럴 일은 없을 겁니다⋯."

"좋음다. 같이 가갔음매. 일훈아, 준비하라."

성준, 옷을 입고 마당에서 서성인다. 잠시 후 명신과 일훈이 간단한 보따리를 짊어진 채 방에서 나온다. 일훈, 창고에서 리어카를 끌고 나온다.

"어마이, 여기 올라타시오."

"무시기 말이니. 네래 지금 나를 싣고 만세교까지 가겠다는 말이가?"

"몸이 부실한 어마이가 그 짐보따리까지 메고 어케 만세교까지 가겠음매? 어서 타시오."

"네래 지금 에미를 몹쓸 늙은이로 비밭는(입 밖으로 내뱉는) 거이가? 씨알도 안 먹힐 소리 고만하고, 날래 가자."

"그만 뿌대기고(투덜거리고) 그 짐보따리를 나에게 주이소."

"일없다. 네래 쟁긴 것도 무거운데 어마이 짐까지 어케 지려고 기럼매?"

성준, 나이답지 않게 의젓한 일훈을 대견하다는 눈빛으로 바라보다가 명신의 짐꾸러미를 끌어당기더니 등에 건다.

"아주머니, 이 짐은 제가 지고 가겠습니다. 일훈아, 그럼 됐지?"

"아바이 몸도 에리에리한데(성하지 않은데)."

"너 자꾸 나한테 아바이라고 할래? 그냥 아저씨라고 불러. 사실 아저씨도 아니고… 동생이지만."

"고거이 무시기 소립니까. 내래 아바이처럼 늙은 동생이 있다 이 말입니까?"

"아니… 그냥 나도 모르게 나온 말이다. 신경 쓰지 말고 얼른 앞장서. 만세교 어딘지는 아는 거지?"

"사방 10리는 제 손바닥 안에 있습니다. 만세교는 5리밖에 안 됩다. 눈 감고도 갑니다."

"그래, 얼른 가자. 아버지 만나야지."

세 사람은 길을 나선다. 걸어가면서도 일훈은 종종 성준을 힐끗거린다. 낯을 가리는 듯하면서도 사람에게 호기심이 많은 일훈이 왠지 사랑스럽다. 아버지에겐 얼마나 귀한 자식이었을까. 이런 아들을 30여 년 만에 겨우 만났는데, 눈앞에서 죽는 모습을 보셨으니 아버지가 얼마나 절망하셨을지 성준은 어렴풋이나마 알 수 있을 거 같았다.

1시간 남짓 걸었을까. 만세교가 멀리 보이기 시작할 무렵부터 다시 포 소리가 가까워지기 시작했다. 갑자기 일훈이 두려움 가득한 표정으로 명신을 돌아보며 말한다.

"어마이, 저거 쌕쌕이 소리 아임매?"

"쌕쌕이?"

놀란 목소리로 하늘을 보던 명신, 눈이 둥그레지면서 하늘을 쳐다본다.

"쌕쌕이가 뭡니까?"

"미군 비행기 아닙매? 쌕쌕이가 보이믄, 인민군이 가까이 왔다는 뜻이라고 아브지가 그랬음매."

"자자, 얼른 가시지요!"

다시 발걸음을 재촉하는데, 그 순간 쌕쌕이가 떨어뜨린 포탄 하나가 정확하게 만세교 위에 떨어지더니 순식간에 만세교가 무너져 내린다. 순간 명신이 털썩 자리에 주저앉는다. 일훈도 당황해서 명신을 붙들고 울부짖는다.

"어마이, 만세교가 끊어지면 아브지는 어케 돌아옴매?"

명신, 일훈을 끌어안고 눈물을 흘리기 시작한다.

"일훈이 아브지, 일훈이 아브지…."

지켜보는 성준도 어쩔 줄을 모르는데, 성준, 잠시 생각에 잠 긴다. 그리고 집중력을 총동원해서 아버지의 일기를 떠올린다. 아버지는 그날 저녁이 되도록 끊어진 만세교 끝에서 자신을 기다리고 있을 가족들을 생각하며 대성통곡을 했다고 했다.

성준이 보니 어느새 포연은 사라지고 아수라장이 된 만세교 건너편이 보인다. 해 지기 전 아버지는 저 건너편에 나타날 것이다. 성준은 급히 명신과 일훈이 있는 곳으로 돌아온다. 명신이 겨우 몸을 지탱하고 주저앉아 있다.

"좀 괜찮으십니까?"

"괜찮음다. 글구 아바이가 한 말이 사실이라믄, 정말로 이대로 우리가 생이별을 하게 되는 거이 운명이라면, 차라리 다리가 끊어진 거이 잘됐음다. 이참에 우리 아 아브지라도 무사히 피신했음 좋갔음매. 다른 사내들은 여편네하고 자식들 모두 버리고 피신했는데, 우리 아 아브지는 기어코 우리를 데리고 가려고 애를 쓰다가 여태 못 갔음. 시절이 좋아지면 제일 먼저 집으로 돌아올 양반이니까 우리는 집에 가서 기다리겠음매….”

일훈도 고개를 끄덕인다. 성준, 차분하게 두 사람에게 권한다.

“집에는 언제든 가실 수 있지만, 그래도 다리 끝에 나가 보시면 어떨까요. 남편분도 건너편에서 이곳을 보면서 애를 태우고 있을지도 모르니까요.”

그 말에 눈빛에 생기가 도는 명신과 일훈, 일어나 성준과 함께 끊어진 다리 끝에 다가선다. 과연, 많은 사람들이 건너편 다리 끝에서 서성이며 이쪽을 바라보고 있다. 명신과 일훈, 있는 힘을 다해 남편과 아버지를 부르지만 너무 멀어서 들릴 리가 없다. 보다 못한 성준이 나선다.

“좀, 이상하게 들리실지 모르지만, 제가 건너편에 가서 남편분을 좀 찾아보겠습니다.”

깜짝 놀라 쳐다보는 명신과 일훈.

“그거이 무시기 말입니까? 다리가 끊어졌는데 어케 저길 건너간다는 깁니까?”

“제가 아주머니와 일훈이를 건너게 해드릴 수는 없지만, 제가 건너가서 찾을 수는 있습니다.”

"혹시 못 돌아올지 모르니까 이 아만 데려갈 수는 없음매? 우리 일훈이 아브지는 이 아 없이는 못 사는 사람입니다."

그러자 일훈, 완강하게 고개를 젓는다.

"안 될 말임매. 아브지한테 내 약속했음매. 아브지 없을 때 절대 어마이 곁을 떠나지 않겠다고… 이 아바이가 아브지를 찾아준다 하니까 나는 여기서 어마이랑 아브지가 올 때까지 기다리겠습니다."

성준, 일훈을 보고 가슴이 뭉클해진다.

"그래, 일훈아, 여기 꼼짝 말고 있어. 그리고 이상하게 들릴지 모르지만…."

"하나도 일 없습니다. 내는 아바이가 하시는 말씀 다 믿슴다."

"그래, 고맙다. 오늘 해 지기 전에 반드시 아버지가 저기 건너편에 나타나실 거야. 혹시라도 아버지가 길을 잃으면 내가 반드시 찾아서 저기 제일 가까이 보이는 다리 기둥 앞까지 모시고 올게."

일훈, 고개를 끄덕인다. 성준, 안도하며 돌아서는데 눈물이 그렁그렁한 명신의 눈과 마주친다. 이 눈빛으로 평생 남편을 그리다가 세상을 떠났을 여인 앞에서 성준은 한없이 미안해진다.

"건강하십시오. 일훈이도. 아버지가 얼마나 널 믿는지 알지?"

일훈, 고개를 끄덕인다. 성준은 있는 힘을 다해 다리 건너편을 바라보고 서 있는 명신과 그녀를 꼭 붙들고 있는 일훈을 남겨 두고 다리 건너편에 집중한다. 잠시 후, 성준은 다리 건너편에 서 있다.

그런데 건너편과는 달리 이쪽은 아수라장이다. 대부분 남자들인데 시내에 나왔다가 다리가 폭파되어 집으로 돌아가지 못하는 이들이었다. 성준은 그들 사이에서 초조하게 아버지를 찾지만 보이지 않는다. 점점 더 다리에서 멀어지는 성준, 공간 이동 기능을 이용해 이리저리 다니다가 다리에서 약 1킬로쯤 떨어진 곳에서 밝은 얼굴로 돌아오는 영원을 만난다.

"아, 아바이…, 괜찮습까? 길구 여기까진 어케 오셨습매?"

"왜 이제 오세요? 만세교 폭파된 것도 모르시는 겁니까?"

"무시기 말씀입니까? 만세교가 폭파되다니?"

그 말이 채 떨어지기도 전에 정신없이 달음박질치는 김영원, 잠시 후 처참히 폭파된 만세교 앞에 도착한다.

"같이 타고 갈 배를 마련해 개지구 왔는데 다리가 이케 돼서 어케 데릴러 감매? 이거 어쩌면 좋음매? 우리 명신이, 일훈이 집에서 나를 기다리고 있을 텐데 이걸 어떻게 하면 좋음매? 명신아! 일훈아!"

그 자리에 주저앉아 땅을 치며 통곡하는 김영원. 성준이 김영원을 달랜다.

"지금 저기 다리 끝에 아내분과 일훈이가 와 있습니다."

"저… 정말입니까?"

"네, 제가 저녁이 될 때까지 가지 말고 기다리라고 했습니다. 그러니까, 사람들이 가고 주변이 조용해지면 멀리서나마 보면서 이야기할 수 있을 겁니다. 이대로 헤어지면 평생 한이 되실 테니…."

성준의 말에 김영원의 울음소리가 잦아든다. 어느덧 해가 저물고 몰려왔던 사람들이 하나둘 돌아간다. 주변이 조용해졌다 싶은 순간 멀리서 목소리가 들리는데, 분명히 일훈이다.

"아브지! 아브지!"

"일훈아! 일훈아!"

"어마이 걱정 말고 무사히 다녀오심매!"

"오냐, 아브지 속히 다녀옴매! 어마이 잘 모시고 있거라. 이 아브지…."

하면서 목이 메는 김영원, 울음을 멈추고 다시 사력을 다해 소리친다.

"이 아브지는 일훈이가 최고다!"

"내도 아브지가 최고입매!"

"일훈아!"

"아브지!"

"명신아, 미안하다! 내가 못났다! 곧 다시 만나자!"

"일훈 아브지! 일훈 아브지!"

어두운 하늘 아래 생이별하는 가족의 한 맺힌 외침이 사무친다.

그날 밤, 폭파된 한 초가집에서 함께 노숙을 하게 된 성준과 영원. 새벽이 되도록 잠을 이루지 못하는 영원이 겨우 잠들자 성준은 조용히 일어나 밖으로 나가서 한참이나 구토를 한다. 구토가 끝나자 이번에는 끝도 없는 현기증의 계속이다. 성준, 겨우 정신을 차려 상황을 정리한다.

'분명, 홍진수가 뭔가 수를 쓴 거 같은데….'

오늘로 사이버 공간에서 헤맨 지 이틀째다. 내일이면 사흘째, 벌써 몸은 심각한 거부 반응을 보이고 있다. 아까 만세교를 건널 때도 하마터면 떨어질 뻔했다. 신체 기능도 인지 기능이나 판단력이 흐려지고 있다.

'성민이가 사흘을 넘기지 말라고 했는데… 내일은 돌아갈 수 있을까? 아니, 내일까지 무사히 살아남을 수 있을까? 가상현실 속에서 죽으면 어떻게 되는 거지? 에라, 모르겠다. 죽든 살든 사흘이 되면 돌아갈 수 있겠지.'

그러고는 잠이 들려고 하는데 성준의 배에서 계속해서 꼬르륵 소리가 요란하다. 성준, 깜짝 놀라 배를 잡는데, 조용히 김영원이 눈을 뜨더니 자리를 털고 일어난다.

"그러고 보니까 이틀째 통 드시는 걸 못 본 거 같습니다. 난리통에 그래 가지고 어케 배기겠습니까. 이거라도 좀 드십시오."

하면서 명신이 만든 듯한 보리빵과 고기 완자를 내민다.

"아, 예. 감사합니다."

먹어도 전혀 허기가 채워지지 않는다는 걸 알면서도 받아 든다. 그사이 영원은 미군들이 쓰는 것이 분명한 포터블 가스통을 꺼내 라이터로 불을 붙이고 그 위에 스텐 컵을 놓아 물을 끓여 성준에게 준다. 그 외에도 자그마한 보따리에서 나오는 물건들이 모두 미제다.

"이건 미군들이 쓰는 거 아닙니까?"

"맞습니다. 달포 전에 개마고원에서 만난 미군들에게 선물로 받은 깁니다."

"개마고원에서 만난 미군이라면… 미 해병대 말씀입니까?"

그 말에 김영원 깜짝 놀란다.

"아니, 그걸 어케 아시오? 그거이 군에서도 특급 비밀이라면서 나한테두 절대 어디 가서 떠들지 말라고 하면서 이 물건들하고 아주 튼튼한 방탄조끼를 하나 선물로 주길래 우리 일훈이 옷 속에 입혔습네다."

"그러셨군요. 저는 그냥 역사책에서… 아니, 그냥… 우연히 알게 됐습니다."

성준, 버벅거리고, 김영원, 그런 성준을 이상하다는 듯이 보는데, 성준, 영원의 관심사를 돌리기 위해 당시 상황을 묻는다.

"그때 미 해병대 상황이 아주 심각했다던데요?"

"그렇습네다. 내래 묘포장을 하고 있는데, 한국 토종인 백두산자작나무 남방한계선에 관한 조사를 하던 중입네다. 고거 하면서 개마고원까지 갔다가 줄 쳐서 줄지어 내려오는 미군하고 딱 마주쳤습네다. 그런데 그 사람들… 내래 정말 놀랐습네다. 내가 사실 이남으로 갈라고 한 결심에는 그 사람들 영향이 없디 않습네다. 인민군이나 쏘련군은 내래 같은 민간인이 극비 군사 작전 현장에 잘못 들어가면, 그냥 총으로 쏴 죽였을 텐데, 그 사람들, 나한테 와서 왜 왔느냐, 어디서 왔느냐 묻고는 내가 민간인인 줄 알고는 그냥 가라고 하더란 말입네다. 그래서 내가 기랬습네다. 지금 가는 길은 대로라도 가파르고 길이 질척해서 차가 빠져나가기 어려우니깐 이동하기 쉬운 길을 소개해주겠다고."

그 말에 성준이 놀란다.

"정말입니까. 아버지가… 아니, 선생님이 장진호 철수 작전 때 미군에게 도움을 주셨다구요?"

성준은 너무도 놀라운 사실에 허기도 잊는다.

"내가 와 거짓브리하겠습네까. 내가 백두산 아래 삼수갑산에서 산 사람입네다. 그리고 중학교 다닐 때는 그 고향에서 압록강을 따라 뗏목까지 타고 내려온 적도 있구요. 이 한반도 북동

부, 함경도 일대는 손바닥 안에 있습네다."

"그래서 어떻게 됐나요?"

"그래서 미군들이 갖고 있는 지도에 길을 표시해 주고 헤어지려고 하는데, 멋진 콧수염을 기른 매카트니라는 소령이라는 사람이 나를 다시 부르더니 이 길은 한 번도 가본 적이 없으니까 자기들 헬기를 타고 이 길을 한번 같이 확인해 보자고 하는 게 아닙네까. 그래서 창졸간에 미군 헬기를 타고 발아래로 보이는 길을 확인해 주었더랬습네다. 그랬더니 같이 왔던 헬기가 돌아가서 그 장병들하고 트럭을 그 길로 다 데려왔습네다. 그리고 나한테 중공군이 내려오고 있으니 얼른 집에 돌아가라고 하면서 자기들이 함흥 시내까지 헬기로 태워다 주겠다고 하는 깁니다. 그래서 기다리고 있는데 내가 정말로 놀란 건 그담부터였습네다."

"무슨 일이 있었나요?"

"장병들을 실어 갈 비행기들이 다 도착하고 장병들도 다 왔는데, 이 장병들이 비행기 탈 생각을 하지 않고 모두 트럭으로 달려가더란 말입네다. 진짜 폐럽습네다(놀랍습니다). 그 트럭에서 그 죽은 장병들, 꽁꽁 얼어붙은 그 시체… 아마 안 세어 봐서 정확하진 않지만 수천 개쯤 될 텐데 그걸 다 실어서 먼저 보낸 다음에 다친 장병들이 먼저 타고 그러고 나서야 장병들이 비행기에 타기 시작하는데… 내가 그걸 보고 놀랐습네다. 이거이 사람답게 사는 세상이지, 이거이 제대로 사는 거이지… 내래 사람을 사람 취급 안 하는 소련 놈들 인민군들한테 질려서 그때부터 우리 아를 절대 여기 두지 않기로 굳게 결심하게 됐습네다. 남쪽에서는 아무래도 사람을 값있게 여기는 그런 걸 좀 배우지 않갔나 해서 말입네다. 근데… 모든 게 헛수고로 돌아가고 말았습네다…."

다시 침울한 표정으로 멍하니 하늘을 쳐다보는 김영원의 눈에 눈물이 그렁그렁하다. 밤하늘에 뜬 새초롬한 상현달을 보며 김영원이 혼잣말처럼 읊조린다.

"내래 저 상현달을 좋아합네다. 새초롬하게 웃는 모습이 꼭 우리 아 어마이를 닮아서…."

다시 눈가가 젖어 오는 김영원. 성준은 그런 김영원을 보며 생각한다.

'아버지 외로움, 평생 안고 살아온 그리움이 어떤 건지 몰랐습니다. 미안해요. 잊지 않을게요. 아버지가 어떤 고통을 딛고 우리 가족에게 왔는지… 제가 잊지 않고 다 기억할게요. 편히 쉬세요.'

멀리서 들려오는 포 소리에 잠을 설치던 영원, 겨우 다시 잠이 들고, 성준은 까닭 없는 현기증에 시달리다 지쳐서 잠이 든다.

그 시각, 성준의 은신처에도 성준의 꼬르륵 소리가 주기적으로 들려온다. 동시에 생체 신호가 점점 바닥을 향해 치닫고 있다. 심각한 표정으로 보고 있던 영국의 핸드폰이 울린다. 아내다.

"어, 왜? 뭐? 어머니가 쓰러지셨다구? 그래서? 내 그럴 줄 알았어. 이제 와서 무슨 신선식? 노인은 밥심으로 버티는 건데 그 약초즙만 먹고 어떻게 견딘다고… 기력이 떨어지실 만도 하지. 어, 어머니 퇴원하시겠다고 해도 안 된다고 해. 며칠 병원에서 규칙적으로 식사하시고 영양제 계속 놔 드리면 좋아지실 거야. 알았어."

고개를 절레절레 흔들면서 전화를 끊고 돌아서는데 재원과 성배가 눈빛을 반짝이며 다가온다.

"바로 그거야!"

"어머니께 감사해야겠다."

"뭐? 뭐가?"

"성준이 영양제 맞히자!"

"단백질하고 비타민 주사도 같이!"

순간, 세 사람의 얼굴이 환해진다. 멀찍이 떨어져 있어서 영문을 모르는 홍진수, 세 사람을 보면서 고개를 갸웃한다. 잠시 후, 재원이 나갔다가 의료용 기구와 각종 액체가 든 주머니를 들고 들어온다. 세 사람, 분주히 움직이기 시작한다. 성배, 아내에게 전화를 걸고는 스피커폰으로 돌린다.

"여보, 나야. 어, 좀 말이 안 되는 건 아는데 영국이가 지금 성준이한테 영양주사를 놔야 되거든. 성준이가 완전히 탈진해서."

"뭐? 미쳤어? 면허도 없이 사람한테 주사를 놓는다고?"

"아, 은주 선배! 저 윤영국입니다. 지금 좀 상황이 급해서."

"아하, 거기 지금 문제아 4인방 다 모인 거 맞지? 대체 지금 나이가 몇인데 몰려다니면서 무슨 짓을 하는 거야? 나이를 먹었으면 좀 점잖게 놀아라, 좀!"

"은주 누나, 저 재원인데요. 지금 좀 긴급 상황이라서요."

"이재원! 뉴스 보니까 너네 회사 난리 났던데 넌 거기서 뭐 하고 있어! 아니, 남의 집 사람 말할 거 없지. 김성배! 너 정년퇴직하기 전에 사고 치면 당장 이혼이야!"

"아이, 사고는 무슨, 그런 거 아니라니까. 자세한 건 나중에 얘기해 줄 테니까."

"지금 말 못 하는 거 보니 맞네. 당장 그만두고 집에 와, 당장!"

"에이씨!"

하더니, 성배, 전화를 끊어 버린다.

"야, 너 전화를 그냥 끊어 버리면 어떻게 해."

"아이, 정말 화딱지 나. 결혼한 지 30년이 넘었는데 지금도 무슨 내가 지 대학 후배냐. 야, 그냥 아무 데나 찔러!"

"뭐?"

　재원과 영국, 진땀을 흘린다. 어느새 2시간을 훌쩍 넘어서고
있다.

# 21

# 1950년 12월 15일 위기일발 흥남 부두

가상현실 속 3일차. 아침이 되었다. 눈을 뜬 성준, 한결 몸이 가뿐하다. 그런데 팔이 유독 뻐근하다. 걷어 보니 여기저기 바늘자국이 나 있다. 어떻게 생긴 상처인지 몰라 고개를 갸웃하는데, 그런 성준을 보며 영원이 좋아한다.

"음식을 좀 드시더니 얼굴에 화색이 확 돕니다."

"그런가요?"

그럴 리는 절대 없지만, 영원이 좋아하는 걸 보니 성준의 마음도 밝아진다.

"내래 내 동무하고 오늘 저녁에 흥남 부두에서 만나 고깃배를 타고 남으로 가기로 했음매. 아바이는 어쩔 생각입니까?"

"제 걱정은 안 하셔도 됩니다. 선생님이 무사히 탈출하시는 것만 보고 저는 제 갈 길 가겠습니다."

그러자 영원이 성준을 이상하다는 듯이 쳐다본다.

"아바이 볼수록 참 수상한 사람입니다. 생김새는 정말 우리 아브지 같은데, 가끔 나를 아브지라고 부르지를 않나, 가르쳐 주지도 않은 우리 아 이름을 알지 않나, 길구 내 생각을 해 보니까 어제 우리 아하고 여편네하고 같이 있었다면서 끊어진 만세교는 어떻게 건너온 깁니까?"

성준, 영원에게 차분하게 답한다.

"궁금한 게 많으시겠지만, 그건 중요한 게 아닙니다. 지금은 선생님이 무사히 배를 타고 남쪽으로 탈출하는 거, 그게 제일 중요합니다. 어서 가시죠."

성준이 앞서 길을 나선다. 영원도 따라나선다. 그런데 눈앞의 상황은 결코 녹록하지 않다. 갈수록 늘어나는 피난민들에 섞여서 흥남 부두로 향하는 영원과 성준의 마음은 착잡하기만 한데, 갑자기 길옆에 누워 있던 부상병이 영원의 발목을 잡는다. 깜짝 놀라서 돌아보니 거의 동사 직전이다.

"물… 물…."

영원, 얼른 물을 꺼내서 마시게 해준다. 성준, 군복을 보고 그가 장교라는 것을 알아챈다.

"근처에 군 트럭이 지나가면 내가 여기 있다고 말을 좀 해 주시겠습니까?"

"아, 내 함 찾아보갔음매. 아바이는 이 사람을 좀 봐주십시오."

"네에…."

영원, 곧바로 자리에서 일어나 행렬을 헤치고 나간다. 이내 작은 트럭 한 대가 다가온다. 다행히 적십자 플래카드를 달고 있는 군 의료차량이다! 영원, 길 한가운데에 나가서 트럭을 막아선다.

"여기 부상병이 한 사람 있음매. 옷차림을 봐서는 장교 같은데 아주 동상이 심합네다. 이대로 두면 얼마 못 가 숨을 거둘 거이 틀림없음매."

그 말을 들은 운전병, 옆에 앉아 있는 장교에게 전달한다. 놀란 표정의 장교가 내려와서 보더니 놀라서 영원에게 말한다.

"트럭에 태워야 하는데 좀 도와주시겠습니까?"

장교, 운전병을 내리게 해서 영원과 함께 부상병을 들어 트럭 뒤에 태운다. 그런데 트럭 뒤가 텅 비었다. 운전병과 장교가 올라타고 시동을 걸자마자, 영원, 잽싸게 올라타더니 성준에게 손을 내민다. 차가 움직이기 직전, 성준도 함께 올라탄다. 트럭 옆으로 수많은 피난민들이 끝도 없이 이어진다. 영원, 가는 길에 트럭이 잠시 멈출 때마다 아이 업은 여인과 아이들을 몇 더 태운다. 성준은 낯선 상황에서도 민첩하게 헤쳐 나가는 한편, 절박한 상황에 놓인 이들을 외면하지 않는 김영원을 보며 젊은 시절의 아버지를 떠올린다. 하지만 길에는 아직도 수만 명도

넘는 사람들이 흥남 부두를 향해 걸어가고 있다.

"이 사람들이 다 배에 탈 수 있을까 걱정임매. 내가 어제 친구한테 물어봤는데…, 지금 흥남 부두에는 군인들 타고 갈 배밖에 없다고 합네다. 군인들이 수두룩하니 나도 기실은 무사히 배를 탈 수 있을지 걱정입네다."

이 사람들 다 배에 탈 수 있다고, 걱정하지 말라고 말해 주고 싶지만, 성준은 영원이 자신을 이상하게 생각할까 봐 섣불리 말하지 못하고 입을 다문다.


어느새 멀리 흥남 부두가 눈에 들어온다. 성준과 영원은 차에서 부상병을 내리려고 온 장교와 운전병의 놀란 눈을 뒤로하고 피난민들을 내리게 한 뒤 부두로 향한다. 그렇게 도착한 흥남 부두, 언젠가 영화에서 보았던 바로 그 장면이 눈앞에 생생하게 펼쳐진다. 커다란 흥남 산업 단지와 그리 멀지 않은 흥남 부두에는 LST와 미국 군용선들이 즐비하다. 그리고 그 앞으로는 끝도 없이 늘어선 피난민들이 있었다.

피난민의 상황은 처참했다. 머리에는 크고 작은 짐을 이고 진 채, 등에는 갓난아이를, 한 손에는 큰아이의 손을 잡고 영하 30도가 넘는 부두에서 고무신과 얇은 무명옷을 입은 채 몇 날 며칠째 자리를 뜨지 않고 앉아 있었다. 어린아이의 손과 발은 동상으로 까맣게 변해 가고, 여기저기서 추위와 허기를 못 견

딘 노인들이 쓰러졌다.

김영원은 부둣가로 나가 친구가 마련했다는 고깃배를 찾아 헤맸다. 하지만 고깃배는 단 한 척도 보이지 않았다. 낙심한 김영원, 피난민들이 모인 곳으로 달려간다.

"오늘 이 부두에 고깃배 한 척 없었습니까?"

"민간인 배들 본 지 오래됐수다."

"기맥히라. 그럼 댁들은 어쩔 생각입니까?"

"미군들이 우리를 그냥 버리고 떠나면 우리도 그냥 이 부둣가에서 얼어 죽는 수밖에 더 있겠소?"

"중공군 손에 죽느니 차라리 여기서 얼어 죽는 거이 낫소!"

이때 한 무리의 미군이 배에 오른다. 그 미군과 함께 오르는 개 한 마리, 피난민들 부러운 듯 쳐다본다.

"개 신세가 사람 신세보다 낫지 않소. 내 다음에 태어나면 버러지로 태어나도 미국에서 태어나고 싶소. 우리는 백성 목숨을 개돼지만도 못하게 여기는데, 미국은 자기 병사는 죽은 사람도 다 데리고 돌아간다고 합네."

"그럴 리가 있소. 여서 미국 가는 게 얼마나 먼데…?"

영원이 끼어든다.

"틀린 말이 아임매. 내가 직접 눈알로 똑똑히 봤음매. 길구 저 사람들은 우리 같은 사람도 정중하게 대하고, 신세를 갚을 줄 아는 사람들이었음매. 중공군이나 쏘련군 하고는 완전히 달랐습네다."

"미군이 좋으면 뭘 함까. 우리가 열흘이 넘도록 여기 서 있어도 자기 나라 병사들밖에는 안 실어 주는데…. 자기 국민밖에 모르는 건 일본이나 매 마찬가지 아이겠음매?"

그 말에 분위기가 갑자기 굳어진다. 그러더니 이내 곳곳에서 아낙들의 흐느낌이 시작된다.

"불쌍한 우리 아가들. 어린 것들이 무슨 죄가 있어서 한세상 태어나서 피워 보지도 못하고…."

그때 멀리서 거대한 배가 부두를 향해 다가온다. 자세히 보니 흥남 탈출 때 피난민을 태웠다는 영국 상선 메리디스호다! 성준, 흥분해서 영원에게 속삭인다.

"이 사람들 다 배에 탈 수 있습니다."

영원, 깜짝 놀라 성준을 돌아본다.

"아바이가 그걸 어떻게 암까?"

"설명하자면 복잡한데 진짭니다. 미군이 지금 근처에 있는 큰 배들을 불러오고 있습니다."

"그러니까 우리를 저 군용선에 태워 준다 이깁니까?"

"미군들이 다 배에 탄 뒤에 남은 자리에 피난민들을 태워줄 거니까 여기 떠나지 말고 기다리라고 하세요. 제가 알기론 12월 25일 이전에 여기를 다 빠져나가게 될 거예요."

영원, 주변 사람들을 불러 모아 이야기를 하는 사이 성준은 슬쩍 자리를 피한다. 그리고 말로만 듣던 LST와 메리디스호 쪽으로 다가간다. 반세기 전 한국인 수만 명을 구해낸 은인의 배를 이토록 생생하게 볼 수 있다는 것이 꿈만 같다.

그런데 바로 그때, 미군들이 배 근처에 좌악 늘어선다. 그리고 한국인 통역을 앞세우고 탑승 소식을 알린다. 그 소리에 절망으로 까맣게 변해 가던 사람들의 얼굴에 기쁨의 미소와 눈물이 터져 나온다. 그리고 미군들의 안내에 따라 배로 밀려 들어오기 시작한다. 성준의 가슴이 벅차다. 이 역사적인 순간을 볼 수 있다니, 그리고 이 역사적인 현장에 아버지가 있었다는 것이 믿기지 않는다.

배가 너무 커서 부두로 가까이 오지 못하는 메리디스호는 배 앞으로 긴 그물을 늘어뜨렸다. 미군과 한국군들이 보트에 피난민들을 실어 메리디스호까지 데려가면 사람들은 필사적으로 그물을 기어올라 배에 올랐다. 영원이 성준에게 비장한 눈빛으로 물었다.

"한 가지 물어볼 것이 있음매."

"뭘…?"

"내래 무사히 탈출하게 됩니까?"

뜻밖의 질문에 성준은 당황하지만, 고개를 끄덕이며 단호하게 대답한다.

"그럼요."

1950년 12월 15일 위기일발 흥남 부두

"당최 근거가 없는 말인 줄은 알면서두 믿고 싶어집네다."

"사실입니다. 그리고 우리 다시 만나게 되구요. 아주 좋은 인연으로."

"아, 그거 반가운 소립네다. 서울서 우리네 다시 만나면 같이 밥이나 먹읍시다."

"그러시지요. 자, 어서 가시죠."

성준, 영원을 채근해서 함께 보트에 타기 위해 줄을 선다. 그런데 한 미군이 영원에게 다가온다. 콧수염이 멋진 걸 보니 매카트니 소령이다.

"미스터 김! 반갑습니다."

"아, 메이저 매카트니!"

"캡틴 헤이그, 이 사람이 미스터 김입니다."

"아, 장진호에서 군 철수를 도와주신 그 미스터 김이군요."

"그런데 이분은… 유어 파더?"

"아닙니다. 동무입니다. 프렌드."

그런데 젊은 캡틴의 얼굴이 낯이 익다. 성준, 그에게 말을 건다.

"혹시 캡틴 알렉산더 헤이그 주니어?"

"그걸 어떻게 아십니까?"

"정말 꿈만 같습니다. 당신의 젊은 모습을 이렇게 제 눈으로 보다니."

"무슨 얘긴지…."

어리둥절해하는 헤이그를 보면서 성준은 마치 예언하듯 말한다.

"구체적인 건 말할 수 없지만, 세월이 지나면 미국 국민은 물론 지구촌의 많은 사람들이 당신 이름을 듣게 될 겁니다. 한국인을 도와줘서 감사합니다."

어리둥절한 헤이그와 매카트니, 영원이 상황 정리를 한다.

"이분이 높은(용한) 데가 있어서 모르는 게 없음매."

하면서 성준에게 그만하라고 눈을 끔뻑한다. 성준, 아차 하고 입을 다문다.

매카트니가 묻는다.

"그런데 당신 가족은 없습니까?"

"…."

성준이 대신 대답한다.

"오다가 헤어졌습니다."

"아, 쏘리. 허리 업! 어서 타세요."

성준, 망연자실해서 뒤를 돌아보는 영원을 끌다시피 보트에 태우면 이내 메리디스호에 도착한다. 그런데 아이를 업은 여인네가 그물을 올라가지 못하고 자꾸만 미끄러진다. 영원이 그 여인을 밀고 올라가려고 나선다. 성준이 영원을 말린다.

"이분은 제가 맡을 테니 어서 먼저 올라가세요! 빨리요! 집에서 기다리는 아내분과 일훈이 생각하셔서 살아남으셔야죠."

그 말에 마음을 정한 듯 영원이 다부지게 그물을 타고 올라가기 시작한다. 성준, 여인이 업은 아이를 안고 짐을 등에 진 채오른다. 여인이 따라 오른다.

그런데 이때 뒤에 도착한 배에서 아이를 업은 한 사내가 무서운 속도로 그물을 타고 올라오기 시작한다. 그즈음 영원은무사히 배에 올라 여인과 함께 올라오는 성준을 본다. 다행히여인이 끝까지 그물을 올라 영원의 도움으로 배에 오른다. 그리고 성준이 짐 보따리와 아이를 건네주고 막 배에 오르려고하는 순간, 뒤에서 올라오던 사내가 성준의 어깨를 발로 밟고배에 매달린다. 그 바람에 성준이 그물을 놓치고 바다로 떨어진다. 그 순간 돌아본 사내의 얼굴, 한상용 계장이다.

"아바이! 아바이!"

"아바이! 아바이!"

성준의 귀에 영원과 아이 엄마의 목소리가 메아리친다. 잠시후 성준은 바다에 빠지고, 온몸이 얼음장처럼 차가워지며 의식을 잃어버린다.

그 시각, 성준의 은신처. 모니터를 보고 있던 세 사람의 얼굴이 하얗게 질린다. 성준의 생체 신호가 다시 곤두박질친다.

"성준아! 성준아!"

"체온이 급격히 떨어지고 있어!"

"어떻게 좀 해봐!"

"내가 의사야? 뭘 어떻게 해?"

그런데 뒤에서 뜻밖의 소리가 들린다.

"와… 정말이었어! DGX-Z 정말 환상적이야!"

돌아보면, 홍진수가 경이로운 눈빛으로 시스템 속 화면을 보고 있다.

"인체가 지금 가상현실 속 자연환경에 반응하고 있는 거잖아요! 그러니까 이게 60여 년 전 한국 전쟁의 역사적 팩트 말고 자연환경도 생생하게 경험할 수 있는 프로그램이라는 거라구요! 이게! 와아! 저게 정말 구현이 되다니. 이건 기적이에요! 기적!"

"뭐야, 지금 사람이 죽어 가는데 저 새끼는 이깟 기계에 경탄하고 있는 거야?"

세 사람의 눈빛이 이글이글 타오른다. 성배, 다시 야구방망이를 찾느라고 두리번거리는데 윤영국, 생체 신호를 살핀다.

"휴우, 살았다. 체온이 다시 올라가고 있어."


그 시각, 가상현실 속 흥남 부두. 영원은 미군에게 수건과 담요, 따뜻한 물을 받아 가지고 성준에게 돌아온다. 그리고 젖은 성준의 몸을 닦아준 뒤, 담요로 덮어 준다. 성준, 겨우 눈을 뜬다.

"정신이 듭네까?"

영원을 본 성준, 깜짝 놀라 일어난다.

"아니, 왜 여기 계십니까?"

"내 가족을 살려준 아바이가 죽게 생겼는데 내가 어케 혼자 살겠다고 갑네까?"

"아, 정말 답답하네. 오지랖 넓으신 걸 보면 성민이 그놈이랑 똑 닮았다니까요."

"성민이가 누굽매?"

"아, 아닙니다. 그냥 닮은 놈이 하나 있습니다."

"이제두 배가 많습네다. 미군들이 저는 반드시 태워 준다고 약속했습네다."

"그런데 아까 그 사람 그 한 계장이란 사람 아니었습니까?"

"맞습네다. 한상용… 그 사람이었습네다. 지 살갔다고 인정 사정없이…. 하마터면 그 갓난아도 떨어질 뻔했슴다."

"저는 괜찮다고 하지 않았습니까. 저는 어디 있든 괜찮은 사람입니다."

"그게 무시기 소립네까. 뭐, 아바이는 대포를 맞아도 안 죽는 불사신이라도 된단 말입네까?"

"그건 아니지만…."

"길구 아바이 말씨를 보니 아무래도 서울 사람 같은데 아임 매?"

"그렇긴 합니다만…."

"그럼 서울로 돌아가지 못할 무슨 사연이라도 있음매?"

"아닙니다. 전혀 그런 건."

"그런데 어쩨 같이 아이 가겠다고 고집을 부림매? 같이 서울 가서 내 길동무도 해주고 그러면 좋지 않겠음? 아무 말 말고 내래 함께 저 배를 타고…."

하면서 LST 쪽을 돌아보던 영원, 누군가를 발견한다.

"석구야, 한석구!"

그러자 한 사내가 뒤를 돌아보고 달려온다. 반갑게 부둥켜안는 두 사람, 눈물이 그렁그렁하다.

"그런데 너는 어케 혼자가? 니 처하고 아는 아이 왔어?"

"… 그게 글케 됐다. 만세교가 끊어져 개지고 텔러 가디를 못 했음매."

"아이쿠, 이걸 어카니. 하필이면 기때 만세교가 폭파당해 개지구…."

친구의 아픔에 진심으로 눈물을 흘려 주는 한석구를 보며 성준은 안도한다.

"자, 날래날래 가자. 배에 먹을 거이랑 옷이랑 내 다 챙겨 개지구 왔음매."

"기래, 기래. 긴데 여기 이 아바이 같이 타고 가면 안 되갔음매? 이 아바이 서울 양반임매."

1950년 12월 15일 위기일발 흥남 부두

"아, 기래? 그럼 더 잘되지 않았음매?"

영원, 밝은 표정으로 성준에게 다가온다.

"우리하고 같이 갑시다. 우리 가족 대신 이제 아바이가 내 가족임다."

성준, 간곡한 영원의 청을 뿌리치지 못하고 일어난다. 영원과 석구, 성준을 부축해서 배에 태운다. 그렇게 흥남 부두를 떠나는 세 사람, 바다 한가운데서 밤을 맞는다. 성준, 영원에게 말한다.

"나중에라도 아들을 만나시면 절대 밥 먹을 때 다그치지 마세요. 아버지 눈치 보면서 허겁지겁 먹느라고 입천장도 까지고 혓바닥도 깨물고 그러다 체하고… 그러거든요."

"내래 성질머리가 좀 급해 개지고…. 앞으로 다시는 그런 일 없을 것임매."

하면서 따뜻하게 웃는 영원, 두고 온 아내와 일훈 생각을 하는지 말없이 앉아 있다가 잠이 든다. 성준, 잠든 영원을 보며 혼잣말을 한다.

'그래도 아버지가 늘 자랑스러웠습니다. 아버지, 고맙습니다. 제 아버지가 되어 주셔서….'

어느덧 사흘의 시간이 다 되어 가고 성준은 극심한 고통과 함께 깨어나기 시작한다.

## 22

# 국정원, 김영원의 행적을 추적하다

한편 국정원 특수임무팀. 긴장된 분위기 속에서 바쁘게 오가는 사람들, 그 가운데서 요원 A가 초조한 표정으로 서성이다가 소리친다.

"아직도 연락이 없어?"

"네."

"현장에 간 팀은 돌아왔어?"

이때 허겁지겁 사무실로 들어서는 두 사내.

"어떻게 됐어?"

"홍진수 요원은 현장을 이탈한 게 확실합니다. 그리고 현장에서 부서진 핸드폰이 발견됐는데, 홍진수 요원 게 확실합니다."

"뭐야? 그럼 납치라도 됐단 거야?"

"저항의 흔적이 전혀 없는 걸 봐서는, 어느 정도 자의적인 현장 이탈 가능성도 있습니다."

"야, 이 새끼야. 말이 되는 소리를 해. 걔가 왜 현장을 이탈해. 이 일에 자기 목숨이 걸렸는데."

"그건 저희도 잘….”

"그러니까 빨리 찾아. 근처 CCTV 싹….”

"팀장님! 찾았습니다.”

요원 A 달려가서 CCTV 화면을 보면 칠흑 같은 어둠 속에 홍진수가 집에서 나와 근처에 대기하고 있던 차에서 내린 두 사내와 악수를 하고는 함께 차에 오르는 것이 포착된다.

"이 새끼, 대체 무슨 짓을 하는 거야?”

잠시 후 차 안에서 뭔가를 밖으로 휙 던지고 자리를 뜨는 차. 요원 A, 화가 머리끝까지 오른다.

'이 새끼, 혹시 암호 찾아서 딴 데 넘긴 거 아냐?'

잠시 고민에 빠지는 요원 A, 옆에 있던 사내가 은밀히 속삭인다.

"당장 수배 때릴까요?”

"기다려. 원장님한테 보고하고 올 테니까. 홍진수, 이 XX!"


잠시 후, 원장실. 요원 A, 긴장된 표정으로 서 있는데, 원장, 어디론가 전화를 건다.

"내부적으로 문제가 좀 생겨서 김성민 구속에 애로 사항이 생겼습니다. 김영원의 간첩 혐의를 보다 확실히 해야 김성민을 붙잡아 둘 수가 있을 거 같은데 뭔가 방법이 없겠습니까? 연락 기다리겠습니다."

통화를 끝낸 박 원장, 소름 끼치도록 차가운 눈빛으로 요원 A를 쳐다본다.

"일 잘못되면 나는 빠져나갈 수 있지만 넌 못 빠져나가."

"잘 알고 있습니다."

"실패하면 난 다 너한테 뒤집어씌울 거야. 그럼 최소 종신형일 건데, 괜찮겠어?"

"실은 홍진수를 당장이라도 찾을 수 있는 방법이 있습니다."

"뭐?"

"원장님이 한 가지만 도와주시면…."

"그게 뭔데?"

박 원장의 눈이 반짝인다.

잠시 후, 박 원장의 방에서 쫓겨나는 요원 A. 박 원장, 방 안에서 고래고래 소리를 지른다.

"저 미친 새끼, 당장 해고야, 이 새꺄! 지금이 어느 세상인데 그런 위험한 소리를 해! 당장 해고야!"

밖에 있던 사람들, 어리둥절한데 고개를 숙이고 방을 빠져나가는 요원 A, 묘한 미소를 띠며 어디론가 전화한다.

"추적해."

잠시 후 요원 A, 위성 자료 분석실에 들어선다. 데이터 매니저 황경화, 기다렸다는 듯이 모니터를 보여 준다.

"어떻게 됐어?"

"경기광주휴게소까지는 잡히는데 거기서부터 신호가 완전히 사라졌어요."

"무슨 소리야? 왜 사라져, 갑자기?"

"생체칩을 빼 버렸거나 아니면 위성 추적 방해 장치를 달고 있거나 둘 중 하나예요. 팀장님하고 다른 실험 대상 요원들처럼 레벨 1의 생체칩을 이식받았으면 그런 거 다 상관없이 추적이 가능한데, 홍 요원이 프라이버시 침해니 뭐니 하면서 그때 테스트용 칩을 이식받겠다고 하는 바람에…."

"쌔끼, 지랄하고 있네. 미국 물 먹은 놈은 꼭 티를 낸다니까."

"생체칩을 빼버린 게 아니라면 다시 신호가 뜰 수도 있으니까 계속 관찰하겠습니다. 그런데 이거 원장님이 허락하신 거죠?"

"당연하지. 원래 우리 박 원장이 유아용 백신이나 독감 예방주사 같은 거라도 이용해서 전 국민한테 생체칩을 보급해야 한다고 주장하던 양반이야."

"그런 구시대적인 발상을. 사실 생체칩 아니어도 요즘은 위성을 이용해서 거의 95% 이상 민간인 프로파일링이 가능해요. 재미있는 거 하나 보여 드릴까요?"

하면서 모니터에 뭔가를 띄운다.

"전국에 있는 CCTV와 위성 추적 장치를 이용해서 지난 5년 간 김영원의 이동을 살펴본 건데요. 주로 이 세 곳에 반복적으로 갔던 것을 알 수 있죠. 그런데 여긴 집이고, 여긴 회사예요. 그런데 이 두 곳에서 좀 떨어진 여기는 양평 근처예요. 특히 세상을 떠나기 1년 전부터 이동량이 급격히 줄었는데, 그때는 집과 병원 외에 간 곳은 여기뿐이죠."

요원 A의 눈이 휘둥그레진다.

"여기 뭐가 있지? 확대해 봐."

"그냥 산이더라구요. 별건 없었어요. 등기국 조회해 보니까 소유주는 샘 킴이라는 호주 교포로 나오더라고요. 잘은 모르겠지만 뭔가 관계가 있지 않을까요?"

"좋아. 알 만한 사람이 있으니까 물어보면 뭔가 나오겠지. 수고했어!"

요원 A, 눈빛을 번득이며 방을 나가자, 데이터 매니저 황경화, 지도를 확대하니 그 산장의 한 귀퉁이에 성준의 은신처가 보인다. 클릭하면 소유주 최재복이라는 이름이 뜬다. 황경화, 혼잣말.

"누군지 부럽다···. 이런 데 산장 지어 놓고 숲을 한눈에 내려다보면서 말이야···."

하면서 부러운 듯 쳐다보고 있는데….

## 23
## 용문면 산 100-1번지의 비밀

모니터 속 은신처. 성준은 거의 하루 밤낮을 혼수상태에서 깨어나지 못했다. 그뿐 아니라 모든 기억이 뒤엉켜서 제대로 일어나지도 못하고 사람도 알아보지 못했다. 재원과 성배, 영국이 돌아가며 성준의 곁을 지켰다. 세 사람의 삼시 세끼를 챙겨주던 최재복도 시도 때도 없이 미친 사람처럼 울부짖는 성준의 비명에 얼굴이 어두워졌다.

꼬박 이틀 동안 몸살을 한 뒤, 성준이 조금씩 의식을 되찾기 시작했다. 그사이 체중이 5킬로나 빠져 난민이나 다름없었다. 오죽했으면 아침에 밥상을 들고 온 재복의 처가 '귀신이 돌아다닌다'며 놀라서 도망갔을까.

한편, 성배는 친한 후배 변호사를 성민의 새 변호사로 소개하고, 그를 통해 홍진수와 다른 요원의 창고 대화 영상 파일과 오디오 파일을 검사 측에 비공식적으로 공개하고 공판을 일주일 미루는 데 성공했다.

사흘 만에 정신을 되찾고, 프로그램이 있는 지하 방에 다시 모습을 드러낸 성준이 홍진수에게 다가간다. 친구 세 사람, 넌 이제 죽었다며 흥미진진한 눈빛으로 지켜보는데, 성준, 홍진수에게 나지막하게 속삭인다.

"고마워. 덕분에 내 생애 최고의 경험을 하게 됐어. 그리고 니들 박살 낼 수 있는 결정적인 증거도 찾았고."

그 말에 홍진수의 얼굴은 하얘지고, 성준 뒤쪽에 있는 세 사람의 얼굴은 환해진다. 친구들과 마주 앉은 성준, 골똘히 생각에 잠긴다. 재원이 답답하다는 듯 채근한다.

"야, 뭔데 그렇게 뜸을 들여. 결정적인 증거라는 게 뭐야?"

"없어."

"뭐?"

"그냥 홍진수 그놈, 쫄라고 한 소리야."

"그럼, 빈손으로 돌아왔단 말이야? 아버님하고 사흘이나 같이 있었으면서?"

"전혀 엉뚱한 시기였잖아."

"그럼 어떻게 해?"

"방법이 하나 있긴 해."

"뭔데?"

"아버지 일기장…! 집에 갔다 올게."

그 말에 모두가 놀라서 난리다.

"안 돼!"

"가긴 어딜 가?"

"너 지명수배 상태인 거 잊었어?"

"딴 사람 보내."

"나 아님 절대 못 찾아."

"그럼 나랑 같이 가."

"우리 중에 젤 눈에 띄는 사람이 이재원 너야. 너랑 같이 가느니 혼자 가는 게 편해."

하더니 벌떡 일어난다.


잠시 후, 송 여사의 집. 어둠을 틈타 담장을 넘는 그림자, 성준이다. 소리 없이 익숙한 발걸음으로 뒤뜰로 간 성준은 뒷문을 열고 고양이 걸음으로 거실을 통과해 2층으로 올라가 아버지 서재로 들어가려는데, 불이 켜져 있다! 놀라서 다락으로 올라가 지붕으로 나간 성준, 창문을 통해 아버지 서재를 들여다보니, 어머니 송 여사와 박 변호사가 서재를 뒤지고 있다.

"그게 경찰 손에 없는 게 확실하니?"

"그게 경찰 손에 넘어갔으면 벌써 회사 압수 들어왔죠! 경찰이 눈치채기 전에 우리가 먼저 개인 장부를 찾아야 해요."

"혹시라도 500억이 북한으로 간 거면 어떻게 되는 거니?"

"고정간첩이라는 혐의를 벗기는 어렵다고 봐야죠. 회사도 곤란해질 거고."

"미친 노인네! 정말 우리 생각은 조금도 안 한다니까!"

"회장님 집무실에는 아무리 뒤져도 없어요. 그럼 집 안 어디에다 두셨을 텐데…."

두 사람, 정신없이 물건을 뒤진다. 창밖에 있는 성준도 몰래 눈으로 서재를 훑기 시작하는데, 문득 서재의 책상 위에 놓인 액자에 시선이 꽂힌다. 흑백사진 속 얼굴은 북한에 있는 아버지의 남동생이다. 아버지가 가지고 있는 유일한 가족사진을 본 성준, 입가에 안도의 미소가 번지는데….

그 순간, 아버지의 책상 속을 뒤지던 송 여사가 몸을 급히 일으키다가 책상 위에 있는 그 액자를 손으로 건드려 방바닥에 떨어뜨리고, 액자의 유리가 요란한 소리와 함께 산산조각 난다. 그리고 그 조각 하나가 어머니 발등에 꽂혔다.

"아아…!!"

하면서 발등을 움켜쥐는 송 여사. 박 변호사가 달려와 조심스럽게 박힌 유리 조각을 빼낸다.

"웬수 같은 저놈의 액자. 나나 애들 얼굴은 건성건성 지나치는 양반이 저 사진은 마르고 닳도록 끼고 살았지."

하면서 화가 난 듯, 부서진 액자를 구석으로 밀어 버린다. 순간, 너무나 놀란 성준은 하마터면 소리를 지를 뻔했다.

"피가 안 멈춰요. 오늘은 그만 내려가시죠. 치료부터 해야겠어요."

그 말과 함께 천천히 방을 나가는 두 사람. 잠시 후, 다시 다락에서 내려와 아버지 서재로 들어가는 성준, 랜턴을 조심스럽게 비추며 겨우 구석에 버려진 액자를 찾는다. 조심스럽게 유리를 털어 내고 액자를 품에 넣은 뒤 집을 빠져나온다.

은신처에 돌아온 성준, 조심스럽게 액자의 뒷면을 연다. 그리고 그 안에서 작은 수첩 한 권을 꺼낸다.

"아버님 서재에 이런 거 있다는 거 어떻게 알았냐. 집안일에는 도통 관심이 없는 놈이."

"우연히… 중학교 다닐 때였나… 오래됐지."

정말 기막힌 우연이었다. 개구쟁이 기질이 다분했던 중딩 시절, 하루는 아버지가 없는 틈을 타서 아버지 서재에 있는 신기한 즉석 사진기(폴라로이드)를 보려고 들어갔다가 갑자기 아버지가 집에 돌아오시는 바람에 놀라서 벽장에 숨었다. 그때 아버지가 이 액자 뒤에서 작은 수첩을 꺼내 무엇인가를 깨알같이 적더니 다시 액자에 넣는 것을 보았다. 그 후로도 아버지는 종종 가족들의 눈에 띄지 않게 이 빛바랜 수첩에 무엇인가를 적어 넣곤 하셨다. 대학을 갈 때까지 성준은 종종 '지금도 그 액자 뒤에 아버지의 비밀 일기가 있을까?' 생각하곤 했다. 하지만 유학을 간 이후로는 그 사실에 대해 까마득히 잊어버리고 살았다. 그런데 그 일기가 아직도 있다는 것이 신기하기만 하다. 어쩌면 도문에서 받은 물건의 단서를 찾을 수 있지 않을까 하는 생각이 들었던 것이다.

성준은 조심스럽게 수첩을 펼친다. 그 순간, 안에서 뭔가가 툭 하고 떨어진다. 주워 보니 낯선 얼굴들. 무심코 사진 뒤를 본 성준의 눈이 휘둥그레진다.

1988년 가을

아들 일훈, 며느리 정인숙

손자 김재연, 손녀 김소연

김일훈의 가족사진이었다. 비록 나이는 먹었지만 성준이 보았던 14살 소년의 표정을 읽을 수 있었다. 사진은 1988년 도문에서 아버지를 만난 그날, 김일훈이 목숨과 맞바꿔 전달한 보따리 안에 들어 있었을 것이다. 아버지에게 주려고 일부러 찍었을 가족사진이 분명했다. 마당 뜰에 있는 나무 아래 나란히 모여서 찍은 사진이었다.

성준은 보던 사진을 옆에 놓고, 수첩을 펼쳤다. 놀랍게도 손바닥 크기의 작은 수첩은 아버지가 거의 50년간 거래한 나무 장부였다. 꼼꼼하고 치밀했던 아버지가 회사의 복잡한 회계 장부와는 별도로 연도별 주요 매입 묘목 품목의 매입처와 매출처, 그리고 날짜까지 한눈에 볼 수 있도록 일목요연하게 정리해 둔 것이다.

그런데 그중에 이상한 내용이 있었다. 바로 아버지의 개인 묘목 거래 내역이었다. 아버지는 평소에도 회삿돈과 개인 돈을 철저하게 구분하셨다. 나무 거래도 마찬가지였다. 회사에서 사들인 묘목과 아버지가 사들인 묘목 거래를 구분해서 기록해 두셨는데, 1988년 가을부터 아버지가 개인 돈으로 집중적으로 사들인 품종이 하나 있었다. 바로 자작나무였다. 그리고 그 나무들은 대부분 바로 이 용문면 산 100-1에 심었다.

"자작나무?"

그러고 보니 아버지가 한 말이 떠올랐다. 개마고원에서 미군을 만났을 때 아버지는 한국 토종인 백두산자작나무를 조사하고 있었다. 그렇다면 중국에서 집중적으로 사들인 자작나무는 혹시 백두산자작나무가 아닐까.

그런데 그 생각과 동시에 잊지 못할 아픈 기억이 떠오른다. 어떻게 보면 성준의 가족이 지금처럼 어색해진 단초가 된 사건이었다. 아버지가 도문에 다녀온 지 몇 년쯤 지난 어느 날 저녁, 집으로 돌아온 아버지는 다짜고짜 어머니에게 달려가 뺨을 후려쳤다. 평소 어머니를 존중하고 아끼던 아버지였기에 그 장면을 현장에서 본 성아도, 그 소식을 전해 들은 성준과 성민도 차마 믿을 수 없었던, 충격적인 사건이었다. 그런데 그 사건의 한

가운데에 아버지의 자작나무가 있었다. 아버지가 애지중지 키워온 자작나무를 어머니가 사람들을 시켜 몽땅 없애 버렸던 것이다.

# 24

# 용문산장과 자작나무 사건

그 시각, 송 여사의 집. 박 변호사가 자기 집으로 돌아간 뒤 송 여사는 홀로 거실에 앉아서 상처를 보다가 문득, 액자가 떨어지던 순간을 떠올린다. 그리 크지 않은 액자 하나가 떨어졌는데 이렇게 발등에 생채기가 깊이 파인 게 영 기분이 찜찜했던 송 여사는 문득, 보기보다 그 액자가 묵직했던 사실을 떠올린다.

"별로 크지도 않은 액자가 왜 그렇게 무거워… 아휴…."

하다가 문득, 뭔가 생각이 난 듯, 벌떡 일어나 서재로 올라간다. 그리고 구석에 밀쳐놨던 액자를 찾는데, 유리 조각만 흩어져 있을 뿐, 액자가 감쪽같이 사라졌다!

"분명 여기 밀쳐놨는데…."

송 여사는 급히 박 변호사에게 전화를 건다.

"상규야, 아까 내 발등에 떨어진 그 액자 말이야. 그 액자 네가 치웠니?"

"아뇨. 치우지는 않았어요. 왜요?"

순간, 화들짝 놀라서 갑자기 서재를 둘러보는 송 여사. 전화 속에서 박 변호사의 목소리가 계속 들려온다.

"왜 그러세요?"

"내일 아침에 아줌마한테 치우라고 할게. 밤길에 운전 조심하고."

전화를 끊은 송 여사, 골똘히 뭔가 생각하더니 천천히 핸드폰을 열어 어디론가 전화를 건다.

"… 오랜만이네요. 저 성준이 에미입니다."


다음 날 이른 아침, 송 여사와 마주 앉아 차를 마시는 사람, 최재복이다. 눈길을 마주치지 않으려고 애쓰며 앉은 두 사람, 어색함을 깨면서 송 여사가 먼저 입을 연다.

"세월이 많이 흘렀는데, 재복 씨는 그대로네요."

"아주마이도 여전히 얼굴이 좋음매."

그러곤 다시 잠시 침묵, 이번에는 재복이 입을 연다.

"무시기 일로 보자고 했소?"

"절… 많이 원망하시는 거 압니다."

한탄과 미안함이 배어 나오는, 송 여사의 말에 재복은 차분한 시선으로 송 여사를 응시한다.

"그때, 재복 씨, 경식 씨를 농장에서 해고한 건, 고향 선후배들 때문에 남편이 저하고 아이들 곁에 정착하지 못하나 싶어서…. 저도 살고 싶어 그랬어요. 결혼해서 40년을 살았는데 내 남편 같지가 않아서 어떻게든 저도 이 가정을 깨지 않고 살아 보려고요."

"쓸데없는 거를 다 기억하고 있구만."

"지금이라도 어떻게든 제가 할 수 있는 일을…."

"성님도 없는 마당에 내가 뭐 원하는 것이 있갔소? 기러니까 그 얘기 하려고 불렀으면 걱정하지 마시오. 나는 이만 돌아가 보갔소."

하고 일어나려는데 송 여사가 다시 묻는다.

"성준이, 지금 뭐 하고 있는지 아시죠?"

드디어 본론이다. 갑자기 목소리가 차분해지자 재복은 '그러면 그렇지' 하는 눈빛으로 송 여사를 본다. 재복은 대답 대신 질문을 던진다.

"그때…."

그 말에 재복을 보는 송 여사. 재복, 말을 이어 간다.

"자작나무 싹은 왜 다 없애 버렸음매?"

그 말에 찻잔을 잡은 송 여사의 손이 미세하게 떨린다. 30년 넘게 간직해 온 재복의 의문에 송 여사는 잠시 답을 해야 할까 망설인다. 하지만 남편도 세상을 떠난 마당에 더 이상 감출 이

유는 없다고 생각한다.

"거기에 일훈자작이라는 이름을 붙여 놓은 걸 보고 참을 수가 없었어요. 결혼한 지 30년이 넘어서 애들을 낳고 곧 손주를 볼 양반이 북한에 남겨둔 아들을 못 잊고 그 이름을 보란 듯이 걸어 놓은 걸 용서할 수가 없었어요. 북한에서 산 날보다 남쪽에서 산 날이 더 길고, 북한에 남겨둔 아내와 산 세월보다 몇 배나 많은 세월을 나와 살았는데, 남편의 마음이 여전히 그 여자 그리고 그 여자의 아들에게 있었다는 걸 생각하니…. 그래서 없앴어요. 그런데 그깟 나무 싹 때문에 남편은 무섭게 화를 냈어요."

그날 일을 생각하면 송 여사는 지금도 온몸이 떨린다. 그날 출산을 앞둔 성아가 마침 집에 와 있었다. 송 여사는 성아에게 일훈자작나무에 관한 이야기를 하며 눈물 바람을 하던 중이었다. 성아는 송 여사를 위로하며 말했다.

"엄마, 북한의 가족들을 부인하면 할수록 아버지도 외로워지고, 엄마도 힘들어져요. 그러니까 받아들여야 해요."

"아버지가 밀어내지, 내가 밀어내니? 니 오빠나 성민이한테 이름 돌림자도 주지 않은 모질고 독한 사람이다. 그걸로 모자라서 북한에 있는 아들 이름을 산장에 버젓이 붙여 놓고."

"아버지답지 않기는 해요. 평소에 북한 가족 이야기도 잘 안 하시던 분이 그렇게 버젓이 이름을 붙일 정도면 뭔가 이유가 있었을 텐데 그래도 엄마가 너무 성급했어요. 아버지한테 사과하세요."

"싫다. 내가 뭘 잘못했니. 아버지가 먼저 나하고 니들을 무시했지."

"그렇지 않아요, 엄마. 내가 보기에 아버지는 외로운 거예요. 단지 그리운 거라구요. 그러니까 받아들여야 해요. 그래서 제가 생각한 건데, 곧 태어날 우리 아이, 이름을 일훈이라고 짓는 건 어때요?"

송 여사, 눈을 흘기면서도 관심이 있는 눈빛이다. 그때 김영원이 거실로 들어섰다. 성아가 반기며 말을 꺼냈다.

"아버지, 뱃속의 아이, 아들이래요. 그래서 이름을 일훈이라고 하면…."

하는데 남편은 그런 딸을 무섭게 노려보았다. 성아가 놀라서 흠칫 뒤로 물러서자, 남편은 곧장 송 여사에게 다가가더니 뺨을 사정없이 후려쳤다. 남편에게 맞아 보기는 처음이었다. 그리고 상상도 못 해본 일이었다. 하지만 송 여사는 아무 말도 하지 못했다. 자신을 노려보는 남편의 눈빛이 너무도 무서웠기 때문이다.

"다시 한 번만 더 내 나무에 손을 댔다간 그때는 진짜 나하고 끝장인 줄 알라!"

송 여사는 그때 받은 충격으로 인해 다시는 남편과 눈을 마주치지 못했다. 이후 남편은 송 여사가 있는 방에 들어오지 않았고, 남처럼 싸늘한 관계로 변해 가기 시작했었다.

"재복 씨도 제가 너무했다고 생각하겠죠…."

"나도 궁금했습매. 왜 하필이면 일훈이 이름을 붙였는지. 하지만 성님이 단순히 그 아를 못 잊어서 그럴 사람은 아이라는 걸 난 믿었음매. 틈내서 나라도 좀 더 일찍 아주마이한테 이야기를 했더라면 그런 사단은 안 났을 거인데 싶어서… 실은 내가 아주마이한테 마이 미안했음매. 그래서 농장 일을 못 하게 됐을 때 차라리 잘됐다 싶었소."

뜻밖의 말에 송 여사 당황하고, 재복은 송 여사를 따뜻한 눈길로 바라본다.

"성준이한테 연락이 오면 아주마이한테 연락하라고 이르겠습니다. 길구 성님은 아주마이를 아주 특별하게 생각했더랬습니다. 그 일 있기 전까지는…."

그 말에 재복을 쳐다보는 송 여사, 동공이 흔들린다.


그 시각, 성준은 용문산장 100-1번지에 도착한다. 사건이 있은 직후 이곳은 그야말로 폭탄이 떨어진 듯 완전히 파헤쳐져 있었다. 그런데 뜻밖의 광경이 기다리고 있었다. 키는 7, 8미터가량 된 어린 자작나무들이 힘차게 하늘을 향해 뻗으며 숲을 이뤄 가고 있었던 것이다.

언젠가 원대리의 자작나무 숲에 간 적이 있다. 그 나무들은 1970년대 말에 조성된 것이다. 수령이 40년 가까이 된다. 그런데 용문산장의 자작나무는 어머니의 자작나무 사건 뒤에 다시 심은 것이니 기껏해야 15년 남짓 되었을 뿐인데도 여간 튼실하지가 않다. 만일 이 자작나무가 김일훈과 관련된 나무라면 아버지는 틀림없이 이 자작나무 때문에 이 농장을 다시 사들였을 것이다.

그러나 여전히 의문은 남는다. 그런데 왜 이 농장을 성준에게 맡긴 것일까. 단순히 김일훈과 관련된 자작나무이기 때문에 이렇게 복잡하고도 비밀스러운 과정을 거쳐서 성준에게 남겨주지는 않았을 것이다. 뭔가 다른 이유가 있는 것이고, 이 자작나무에 모든 해답이 담겨 있을 것이다.

그런데 자세히 보니, 자작나무는 분명히 두 종류다. 하나는 전형적인 한국의 자작나무인데, 한가운데에 있는 또 한 그루의 자작나무는 껍질에서 더 윤기가 나고 더 희다.

주변은 방풍림이 분명한 잎갈나무로 빽빽하게 둘러싸여 있어서 한가운데에 들어서면 체감온도는 바깥보다 적어도 2, 3도가 낮지만 햇살을 가리는 것이 하나도 없고 바람도 거의 들어오지 않는다. 가운데 심은 자작나무의 생육 환경을 위해 일부러 조성한 것이 틀림없었다!

성준은 두 종류의 자작나무 사이를 왔다 갔다 하다가 이윽고 결심한 듯, 창고에 가서 톱을 가지고 와서 두 종류의 자작나무 한 그루씩을 자른 뒤, 그중 일부를 잘라내 들고 숙소로 돌아온다. 거실로 들어오니 언제 왔는지 최재복이 그를 기다리고 있다.

"그거이 뭐가?"

"아, 저 산속에 있는 자작나무예요. 옛날에 어머니가 다 베어 버리신 줄 알았는데, 아버지가 그 이후에 다시 심으셨나 봐요."

"나도 여기 다시 와서 알았지. 그래도 내가 손을 대긴 뭐해서 보고만 있었는데 넌 간땡이도 크다. 그걸 덥석 베어 개지고 뭘 하려고 그럼매?"

"미국에 아는 선배가 있는데, 아참, 삼촌도 본 적이 있을걸요? 강병연이라고. 조인국 오기 전에 아버지 조수로 일하던 사람요. 키 크고 싱겁게 잘 웃던 사람."

"아, 병연이. 그래, 갸가 여기 있었지."

"그 선배 때문에 저도 여기 끌려와서 가끔 일하곤 했었죠. 아버지보다 더 집요하게 아버지 일을 물려받아야 한다고 이런저런 거 가르쳐 주곤 했었죠. 그 선배가 아버지 곁에 계속 있었으면 좋았을걸…"

"기래, 생각나누마야. 긴데 갸는 왜?"

"아, 그 선배 전공이 자작나무예요. 그래서 이걸 한번 보내 보려고요. 뭔가 단서가 좀 나올까 해서요. 자작나무로 박사까지 했는데 지금은 미국에서 유통업을 해요. 몇 달 전에 로스앤젤레스에서 우연히 다시 만났는데 어찌나 반가웠던지….”

“기런데 그걸 보내고 자시고 할 시간이 있니?”

“아, 이거 현미경으로 표본을 떠서 데이터만 보내려고요. 아버지 등쌀에 못 이겨서 저도 그 정도는 할 줄 알아요. 나무꾼 아들놈이 그 정도는 할 줄 알아야 미국 유학 비용 대어 준다고 하시니 할 수 없이 배웠죠, 뭐.”

“니 아브지 유별난 거는 누가 말리겠니?”

“북한에서 그냥 사셨으면 정말 행복했을 거 같다는 생각이 들어요. 아버지도, 삼촌도.”

“이제 와 기런 생각 하면 뭐 함매? 코앞에 닥친 일이나 얼른 해결하라.”

“네네. 그런데, 삼촌, 무슨 할 말 있어서 오신 건 아니구요?”

“아참, 내가 아침에 니 어마이 만나고 왔다. 니 소식이 궁금한 모양임매.”

“어머니가요?”

의아해하는 성준, 아버지의 일기가 생각난다.

“제가 다녀간 거 눈치채셨나 보네요. 아무 말씀 안 하셨죠?”

“당돌 빠따루디. 긴데, 니 어마이도 옛날 같디 않음매. 태연한 척해도 이젠 이빨 빠진 호랑이가 다 됐어. 어마이한테 신경 좀 쓰라. 가만 보면 니들 세 자식 지키갔다구 니 아브지하고 그렇게 된 거 아임매?"

"네, 그렇게 할게요."

최재복이 나간 뒤, 성준은 창고 옆 오두막에 있는 현미경으로 두 종류의 자작나무 표본 사진을 찍어 이메일로 병연에게 보낸다. 그리고 재원이 갖다준 대포폰으로 송 여사에게 전화를 건다.

"성준이에요."

"조 서방이 알아서 할 건데 쓸데없이 왜 설치고 다녀? 아버지 서재에서 가져간 거나 돌려 놓고 넌 가만히 있어."

어머니의 선제공격이다. 어머니는 정말 아프고 외로울 때마다 이런 식으로 성준에게 말하곤 했다.

"정말 저보다 조 서방이 더 미더우세요?"

"당연하지…."

말끝이 흐려진다. 성준은 차분하게 말한다.

"아버지는 어머니가 생각하는 것보다 훨씬 더 어머니를 존중하고 고마워하는 마음 갖고 계셨어요. 그러니까 너무 힘들어하지 마세요."

"무슨 뚱딴지같은 소리야? 아버지 물건이나 얼른 돌려놔!"

"제가 아버지 서재에서 뭘 가져왔건 아버지 누명 벗기고 성민이 집에 돌려보내는 데 쓸 거니까 걱정 마시구요."

전화를 끊는 성준의 표정이 쓸쓸한데, 같은 시각 송 여사의 눈빛은 흔들리고 있다. 머릿속에는 재복과 성준의 말이 계속 떠나지 않고 맴돈다.

'성님은 아주마이를 아주 특별하게 여겼더랬습니다.'

'아버지는 어머니가 생각하는 것보다 훨씬 더 어머니를 존중하고 고마워하는 마음 갖고 계셨어요.'

송 여사, 고개를 젓는다.

"말 같지도 않은 소리…."

하지만 왠지 자꾸만 그 말이 믿고 싶어지는 송 여사다.

## 25

# 병연의 증언, 자작나무의 비밀

성준의 은신처. 문득 노트북에 뜬 날짜를 보는 성준의 얼굴이 어두워진다. 성민의 2차 공판이 사흘 앞으로 다가왔다. 성준의 마음이 점점 조급해지는데, 나무 샘플을 받은 미국의 병연으로 부터 연락이 온다. 성준, 줌으로 병연과 만난다.

"살다 살다 별꼴을 다 본다. 김성준이 나무 표본을 나한테 보내다니."

"그러게. 살다 보니 이런 날도 있네."

"뭐가 알고 싶은 건데?"

"두 종류의 자작나무가 어떻게 다른 건지 알고 싶어서. 특히 그게 어디서 온 건지…."

"하나는 전형적인 중국산 자작나무야."

"뭐? 그럼 다른 건 한국 토종?"

"아니, 다른 하나는 아무래도 옛날에 회장님이 보여 주신, 그 북한에서 온 수종 같은데…."

"아버지가 선배한테? 그게 언제쯤이야?"

"내가 조경 회사 정리하고 미국 오기 전이니까 아마 1996년 쯤? 회장님이 연구소를 그만두더라도 이쪽 일을 놓지 말라고 하시면서 창업 자금을 지원해 주셨어."

"참, 아버지두. 그럴 거면 내쫓지나 말든지. 성질도 괴팍해."

"암튼, 너무 오래된 일이라 나도 기억이 가물가물하긴 한데, 회장님이 미국 가기 전에 한번 농장에 다녀가라고 하시더라고. 그래서 갔는데 비닐하우스에 자작나무 종자를 파종하고 뭔가를 키우고 계시더라고. 뭐냐고 물어봤더니 백두산자작나무 종자라고 하셨어."

성준의 귀가 번쩍 뜨인다. 성준은 뭔가 진실에 다가가고 있다는 느낌에 흥분한다.

"역시!"

"그런데 왜 나무에 급관심이냐? 아버님 살아 계실 때는 그렇게 나무에 냉담하더니…."

"그때야 아무것도 몰랐으니까."

"지금은 뭔가 알게 됐다는 말처럼 들린다."

"이제부터 알아보려고요. 그런데 제가 워낙 나무에 대해 아는 게 없어서."

"내가 아는 자작나무 전문가들한테 좀 더 알아볼게. 그리고 통화하자."

"근데 이게 좀 급해요. 오늘 저녁쯤 다시 통화될까?"

"좀 서둘러 볼게. 저녁에 보자."

하고 끊으려다가 병연이 슬쩍 지나가는 말로 묻는다.

"참, 성아는 잘 사냐?"

"성아? 네. 그런데 성아는 왜…."

하다가 아차 하는 성준. 그랬다. 병연은 한때 성아의 연인이었다. 사춘기가 되면서 아버지의 농장에는 발길을 딱 끊은 성준과는 달리 성아는 음대 시절에도 아버지 농장에서 공부나 작곡을 하면 집중이 잘돼서 좋다며 곧잘 아버지 농장에서 주말을 보내곤 했다. 그래서 자연스럽게 농장에서 일하던 병연과 가까워졌다. 어느 날, 병연이 술에 만취한 성아를 집에 데려다주는 것을 본 성준은 '이 못생긴 선배가 매부 되는 거 아냐?' 생각했던 적도 있었다.

강병연은 아버지가 장학금을 기부했던 지방국립대 농대 임학과 대학원 시절부터 아버지 농장에서 위촉연구원으로 일했다. 당시 아버지는 주요 대학의 농대 임학과에 장학금을 희사하시는 것은 물론, 나무에 관심이 있는 학생들에게 아버지의 농장에 와서 장기간에 걸쳐 연구·실험할 수 있는 기회를 주시곤 했다. 병연은 대학원을 다닐 때부터 장학금을 받기 시작했고, 일찍이 나무에 대한 그의 남다른 열정과 성실성에 탄복한 아버지는 그가 자작나무로 박사 학위를 딸 때까지 장학금을 지급하는 것은 물론 필요한 연구를 농장에서 계속할 수 있도록 도와주셨다.

자작나무에 관심이 많았던 병연은 국내 자작나무 최고 권위자의 격찬을 받을 정도의 논문을 써서 당당히 임학박사 학위를 따냈다.

졸업 후 그는 다른 많은 연구소의 러브콜을 뿌리치고 아버지의 양묘농장에서 일하기로 결심했다. 아버지는 그런 병연을 위해 회사 부설 자작나무연구소를 설립하셨다. 그는 초대 선임 연구원이자 연구소장이 되어 열정적으로 일했다. 그런데 어느날, 그는 돌연히 아버지 연구소를 떠나 작은 조경 회사를 세워서 운영했다는 것이다.

"그러고 보니까 선배 그때 좀 섭섭했어. 왜 갑자기 연구소 그만뒀어요? 선배 성격에 무슨 사업을 한다고 갑자기 아버지를 배신하고 나갔냐고?"

"그게 조인국 때문에 어쩔 수 없었어."

"조인국 때문이에요? 성아 때문이 아니고?"

"따지고 보면 둘 다. 그래도 원인은 조인국이었지."

"성아랑 그런 일이 있었어도 하던 연구까지 집어던지고 나가서 좀 의외였어요. 글구 아버지가 선배를 얼마나 좋아했는데."

"그게 그럴 수밖에 없었어. 사실은… 아, 아니다. 관두자. 다 지난 일인데, 뭐. 그냥 성아 소식이 늘 궁금했어."

"성아, 잘 살고 있어요. 아버지 회사도 잘 지키면서."

"그래, 그럼 다행이다. 그럼 저녁에 다시 통화하자. 한국 시간으로는 낼 아침쯤 되겠네."

"기다릴게요."

병연과 통화를 마친 성준, 뭔가 개운치가 않다. 생각해 보니 병연은 성격상 까닭도 없이 남에 대해 좋지 않은 말을 입 밖에 꺼내지 않는다. 그런데 그의 입에서 '조인국'이란 말이 나온 것이 영 꺼림칙했다. 뭔가 있었던 것일까. 갑자기 조인국을 생각하니 기분이 상하는 성준.


바로 그 시각, 송 여사를 만나고 마음이 심란한 재복이 경식과 함께 농장의 한 벤치에 앉아 술잔을 기울이고 있는데, 차 한 대가 조용히 농장 앞에 와 선다. 그리고 이내 차 문이 열리더니, 한 사내가 내려 농장 안으로 들어가고 한 사내는 내려서 주변을 은밀하게 살핀다. 취기가 돈 경식이 벌떡 일어난다.

"저거 뉘기가. 이 시간에 남의 농장에 들어가는 놈이."

"뉘긴지는 모르겠지만 차 하나는 삐까번쩍하네. 길구 이 시간에 여기 오는 놈, 쎅이 뻔하지."

"뻔하다이? 성! 그거이 무시기 말임매?"

"오줌이 급해서 온 거이디."

"오줌이 급한데, 왜 변소통에 안 가고 남의 농장에 밤고양이처럼."

"그냥 못 본 척하기요. 소싯적에 우리도 수태 그러잖았음매?"

"그때는 어디 길거리에 변소통이 있었음매? 지금은 길거리에 안방보다 더 깨끗한 변소통 천진데… 그거 놔두고 와 남의 농장에 와서 지랄임매? 내가 혼쭐을 내서 쫓아 버려야갔음매."

재복, 재미있다는 듯이 너털웃음이다.

"뉘긴지 모르갔지만 한밤중에 정신이 번쩍 나겠구만."

재복, 구경이나 하겠다는 듯 바라보고 경식은 뚜벅뚜벅 차 있는 데로 걸어간다. 그런데 들어갔던 사내가 나와 다시 차에 오르자 차에 불이 켜지고 이때 경식의 눈에 들어오는 사내의 얼굴이 눈에 익다. 경식, 걸음을 멈추고 눈을 크게 뜬다.

"저건…?"

하고 다가가려는데 사내가 타자마자 운전사, 급히 차를 몰아 사라진다.

# 26

## 드러나는 조인국의 정체

이튿날 아침, 최재복이 먹을 것을 챙겨 성준을 찾는다. 성준, 잠이 덜 깬 눈으로 재복이 건네주는 보따리를 받으며 미안한 표정이다.

"아휴, 숙모가 아침부터 또 바쁘셨겠네요. 신경 안 쓰셔도 되는데…."

"니 숙모가 너 지척에 있는데 다리 뻗고 늦잠 잘 사람이 아니디."

"제가 빨리 일을 끝내야 할 텐데. 숙모한테 감사하다고 전해 주세요."

"기래, 기래…."

하고 돌아서던 재복이 다시 발걸음을 멈추고 돌아본다.

"긴데, 어제 누가 왔다간?"

"아뇨. 왜요?"

"어젯밤에 누가 니 아브지가 쓰던 창고 쪽으로 들어가길래 첨에는 오줌 누러 가는 사람인 줄 알았는데 그거이, 경식이 말로는 분명 성아네 조 서방 같다고 해서."

성준, 깜짝 놀란다.

"그럴 리가요?"

재복, 고개를 끄덕거리면서도 왠지 아닐 거라고 생각하는 표정이다.

"길티. 나도 그렇게 생각은 하는데 경식이가 성아네가 맞다고 하도 우겨서 말임매. 얼마 전에 아버지 상 당했을 때도 가서 봤다믄서 빡빡 우겨 대서 혹시나 널 만나러 왔나 해서 한번 물어봤다. 머릿쏙 복잡한데 내가 괜한 소리를 했구나야."

하면서 돌아서 총총 사라진다. 성준도 잠시 생각하는 듯하다가 그냥 털어 버리려는 듯 하늘을 한번 보고는 돌아서 들어가는데, 이번에는 요란한 자동차 소음이 성준의 발걸음을 멈추게 한다. 돌아보면, 재복이 터덜터덜 내려가고 있는 농장 안으로 경찰차와 검정색 차량이 줄지어 들어온다. 성준, 놀라서 뛰어 내려간다.

'무슨 일이지? 농장에 왜 경찰이?'

뛰어 내려간 성준, 아름드리나무들 사이에 숨어 경찰을 주시한다. 그런데 경찰차와 검정색 차들이 아버지가 옛날에 기거하

시던 창고 주변에 집결한다. 그러곤 우르르 내린다. 한 사내가
소리친다.

"어젯밤, 저 창고가 바로 김영원이 간첩 활동을 할 때 사용하
던 은거지라는 제보가 들어왔다! 샅샅이 뒤져서 반드시 증거
를 찾아와. 알았나!"

"예!"

형사들로 보이는 사내들, 일제히 창고 주변에 흩어져서 뒤지
기 시작한다. 성준, 자리를 뜨지 못하고 지켜보는데, 이때 최재
복이 다가가 호통을 친다.

"이거이 무슨 짓임매?"

그의 강한 사투리를 들은 사내가 날카로운 눈빛으로 재복을
돌아본다.

"이 산장 관리인이요?"

"기렇소. 긴데 당신들은 무시기 이유로 남의 농장에 허락도
없이 들어와서 행패임매?"

"국정원에서 나왔습니다. 김영원이란 사람 아십니까?"

"돌아가신 양반이 뭐 어쨌다고 이러는 것임매? 당장 나가지
않으면 경찰에 신고하갔음매!"

"이 산장이 김영원이 고정간첩으로 활동하던 은거지라는 제
보가….'

"그런 새빨간 거짓말을 한 사람이 누굼매? 우리 성님은 빨갱

이 때문에 가족하고 생이별을 해서 빨갱이라면 치를 떠는 양반임매. 그런 성님을 빨갱이라고 몰아붙인 그 인간이 바로 빨갱이임매!"

사내, 재복의 기에 눌려 잠시 주춤하는데, 이때 경찰 하나가 산장 안에서 서류뭉치와 몇 장의 사진을 들고 온다. 그 사진 속에 김영원과 함께 나란히 선 다소 젊은 시절의 재복을 발견한 사내와 경찰, 날카로운 눈빛으로 재복에게 묻는다.

"여기 이 사람, 선생님 맞습니까?"

"그거이 무슨 문제라도 됨매?"

"성함이 어떻게 되십니까?"

"난 최재복이요."

"이 옆에 있는 사람들은 누굽니까?"

"그 사람들은… 베트남에서 만난 북한 임학자."

까지 이야기하다가 싸한 분위기를 감지하고 말을 멈추는 재복. 사내가 미끼를 물었다는 듯 다그친다.

"그러니까 해외에 나가서 북한 주민을 불법 접촉 했군요. 맞습니까?"

"그거이, 베트남에서 열린 조림학회에서 만난 거이디, 불법 접촉은 무시기 불법 접촉을 했다는 거임매? 북한은 먹을 거이 없어서 사람들이 나무뿌리까지 다 캐다 먹어 개지구 산이란 산은 죄다 벌거숭이 민둥산임매. 기래서 조림에 성공한 남한의 경험을 좀 들어 보고 싶다 해서 잠깐 이야기를 좀 한 거인데, 그거이 무슨 죄라는 거임매?"

"죄송하지만 잠시 저희와 같이 가 주셔야겠습니다."

"뭐요? 내가 왜?"

"김영원에 대해서 아는 대로 진술을 좀 해 주셔야겠습니다."

"무시기 진술을 하라는 거이가!"

"연행해. 그리고 결정적인 증거를 찾았으니 그만 철수하지!"

"증거는 무시기 증거! 나는 아이 감매!"

경찰 두 사람이 재복을 잡아 차에 태우려고 하자 저항하는 재복, 문득 나무 뒤에 숨어 자신을 보고 있는 성준을 발견한다. 당황한 재복, 행여나 사내들이 성준을 발견할까 봐 갑자기 순순히 차에 오른다. 경찰 두 사람, 어리둥절한 표정으로 차에 오른다.

차들이 멀어지자, 성준은 완전 패닉 상태가 되어 서성이다가 다시 집으로 돌아온다. 그리고 성배에게 상황을 알린 뒤, 애써 흥분을 가라앉히며 차분히 상황을 정리해 본다.

'저 서류와 사진, 창고에는 없던 건데, 갑자기 왜 창고에서 나온 거지? 그리고 아버지 성격에 저런 사진을 창고에 두셨을 리 없어. 저건 분명히 국정원 놈들이 가지고 와서 쇼를 하는 거야. 아니지, 국정원에서 저걸 확보했다면 여기까지 와서 쇼를 할 리가 없어. 가만히 앉아서 다 잡아들이면 되는데 왜 여기까지?

분명, 누군가가 일부러 창고에 갖다 놓은 게….'

그때, 재복이 아침에 한 말이 스치고 지나간다. 어젯밤에 창고 쪽으로 들어갔다던 사람, 밤눈이 밝은 경식이 삼촌이 분명 조인국이라고 했다면 거의 확실하다는 얘기다. 게다가 병연이 '지나간 일'이라며 덮었던 그 석연치 않은 기억 속에도 조인국이 숨어 있다. 뜻밖이다. 이 복잡한 수수께끼 속에 조인국이 등장할 거라곤 상상을 못 했던 성준, 잠시 후 성배로부터 걸려온 전화에 더 놀란다.

"신원을 밝히기를 거부한 사람의 제보였대. 검찰에서는 내부 고발자로 보고 있다는데, 짐작 가는 사람 있어? 아님 내가 성아한테 물어볼까?"

"아직 하지 마. 내가 먼저 좀 알아볼게."

성준, 급하게 다시 병연에게 줌으로 통화를 요청한다. 병연이 응답하자 다짜고짜 질문을 던진다.

"선배, 조인국 때문이라고 했던 그때 일, 하나도 빼지 말고 다 얘기해 봐."

"뭐야, 갑자기…."

"그럴 일이 있어."

"별로 기분 안 좋을 텐데…."

그렇게 시작된 병연의 이야기는 너무도 뜻밖이었다.

"너도 알다시피 나한테 회장님은 아버지나 다름없는 분이야.

내가 나무에 대해 남다른 관찰력이 있다는 것도, 양묘에 필요한 끈기가 있다는 것도 다 아버님이 먼저 알아보시고 키워 주셨지. 난 한 번도 회장님 곁을 떠난다는 생각을 해본 적이 없어. 성아랑 잘 어울릴 거 같다고 이야기해 주신 분도 회장님이셨고, 성아하고 사귈 때도 손은 잡았느냐, 뽀뽀는 했느냐 짓궂게 물으시면서 약혼이라도 빨리하게 진도를 팍팍 나가라고 채근하시곤 했지. 그런데 어느 날, 전혀 상상치도 못했던 일이 벌어졌어."

어느 날, 늦깎이 대학원 신입생인 조인국이 강병연을 찾아와 농장에서 일을 하게 해 달라고 사정했다. 나이도 병연보다 서너 살 위여서 불편했지만, 가난했던 자신의 지난날을 생각하고 도와주려는 마음으로 일을 주었다. 그런데 그즈음부터 값나가는 관상용 묘목이 조금씩 없어지기 시작했다. 아무래도 농장에서 일하는 막일꾼들 짓이지 싶어 퇴근하는 척하고 숲에서 야영하면서 덮친 벌목 현장에 뜻밖에도 조인국이 있었다.

"인국 씨한테 장학금 주고 일자리까지 준 회장님한테 이래도 되는 거예요?"

"한 번만 봐줘. 김 실장, 실은 아버님 병원비가 너무 많이 들어서…."

딱한 사정을 알게 된 병연은 다시는 하지 않겠다는 약속을 받고 눈감아 주었다. 그런데 그 이후로도 묘목은 계속해서 없어졌다. 더 이상은 안 되겠다는 생각에 인국의 집을 찾아간 병연은 인국의 아버지는 어려서부터 함께 살지 않았다는 사실을 알게 되었고, 그 직후 인국을 불러서 농장 일을 그만두라고 했다. 그런데 병연이 조인국에 대해 놀란 것은 바로 그때였다. 농장을 그만두라는 말을 들은 조인국의 표정이 갑자기 바뀌더니 전혀 다른 얼굴이 튀어나왔다.

"지가 무슨 이 집 아들이라도 되는 듯이 유세네."

순간, 병연은 자기 귀를 의심했다.

"뭐, 지금 뭐라고 그랬어?"

"니가 나보다 회장님 눈에 좀 일찍 든 거 말고는 나랑 다른 게 뭐 있어? 너도 내 처지가 되면 똑같이 하지 않았을까? 이 많은 나무 중에 몇백 그루 좀 없어진다고 김 회장이 망하나? 아마 없어진 줄도 모를걸? 같이 좀 먹고살면 어때서 그래?"

병연은 그 말을 들었을 때의 기분을 지금도 생생하게 기억하고 있었다.

"소름이 끼치더라. 그때 조인국의 눈빛에서 나는 굶주린 야수를 발견했어. 그리고 생각했지. 이놈은 정말 위험한 놈이다. 그래서 무조건 그만두라고 했어. 안 그러면 경찰에 신고하겠다고. 그렇게 농장에서 나갔고 나는 그렇게 일이 끝났다고 생각했지. 그런데 그게 아니었어."

어느 날부턴가 성아가 변하기 시작했다. 병연을 피하는 건

물론이고, 종종 병연에게 알 수 없는 말들을 하기 시작했다. 그 이상한 분위기는 얼마 가지 않아 아버지한테까지 확산됐다. 영문을 알 수 없어 고민하던 병연 앞에 어느 날, 성아와 조인국이 나란히 나타났다. 그리고 조인국이 지켜보는 자리에서 성아는 병연에게 절교 선언을 했다.

"오빠, 우리 헤어져."

성아 뒤에서 그 말을 들은 조인국이 묘한 미소를 띠며 병연을 쳐다보고 있었다.

"너, 저 사람하고 무슨 관계야?"

"오빠가 신경 쓸 일 아니잖아. 내가 누구와 뭘 하건, 오빠는 관심 없잖아. 이 농장에 관심이 있는 거지."

"누가 그런 말을 해? 혹시 저놈이!"

"말조심해! 나 저 사람 사랑해!"

성아가 보란 듯이 인국의 손을 잡는다. 그 광경을 본 병연은 뭔가 일이 단단히 잘못되고 있음을 직감했다.

"그리고 오빠가 저 사람에 대해 숨기고 있는 것도 다 알고."

"그걸 알면서 왜 이래? 회장님이 아시면 어떻게 하려고?"

"아버지도 끝까지 속일 생각이었어?"

"속이려던 건 아니었어. 그냥 원인만 제거하면 된다 생각했을 뿐이야."

"원인 제거? 그래서 오빠의 치부를 아는 저 사람을 잘랐어?

그럼 끝날 줄 알았어?"

"뭐?"

"오빠가 날 갖고 논 건 용서할 수 있어. 헤어지면 되니까. 하지만, 오빠가 감추고 싶은 치부를 알고 있다는 이유 하나로 무고한 사람을 협박하고 자살의 위기까지 몰고 간 건 절대 용서 못 해!"

그때, 현장에 아버지가 나타났다.

"그만들 해라!"

"회장님!"

"병연이는 날 따라오고, 너희 둘은 그만 가봐라."

그날, 병연은 김 회장의 방에서 조인국이 치밀하게 위조한 각종 자료들을 보았다. 그 자료들에 의하면 병연이 지속적으로 농장의 묘목을 빼돌려 몇몇 조경업자들에게 팔아 왔고, 그 자료들은 그 돈을 빚에 시달리는 형에게 주었을지 모른다는 의심을 하게 하는 근거들이었다.

병연은 김 회장의 어떤 물음에도 답하지 않았다. 조인국에 대해서도 더 이상 말하지 않았다. 그가 20대를 고스란히 바친 김 회장의 농장은 더 이상 그가 땀 흘리고 숨 쉴 수 있는 공간이 아니었다. 병연은 겨우 참고 서 있다가 '그동안 감사했다'는 인사를 하고는 농장을 나왔다. 이야기를 다 마친 병연은 잠시 허탈한 듯 말이 없다가 겨우 다시 말을 이어 갔다.

"미국으로 오기 전에 회장님이 농장에 한번 다녀가라고 하셨는데, 그때까지도 다시는 그 농장에 발을 들여놓고 싶지 않았어. 상처가 너무 커서. 그런데 회장님과 함께 심은 나무들이 내 키보다 더 크게 자라고 있는 그 숲을 걸으면서 깨달았지. 그 시절이 내 인생에 가장 빛나는 시간들이었다는걸… 그 소중한 시간들을 조인국, 그놈 때문에 잃어버린 거야."

병연의 이야기가 끝났을 때 성준은 처음으로 조인국이 이 일에 아주 오래전부터 깊이 개입되어 있을지도 모른다는 생각이 들었다.

"조인국… 성아에게도 처음부터 의도를 가지고 접근했다는 거네."

"성아한테 의도를 가지고 접근한 놈은 많았지. 단지, 성아의 선택이 조인국이라는 게 늘 걸렸어. 암튼, 그 문제는 성아나 네가 알아서 하고, 그 보내준 샘플, 생각보다 재미있던데? 데이터 최종 확인하고 다시 연락할게."

"고마워요, 선배."

전화를 끊자마자 성준의 미국 핸드폰에 메일이 왔다는 문자가 뜬다. 이메일로 들어가 보니 경기개발의 주주총회가 열린다는 소식이다. 이전과 같이 김성아에게 자신의 권리를 위임하겠다는 내용의 위임장에 서명을 요구하는 메일이다. 성준, 잠시 망설이다가 사인을 해서 보낸다.

# 27

# 성아의 추락

다음 날, 경기개발 주주총회장. 주주들이 속속 모이고 송 여사와 성아, 수경도 들어와 자리에 앉는다. 조인국, 문을 닫아 주며 성아에게 잘하고 나오라고 안심을 시킨다. 이윽고 사회자, 일어나 회의를 진행한다.

"바쁘신 와중에도 오늘 회의에 참석해 주신 대주주분들께 감사드립니다. 공지해 드린 대로 오늘은 고 김영원 회장님의 유지를 받들어 김성아 대외협력사장을 회장으로 추대하고자 합니다. 이미 오래전부터 공유한 사안이니 안건 결의라고 할 것도 없이 간단히 거수로 동의해 주시면….."

하는데 주주 한 사람이 말을 막는다.

"난 반댑니다."

그 말에 송 여사와 성아, 당황해서 쳐다본다.

"창업자와 그 아들이 국가보안법 위반으로 기소 상태고, 큰 아들까지 지명수배당해서 창업자 일가가 사회적으로 지탄을 받고 있는데, 따님인 김성아 사장을 회사 얼굴로 세운다면, 이 회사를 주주들이 어떻게 보겠습니까?"

그러자 다른 주주들도 한마디씩이다.

"나도 김성아 사장의 능력은 인정하지만 지금은 시기가 너무 좋지 않아요."

"창업자 일가 때문에 회사가 흔들리는 건 돌아가신 김영원 회장도 원하지 않을 겁니다."

"이 문제가 해결될 때까지만이라도, 다른 사람을 회장 대행으로 추대하는 것이 어떻겠습니까?"

"말이 난 김에 조인국 전 청장이 어떨까 하는데…."

그 말에 송 여사가 말을 하려는데 성아가 막는다. 주주, 말을 이어 간다.

"창업자의 가족이면서도 처가가 동종업계라는 이유로 회사 주식도 받지 않았다 해서 대중적인 이미지가 좋은 사람이 아닙니까? 이보다 더 좋은 적임자가 어디 있습니까?"

주주들, 공감한다는 듯 고개를 끄덕이며 술렁인다. 성아, 침착한 표정으로 자리에서 일어난다. 그러자 좌중이 조용해진다.

"저 역시 여러분과 같은 생각입니다. 하지만 제 남편인 조인국은 공직자로서의 커리어를 성공적으로 쌓아 가고 있는 중입니다. 개인적으로는 제 가족의 문제 때문에 남편의 커리어를 훼손시키고 싶지 않습니다. 그래서 다른 전문경영자를 영입…."

하는데, 주주 몇 사람이 언성을 높인다.

"김성아 사장, 실망입니다. 남편은 중요하고 이 회사는 중요하지 않다 이 말입니까?"

"회사에 대해서는 아무것도 모르는 외부인사를 데려다가 회사 말아먹으면 책임질 수 있어요?"

"자, 다 필요 없고, 밖에 조인국 전 청장 있으면 들어오게 하시오! 본인에게 직접 물어보면 될 거 아닙니까?"

직원 한 사람이 문을 열어 밖에서 기다리던 조인국을 들어오게 한다. 조인국, 먼저 성아와 송 여사에게 다가가 상황을 전해 들은 뒤 자리에 앉는다. 주주 1이 조인국에게 묻는다.

"조 청장, 지금 상황은 누구보다 잘 알 테고, 회장님 기소 건을 비롯해서 가족들과 관련된 불미스러운 상황이 종결될 때까지 회장직을 좀 맡아 주실 수는 없습니까?"

그러자 조인국, 진지한 표정으로 일어나 입을 연다.

"장인이신 고 김영원 회장님과 아내 김성아 사장은 제 인생의 은인입니다. 회장님과 아내를 만나 젊은 시절 제 인생 방향을 결정할 수 있었고, 공직자로 당당히 활동할 수 있었습니다. 그런데 회장님의 명예가 실추되고 아내가 어려운 상황에 처한 지금, 제게 중요한 건 평생을 일한 공직자로서의 커리어가 아닙니다."

여기까지 말을 마친 조인국은 단호한 표정으로 성아를 향해 말한다.

"저는 회장님과 아내를 위해서라면 언제든 무슨 일이든지 할 수 있습니다. 아내가 아버님의 유지를 받들어 당당하게 회장에 취임할 수 있을 때까지, 아내와 함께 회사가 필요로 하는 역할을 감당하겠습니다."

조인국이 말을 마치자 주주들의 눈길이 일제히 성아에게 쏠린다. 성아, 천천히 일어나 조인국에게 다가간다. 그리고 차분하게 말한다.

"고마워, 여보!"

"고맙긴. 오히려 이렇게라도 당신을 도울 수 있어서 다행이지."

두 사람 서로를 따뜻하게 포옹하고, 자리에 함께했던 주주들 모두 박수로 조인국의 회장 직무 대행 취임을 가결한다. 그런데 한 사람, 송 여사의 얼굴 표정만이 굳어 있다.


송 여사의 집. 혼자 거실에 앉아 성아와 인국의 결혼사진을 보고 있다. 귓전에서 맴도는 주주총회에서의 환호 소리와 그 가운데서 환하게 웃고 있는 조인국의 얼굴이 떠올라 괴로운 표정을 짓는 송 여사. 뭔가 미덥지 않다는 듯 고개를 돌리다가 문득 옆에 있는 성준의 사진에 눈길이 멎는다.

"정말 저보다 조 서방이 더 미더우세요?"

송 여사, 혼란스러운 듯 눈을 감는다.


한편 성준의 은신처. 뉴스를 통해 조인국의 회장 대행 취임 소식을 보는 성준, 재원에게 전화를 건다.

"아무래도 이 일에 조인국이 개입한 거 같아."

"나도 뉴스 봤다. 냄새가 풀풀 나네. 내가 한번 뒤를 캐볼게."

"저 인간에 관한 건 사소한 거 하나도 빼놓지 말고 다 알려 줘."


성준, 뉴스 속에서 마치 세상을 얻은 듯 환하게 웃고 있는 인국을 보고 있는 그 시각, 시내의 한 호텔 회식장. 조인국과 주주 1, 2, 3이 모여 자축 파티를 거나하게 하고 있다.

"우리 조 대행이 회사를 구했어."

"그 철부지 두 아들놈들 때문에 주가가 곤두박질을 치다가 오늘 다시 회복세로 돌아섰다지? 민심도 조 대행한테 크게 기대하고 있다 이런 뜻 아닐까?"

"과찬이십니다. 앞으로 많이 도와주십시오. 회사 경영이라는 게 아무나 할 수 있는 게 아니지 않습니까?"

"아무나가 아니지. 산림청장은 아무나 하나. 사실 말이야 바른 말이지, 음악 공부한 김성아 사장이 뭘 알겠나? 이참에 그냥 회장직을 조 회장한테 완전히 넘겨 버리면 좋겠는데 말이야."

"내 말이!"

"모쪼록 앞으로도 잘 부탁드립니다."

"잘해 봅시다!"

네 사람, 환한 표정으로 잔을 부딪힌다. 조인국의 눈빛이 예리하게 빛난다.


한편 성준의 은신처. 성준, 농장 입구에 숨어서 초조하게 누군가를 기다린다. 잠시 후 택시가 와서 멈추고 차에서 누군가가 내린다. 재복이다. 성준, 달려간다.

"삼촌!"

놀란 재복, 성준을 데리고 어두운 숲속으로 끌고 간다.

"위험하게 여긴 왜 나왔음매?"

"어디 다치신 데는 없어요? 힘들게 안 하던가요?"

"내가 이래 봬도 산전수전 다 겪었다. 그 정도 못 빠져나올까 봐. 형사가 마음이 좋게 생겼길래 좀 아픈 척했다. 그랬더니 덜컥 겁이 난 모양인지 풀어 주더라. 그런데 대체 누가 아버지 창고에 옛날 사진을 갖다 놨는지 모르겠구나."

"제가 알아보고 있어요. 제가 해결할 테니까 그때까지 조심하세요."

"기래. 고거이 제일로 반가운 말이다. 내 걱정은 말고 얼른 돌아가라. 누가 보기 전에."

성준을 돌려세우고 눈앞에서 사라질 때까지 지켜보는 재복, 그런 재복을 뒤로하고 돌아오는 성준의 마음이 조급해진다.

# 28
## 일훈자작의 비밀

은신처로 돌아온 성준, 다시 병연과 마주 앉았다.

"미국이나 유럽 쪽에서는 별 특이한 반응이 없었고, 일본 홋카이도 대학에 있는 쇼지 유이치라는 교수가 자기가 본 적이 있는 자작나무라면서 이걸 어떻게 한국에서 구했느냐고 같이 영상통화를 했으면 좋겠다고 하는데?"

"그래요? 그럼 가능한 한 빨리."

"마침, 내가 줌으로 연결했으니까 잠깐만."

잠시 후 화면 속에 젊은 일본인 임학자 쇼지 유이치가 합류했다. 성준은 쇼지에게 이 자작나무에 대해 어떻게 알게 되었느냐고 물었다. 쇼지에게서 놀라운 답변이 흘러나왔다.

"홋카이도자작나무는 일본의 다른 지역에 있는 자작나무와 완전히 다른 수종입니다. 같은 자작나무이기는 하지만, 훨씬 더 희고 껍질이 투명하면서도 두꺼워서 껍질을 떼어 내면 잘 부서지지 않아서 그 위에다 글씨를 쓸 수 있을 정도입니다. 그래서 저희 스승이신 엔도 교수님께서 수십 년간 그 차이점을 연구하신 결과 오래전 백두산 화산 폭발 때 홋카이도를 덮었던 화산재 성분이 홋카이도자작나무의 유전자를 변형시켰다는 사실을 알아내셨습니다."

성준은 이게 무슨 소리인가 싶어 어리둥절한데, 병연은 쇼지의 말에 놀라움을 금치 못한다.

"그러면 홋카이도의 자작나무는…?"

"네, 백두산자작나무와 90% 이상 유전자가 일치합니다."

성준은 그제야 깜짝 놀라며 쇼지에게 묻는다.

"그런데 그 수종과 제가 보낸 것이 어떻게 같을 수가 있죠?"

"바로 그 때문에 제가 놀란 겁니다. 이 수종이 한국에 있다는 것도 놀랍지만, 서울 이남의 위도에서는 자랄 수가 없는 수종인데 이게 한국에서 15년 이상 자랐다는 게 너무 놀라웠습니다. 대체 이 나무를 키워낸 분이 누굽니까?"

"저희 아버지입니다."

"그분은 한국분 아닙니까. 이 수종은 백두산 서쪽에서만 발견되는 수종이기 때문에 중국 쪽에서 북한으로 밀입국하지 않는 한 가져올 수 없는 수종입니다."

그 말에 성준의 귀가 번쩍한다.

"만일 북한에 있는 사람이 전해 줬다면요?"

"그것도 거의 불가능합니다. 이 수종은 백두산 깊은 오지에서만 자라고 있어서 본 사람도 거의 없을뿐더러 봤다 해도, 그간의 북한의 어려운 상황을 볼 때 남아 있을지도 의문입니다. 여태까지 북한에서는 단 한 분만이 이 수종에 관심을 보였지요."

"그 사람이 누구인가요?"

"제가 직접 만난 사람은 아닙니다. 은사이신 엔도 교수께서 1980년대 초에 북한의 임학자들과 산림녹화를 주제로 세미나를 하신 적이 있는데, 그 세미나 후에 북한에서 한 분이 이메일로 상담을 해 왔다고 합니다. 자기가 백두산에서 가져온 자작나무를 함흥지역에 심었는데 온도 차 때문인지 잘 자라지 않아서 다른 자작나무들과 많이 교배도 해 보았지만 계속 실패했다고 하더랍니다. 그러다가 이분이 세미나 자료를 보니 홋카이도 자작나무가 백두산자작나무와 비슷하다면서 교배를 해보고 싶으니 묘목을 좀 보내줄 수 있느냐고 해서 보내 줬는데, 얼마 후에 그분이 교배에 성공했다는 소식과 함께 백두산자작나무가 함흥에서 잘 자라고 있다면서 샘플을 보내왔는데, 놀랍게도 김 선생님이 보낸 샘플이 바로 그 샘플과 95% 일치합니다."

"그… 그게 사실입니까?"

성준의 가슴이 뛰기 시작한다. 그는 흥분해서 물었다.

"그 북한의 임학자, 혹시 이름을 알 수 있을까요?"

"이름은 모릅니다. 단지, 그분이 임학자가 아닌 의사였다는 사실밖에는요. 그래서 우리는 그 수종을 닥터스자작나무라고 부릅니다."

쇼지의 말에 충격을 받은 성준은 두 손으로 머리를 감싼다.

"왜 그러십니까?"

"일훈자작."

"네에?"

"그 나무를 아버님은 일훈자작이라고 부르셨습니다. 일훈은 그 의사의 이름입니다. 김일훈. 아버지가 북한에 두고 온 아들입니다."

"아…, 이런 기적 같은 일이!"

쇼지도, 병연도 믿을 수 없다는 표정이다. 아버지에 관한 오랜 의문과 수수께끼가 드디어 풀리기 시작하고 있었다. 성준은 밀려오는 격한 감정을 이기지 못해 말을 잇지 못한다. 병연이 대신 자리를 마무리한다.

"쇼지 교수님, 정말 감사합니다. 덕분에 대단한 비밀이 풀린 거 같습니다."

"아, 제가 도움이 되었다면 정말 다행입니다. 오히려 제가 감사를 드려야 할 거 같군요. 그리고 한국에서 자라는 그 일훈자작을 언젠가는 꼭 가서 보고 싶습니다."

"네, 제가 꼭 초대하겠습니다."

성준이 겨우 인사를 하자 쇼지가 줌을 나간다. 잠시 후 감정을 추스른 성준이 입을 연다.

"김일훈은 저보다 20살 정도 나이가 많은 형이죠. 그 형이 전쟁으로 아버지와 생이별을 한 뒤에 아버지가 심으려고 애쓰다가 두고 간 백두산자작나무를 살려 내려고 사방팔방으로 애를 쓰다가 쇼지 교수팀과 연결된 게 틀림없어요."

"정말 놀라운 이야기다."

"그 자작나무는 아버지가 어릴 적에 자란 삼수갑산에서 가져온 걸 거예요. 어린 시절의 추억이 서린 나무이기도 하지만, 아버지는 양묘 전문가였으니까 북한의 다른 지역에 있는 자작나무보다 훨씬 아름다운 백두산자작나무를 어떻게든 북한의 다른 지역에도 보급하고 싶었겠죠. 일훈이 형은 그걸 알았던 거예요. 그리고 아버지가 못다 이룬 꿈을 대신 이뤄낸 거죠. 그런데 통일은 갈수록 요원해지고 기근이 계속되면서 생존 위기에 처한 사람들이 닥치는 대로 산에 있는 나무를 베어다가 땔감으로 쓰고 심지어는 먹을 게 없어서 나무뿌리까지 캐어 먹는 상황이 계속되니까, 어렵게 교배에 성공한 자작나무를 지켜 내기 어려웠겠죠. 그래서 그 묘목을 아버지에게 전해 주려고 하다가… 북한 국경에서 총에 맞아 그만….

놀란 병연도, 성준도 잠시 말을 잃는다. 잠시 후 병연이 겨우 입을 연다.

"회장님이 많이 아프셨겠다."

"그 사건 이후로 아버지는 어떻게 해서든 아들이 목숨 걸고 전해준 백두산자작나무를 살려 내려고 애쓰셨던 거죠."

"그게 쉽지 않은 일이지. 서울은 홋카이도보다 훨씬 남쪽이라 정말 쉽지 않았을 텐데 어떻게 이렇게 크게 키워 내셨을까? 네가 보내준 사진을 보면 광택이나 껍질 상태가 보통 자작나무들과는 확실히 달라. 회장님, 정말 대단한 분이야."

"아들의 목숨과 아버지의 인생을 걸고 살려낸 그런 소중한 나무를 어머니가 몽땅 베어 팔아 버렸으니…."

"뭐? 왜?"

"아버님은 그 나무를 일훈자작이라고 부르셨고 수종을 개발한 사람의 이름을 붙이는 건 학계의 관행으로 너무도 당연한 일인데, 그걸 모르시는 어머니는 아버지가 그때까지도 북한에 두고 온 가족에게 미련이 있는 걸로 오해하셨거든요. 그 나무는 일훈자작이자 아버지의 자작나무였는데… 그 자작나무 사건이 있은 이후로는 두 분이 완전히 남남처럼 사셨어요."

"양묘 전문가인 회장님은 그런 어머니를 절대 이해할 수 없었을 거야. 회장님 심정 이해할 수 있을 거 같아. 뭐라 해도 이 수종은 아버지와 아들이 목숨을 걸고 남한에 심은 백두산자작나무니까… 그러고 보니까 생각나는 게 있어. 그날 회장님이 이런 말씀을 하셨거든. 이 나무가 분단된 이 나라도, 나뉘어 사는 사람도, 또 나무도 다 하나가 되게 해줄 거라고….”

병연과의 대화를 마친 후, 성준은 다시 자작나무 숲으로 달려갔다. 나무와 나무 사이에서 성준은 마치 가상현실로 들어간 듯한 환상을 본다. 어느 구비에서는 함흥에서 만난 아버지와 14살의 소년 김일훈을 만난다. 또 다른 나무 사이에서는 도문 국경에서 또다시 피맺힌 이별을 경험하는 아버지와 김일훈을 보았다. 그리고 또 다른 나무들 사이에서는 노년의 아버지가 묵묵히 자작나무 사이를 걸으며 나무 하나하나를 정성스럽게 관찰하던 모습을 보았다.

그 아버지의 체취가 서린 자작나무들을 만지던 성준은 끝내 오열한다. 아버지가 그에게 남겨준 것은 단순한 땅이나 재산이 아니었다. 아버지의 끊어 버리지 못한 집착이 아니었다. 아버지가 그에게 남겨준 것은, 아버지가 애지중지하던 백두산자작나무가 멸종 위기에 처하자 그 나무를 아버지에게 보내기 위해 목숨 건 행보를 선택했던 아들과 그 아들을 생각하며 이 수종을 기어이 세상에 남긴 아버지의 이야기였고, 그 어떤 것으로도 치유될 수 없는 아픔을 거름 삼아 싹을 틔워낸 사랑과 희망의 유산이었다.

“아버지….”

성준의 가슴 깊은 곳에서 아버지를 향한 그리움이 용솟음친다.

# 29

# 가상현실: 아버지의 일기

"영국아, 당장 아버지를 만나야겠어."

들어서자마자 성준은 영국을 다그친다.

"너 갑자기 왜 이래?"

"아버지를 만나야겠어. 하고 싶은 말이 있다구. 꼭 해야 할 말이 있어."

하면서 울먹이는 성준. 영국, 난감해서 어쩔 줄을 모른다.

"날짜를 알려면, 그래! 일기! 아버지의 일기를 가져올게."

성준은 다시 문을 벌컥 열더니 위층으로 뛰어 올라간다. 영국의 눈에 비친 성준은 제정신이 아니다. 눈의 초점도 오락가락하고 손끝은 하염없이 떨리고 있다. 상황이 심각하다고 판단한 영국은 친구들에게 문자를 보내 호출하고, 어느새 일기를 들고 다시 뛰어 내려온 성준을 안정시키려고 애쓴다.

"너 하루만 더 있다가 가. 가상현실 속의 아버지는 아버지가 아니야. 데이터의 집합체야. 정신 차려! 너 생각보다 후유증이 심각해. 잘못하면 완전히 정신병자 된다니까!"

하지만 성준은 막무가내다.

"아버지가 3월 15일에 돌아가셨으니까 3월 12일로 가면 되겠다."

"뇌파에 이상이 생긴 거 같아. 더 이상 안 돼. 못 가!"

"영국아, 웨이팅포유 언제쯤 세팅됐는지 좀 봐. 그때쯤으로 가서 그거 하실 필요 없다고 이야기해야겠어. 내가 다 알아서 하겠다고. 그러면 아버지나 성민이한테도 아무 일 안 생길 테니까."

영국, 하는 수 없이 성준을 세게 친다. 나가떨어지는 성준.

잠시 후, 성준이 눈을 뜨면, 침대에 꽁꽁 묶인 성준을 심각한 눈으로 보고 있는 성배와 재원, 그리고 영국의 얼굴.

"얼마나 난리를 쳤으면 영국이가 널 이렇게 해 놨을까?"

"정신 차려. 성민이 재판 3일밖에 안 남았어. 이젠 정말 마지막이야."

성준, 고개를 끄덕이면 세 사람, 묶은 줄을 풀어 준다.

"말해. 어젯밤에 무슨 일이 있었는지."

"얘기가 길어. 일단은 아버지를 만나러 가야 해. 이 용문산장하고 웨이팅포유, 다 지켜야 해."

"애, 왜 갑자기 전투적으로 변했어?"

"몰라. 숲에 갔다 오더니 저렇게 변했어."

"아버지가 돌아가시기 3일 전으로 보내줘. 아버지와 이 문제를 상의하면 뭔가 답이 나올 거 같아."

"뭔 소린지…."

영국과 재원, 회의적인 표정인데 성배가 과감하게 결단한다.

"그래, 니가 상황을 제일 잘 아니까 네가 선택해."

"야."

"너 미쳤어? 애 상태를 보구두 그 소리가 나와?"

"뭔지는 모르겠지만, 성준이가 뭔가를 저렇게 열렬히 하겠다고 하는 거 들어본 적 있냐? 난 처음 듣는 거 같은데?"

"하긴… 쟤 눈에서 금방이라도 불 나올 거 같다."

"그럼 어떻게 해? 원하는 대로 해줘?"

재원과 성배, 영국에게 고개를 끄덕한다.

이윽고 다시 캡슐 속으로 들어갈 준비를 하는 성준. 영국이 시스템을 작동하는데 재원과 성배, 주변을 두리번거린다.

"뭔가 이상하다. 너 혼자는 안 된다며?"

"돼."

"뭐? 홍진수는? 설마 풀어준 건 아니지?"

"풀어 줘도 안 가, 그 친구."

"뭐? 무슨 소리야?"

재원과 성배, 어이없어 하는데 갑자기 뒤에서 누군가가 튀어 나온다.

"제가 그 정도로 멍청하지는 않죠!!"

깜짝 놀라 돌아보는 재원과 성배. 성준도 놀라서 캡슐 안에서 고개를 든다.

"뭐야. 어떻게 된 거야?"

"딜을 했죠."

"무슨 딜?"

"교수님이 역사적인 이번 실험연구진 리스트에 저를 넣어 주기로요."

"성배가 좀 도와주면, 처벌도 좀 가벼워질 거야."

"잘 부탁드립니다, 판사님!"

성배가 펄쩍 뛴다.

"뭐야, 니들. 야, 윤영국, 너 나한테 뭐 유감 있냐?"

"너의 휴머니즘과 우정을 믿는 거지."

"안 돼! 이 자식, 간에 붙었다, 쓸개에 붙었다. 못 믿을 놈이야."

재원이 끼어든다.

"뭘 하든 설명을 좀 해라. 대체 뭐가 어떻게 돌아가는 거야?"

"얘기가 길어. 성준이 보내 놓고 설명해 줄게. 홍 팀장! 준비 됐지?"

"네!"

어리둥절한 재원과 성배, 그리고 성준은 아랑곳없다는 듯. 마치 오랜 팀인 듯 손발이 척척 맞는 영국과 홍진수. 갑자기 홍진수가 성준에게 시계 하나를 채워 준다. 성준, 놀라서 긴장하는데….

"지금 뇌파가 상당히 불안정해요. 잘못하면 완전히 기억을 잃을 가능성도 높고, 쇼크를 받아서 심장이 멈출 수도 있어요. 그게 녹화 장치에서 발생하는 복잡한 전자파의 부작용이거든요. 그러니까, 혹시라도 속이 많이 거북하시거나 정 견디기가 어려우시면 이 버튼을 한 번 누르세요. 그러면 녹화 장치가 꺼지면서 뇌파 충격이 줄어듭니다. 그리고 위급 상황이 발생하면 이 버튼을 두 번 누르세요. 그럼 언제든지 깨어날 수 있습니다."

성준, 영국을 본다.

"이 말, 믿어도 돼?"

고개를 끄덕이는 영국. 성준, 시계를 보며 긴장한 표정인데 그 모습을 보던 재원이 뭔가 생각났다는 듯 물에다 가루약을 타서 성준에게 먹인다.

"이게 뭐냐?"

"너 긴장하면 배탈 잘 나잖아. 내가 먹어 봤는데 효과가 아주 좋더라고."

성준, 고개를 끄덕인다. 하지만 여전히 긴장된 표정. 성배, 걱정스러운 표정이다.

"몸이 버텨 줘야 할 텐데… 많이 긴장한 거 같아."

"걱정 마. 괜찮을 거야. 저거 만병통치약이야."

"배탈약 줬다면서?"

"배탈에도 효과가 있지. 아편이니까."

"뭐?"

"쟤 어렸을 때부터 아버님이 종종 먹였던 모양인데, 뭐. 봐. 벌써 효과가 나타나는 거 같은데?"

세 친구와 홍진수가 캡슐 안을 들여다보면 성준, 세 사람을 향해 살짝 미소를 띤다. 놀란 성배, 재원을 보는데, 이윽고 성준, 준비가 되었다는 듯 영국에게 눈짓하면 영국, 버튼을 누른다. 그렇게 성준이 해죽거리며 가상현실로 들어간 순간, 세 친구와 개발팀장의 얼굴에서 웃음기가 사라진다. 일제히 시계를 향하는 긴장된 표정들. 180분으로 세팅된 숫자가 줄어들기 시작한다.


성준이 정신을 차렸을 때 그는 아버지 방문 앞에 있었다. 그가 들어가려는데 갑자기 문이 열리면서 어머니와 성아, 그리고 의사가 나온다. 의사가 떠난 뒤 어머니와 성아도 급히 어디론가 나간다. 성준, 몰래 아버지 방으로 들어가서 문을 잠그고 아버지 곁으로 다가간다. 힘없이 침대에 누워 있는 아버지 모습에 울컥하는 성준. 이내 아버지도 눈을 뜨고 성준을 발견하자 놀란다.

"성… 성준이가? 니가 어케 여기…."

김영원 회장, 숨을 몰아쉬며 긴장한 눈빛으로 성준을 보는데 성준, 조심스럽게 묻는다.

"용문산장에 있는 자작나무 숲 봤어요. 그리고 그게 백두산 자작나무인 것도 알게 됐구요. 그걸 저한테 남기신 이유를 말해 주세요. 제가 뭘 어떻게 해야 할지 모르겠어요. 너무 놀라서…."

깜짝 놀라는 아버지. 점점 더 경계의 눈빛이다.

"아직 권리증을 이사장한테 보내지도 않았는데 용문산장에는 어케 갔고… 대체 당신 뉘기가? 성준이 아이디? 미국에 있는 성준이가 여기 올 리가 만무하지. 대체 뉘기가? 밖에 누구 없니?"

순식간에 일이 벌어졌다. 아버지는 용문산장 이야기를 듣자마자 흥분해서 언성을 높이더니 이내 숨을 몰아쉬다가 혼절하고 만다.

"아버지! 아버지!"

성준은 급히 아버지 핸드폰으로 친구 이재원에게 전화를 건다.

"재원아! 지금 당장 우리 집으로 와! 아버지가 정신을 잃으셨어!"

"뭐? 알았어. 그런데 너 지금 어디야?"

"어디긴! 집이지."

"뭐?"

"야, 빨리 오라니까!"

"아, 알았어! 일단 갈게."

# 30
## 가상현실 속 세 친구

잠시 후. 달려온 재원, 아버지를 차에 싣고 서둘러 간 곳은 서울 변두리의 한 성형외과다.

"아니, 왜 이리로 왔어? 아버지 주치의가 있는 서울대학병원으로 가야지."

"미쳤냐? 저기 사람들 온다. 얼른 아버님 업고 고개 숙여!"

재원, 축 늘어진 김영원 회장을 성준의 등에 업힌 채 안으로 들어가는데 마침, 환자용 침대를 밀고 나온 재원의 아내도 성준을 보고는 놀라서 말을 못 하고 서둘러 아버지를 싣고 안으로 들어간다.

"어떻게 된 거야. 제수 씨가 이 병원에 왜? 그리고 저 가운은 뭐고?"

"뭐가 뭐야. 너 어디 다쳤냐? 우리 와이프한테 쌍꺼풀 수술까지 한 놈이."

"뭐? 쌍꺼풀 수술?"

이때 들이닥친 승용차 한 대. 놀라서 보면 영국과 성배가 내려 달려온다. 두 사람, 성준을 보자마자 냅다 붙잡고 안으로 들어간다.

"위험한 고비는 넘겼어요. 그런데 왜 이렇게 되셨어요?"

"아… 그게 저를 보자마자 좀 놀라신 거 같아요."

"왜 안 놀라시겠냐? 니가 미국 있는 줄 아시는데. 아버님 놀라실까 봐 너 한국 온 거 말씀 안 드렸거든."

"뭐?"

뭔가가 이상하다. 그러고 보니 병원에 나타난 영국과 성배의 옷차림도 어딘가 이상한데 성준을 보는 세 친구의 눈빛, 완전 초긴장이다.

"너, 무단 탈주했냐?"

"너 학회 참석하려고 한국 왔다가 횡령죄로 고소당해서 구금 상태였잖아!"

"아버님이 너한테 주식 다 넘겨주려고 했던 거 기억 안 나?"

"그걸 방해하려고 조인국이 너하고 성민이가 회삿돈 빼돌렸다고 고소해서 구속됐잖아."

폭포수처럼 쏟아 내는 친구들의 말에 성준은 정신이 하나도 없다.

"그만! 도대체 말이 되는 소리들을 해라."

"말이 안 되긴 하지. 그렇다고 이렇게 무단 탈주를 하면 어떻게 해. 법대로 해야지, 법대로! 답답하네, 정말!"

성준은 애써 자신이 지금 가상현실 속에 들어와 있다는 것을 기억하려고 애쓴다. 그렇다면 친구들 역시 아버지의 기억 속에 있는 데이터의 조합일 뿐이다! 성준은 잠시 친구들을 바라보다가 침착하게 묻는다.

"그러면 지금 조인국은 어떻게 됐어?"

"어떻게 되긴 뭐가 어떻게 돼! 회장 취임했지."

"어디 그뿐이냐. 지금 싱가폴에 있는 중국계 회사에 회사를 넘기려고 한다는 소문이 파다해. 조인국이 널 모함한 것도 그 작업에 방해될까 봐 그런 거 같아."

"뭐? 그걸 니들은 보고만 있었단 말이야? 이렇게 되기 전에 어떻게라도 손을 썼어야지."

"미안하다. 이럴 줄 알았으면 나도 교수 때려치우고 법조계로 나가는 건데 믿고 맡길 놈이 없어서 발만 동동 구르고 있었어."

"뭐? 교수? 판사가 아니고?"

"그런데 얘는 아까부터 왜 계속 헛발질이야. 이 병원도 기억을 못 하고."

이제 보니 영국과 재원도 좀 이상하다.

"성배가 판사가 아니면 재원이하고 영국이 넌 뭔데?"

"뭐긴, 나는 제약회사 때려치우고 얼마 전까지 아버님하고 아편 상용 약재 개발 중이었지."

"그럼 넌?"

영국에게 묻는다.

"나는 세운상가에 계속 있고."

"뭐? 세운상가?"

"어, 용접일 계속하고 있다고. 우리 아버지한테 물려받은 정밀 용접 가게 말이야."

뜻밖의 상황에 어이가 없는 성준, 자기도 모르게 웃음이 나온다.

# 31

## 음모의 실체, 조인국과 박지화

한편, 성준의 은신처. 영상 속 자신들의 모습과 그 옆에 자막으로 뜨는 대화 내용을 보는 성배와 재원과 영국, 심각한 표정이다.

"아버님 기억 속에 있는 우리 모습이네. 저거 우리 대학 때 입던 옷 아니냐. 너 헤어스타일은 대학 때 그대로다. 지저분한 장발."

"찢어진 청바지에 머리는 장발이고 미팅 나갈 때는 치지도 못하는 기타 사서 둘러메고 나가고, 그러다가 장발 단속하는 경찰들 피해서 골목으로 도망 다니고···."

옆에 있던 홍진수, 세 사람을 보면서 썰렁하게 한마디.

"제가 지금 대한늬우스에 나오는 분들하고 같이 있는 거 맞죠?"

세 사람, 다시 표정이 굳는다.

"그런데 지금 그게 중요한 게 아니야. 아버님의 데이터 역시 조인국이 회사를 가로챌 가능성이 높다고 말해 주고 있어."

"그러면 조인국이 회장 권한 대행이 된 것도 조인국의 각본인가?"

이때, 누군가가 문을 두드린다. 모니터로 보니 최재복이다. 재원이 밖으로 나간다.

"성준이 어디 갔습니까?"

"안에 있긴 한데 지금 중요한 실험 중이라서요."

"이거이 더 급함매."

"네?"

세 사람, 위층으로 올라와서 TV를 보며 굳은 표정. 화면 위에는 김성아가 내부자 고발에 의해 횡령 혐의로 구속 영장이 청구됐다는 자막이 흐른다. 재원, 강호연에게 전화를 건다.

"조사해 보라고 한 거 어떻게 됐어?"

"아, 마침 전화 드리려던 참이었는데. 곧 파일 보내 드릴게요. 이 사람, 냄새가 아주 진동을 합니다."

재원, 전화를 끊으면 성배와 영국이 걱정스러운 눈빛으로 본다.

"아무래도 조인국이 처음부터 꾸민 짓인 거 같아."

그 시각, 경인개발 회장실. 조인국과 이사들, 성아와 송 여사 그리고 박 변호사가 앉아 있다. 송 여사, 이성을 잃었다.

"조 서방, 어떻게 좀 해 봐야지. 왜 가만히 있어?"

"법무팀에서 백방으로 알아봤는데 현재로선 수사를 피할 길이 없습니다. 금액이 너무 커서요…."

"그럼 성아가 그 우악스러운 경찰들에게 시달리면서 조사를 받아야 한다는 말인가? 조 서방, 이 정도밖에 안 되나?"

"회사에서도 최선을 다하고 있습니다. 어떻게든 방법을 찾아볼 테니까. 당신, 조금만 고생해. 곧 혐의를 벗겨줄 테니까."

성아, 조인국의 말에는 대꾸도 않고 박 변호사를 보니 박 변이 입을 연다.

"저는 이게 갑자기 어디서 튀어나온 것인지 모르겠어요. 누군가가 치밀하게 계획하고 꾸민 가짜 서류가 분명합니다. 이런 서류를 만들 사람은 몇 안 됩니다. 내부 고발자 색출을 먼저 하는 게…."

이때, 조인국이 박 변의 말을 끊는다.

"박 변은 손 떼. 회사 법무팀에서 제명된 걸로 아는데, 아직도 회사 일에 관여하면 곤란해."

이번에는 성아가 조인국의 말을 끊는다.

"회사 법무팀이 아니라 내 개인 변호사로 관여하는 거야. 협조해 줄 거지?"

순식간에 성아와 조인국 사이에 싸늘한 기운이 감돈다.

"여보, 왜 이래? 같이 힘을 합해야지. 이러면 대외적으로 회사 이미지가…."

"이상하다, 참. 이 회사가 언제부터 자기 회사였어? 날 지키는 게 회사를 지키는 거 아닌가?"

그러자 지켜보고 있던 이사가 거든다.

"김성아 사장, 말조심하세요! 조 회장님이 어떻게 이 자리에 앉게 됐는지 잘 아는 분이 왜 이러세요? 더구나 조 회장님은 지금 엄연히 회사의 최고 결정권자입니다. 회장님이 결정하면 가까운 사람부터 따라 줘야지요."

"작고하신 회장님이 나무 농사는 타고난 양반인데 자식 농사는 실패야."

송 여사가 참지 못하고 발끈한다.

"당신들, 지금 말 다했어요?"

"상황이 그렇잖아요. 우리도 회장님께 받은 게 있으니까 자녀분들을 좀 밀어주려고 했는데, 김성아 사장까지 이러면 우리가 누굴 믿어야 합니까? 어떻게 회삿돈을 그것도 500억이나 되는 돈을 빼돌려요?"

성아, 심각한 표정으로 이사들을 쳐다보는데, 이들을 지켜보는 조인국의 입가에 보일 듯 말 듯 미소가 흐른다.

잠시 후, 홀로 남은 조인국, 누군가에게 전화를 건다.

"이 일로 늦게나마 원장님 아버지가 저의 할아버지에게 입은 은혜를 갚게 된다 그렇게 생각하십시오. 그리고 다시는 부친에 관한 일로 원장님을 찾지 않겠습니다. 그나저나 저는 회사가 제 손에 들어오면 곧바로 매각해서 따뜻한 나라로 가고 싶군요. 회사가 알짜배기라서 죽을 때까지 먹고살 걱정은 없을 거 같습니다. 아, 그리고 그 프로그램은 흥미를 보이는 상대가 있습니다. 연결해 드릴 테니 얘기해 보시죠. 그럼….."

전화를 끊고 기분 좋은 웃음.


그 시각, 국정원장실. 요원 A가 들어선다. 원장, 파일 하나를 넘긴다.

"그쪽 정보국에서 이 프로그램에 관심이 있다고 하니까 함 알아봐."

"네, 원장님."

요원 A 나가자 박 원장, 화를 참지 못하겠다는 듯 주먹으로 책상을 치면서 혼잣말이다.

"조인국, 이 새끼가 대체 뭘 쥐고 있는 거야?"

박 원장, 초조한 눈빛이다.


한편, 성준의 은신처. 핸드폰으로 들어온 사진을 보고 놀란 재원, 강호연 기자에게 전화를 건다.

"뭐야, 이거?"

"빨치산 사라진 자금줄 추적하고 있는 한 일본 언론사 기자한테 받은 자료인데 남로당 시절 빨치산 명단이에요. 거기 리스트에 남로당 행동대장 박장세하고 그 아래 있는 박인수는 부자지간이죠. 그런데 박지화 원장 아버지 이름도 박인수이고, 나이가 대충 비슷해서 옛날부터 박지화 원장이 빨치산 박인수의 아들이냐 아니냐 가지고 말들이 많았거든요."

"이건 공공연한 비밀이고."

"그런데 박인수가 국군한테 잡혀서 거의 즉결처형 당할 뻔한 적이 있었거든요. 그때 박인수를 구한 사람이 바로 남로당 총책이자 전설로 불리는 조한영이었어요. 박헌영의 숨은 측근 중의 한 사람이었는데, 조인국의 조부 이름이 조한영이에요. 나이도 대충 비슷하고. 이게 우연의 일치일까요?"

"진짜야? 이거 아주 재미있는데?"

"이게 다가 아니에요. 기억나세요? 몇 년 전에 왜 우리 통일 특집 하면서 빨치산 후손 한 분이 증언 녹취한 적 있잖아요. 그 내용에 보면 옛날에 국군이 빨치산 소탕할 때 자금줄을 끊으려고 끈질기게 추적을 했는데 한 푼도 찾질 못했대요. 그 돈이 감쪽같이 사라졌다는 거죠. 그런데 당시 빨치산들 사이에서는 박인수가 그걸 몽땅 빼돌렸다 그런 소문이 파다했대요."

"거기에 불을 지른 게 박지화 원장 아들이었잖아. 뉴욕 한인

사회에서 유명했던 개망나니 말이야. 그 친구가 여자 친구한테 늘 하던 말이 할아버지가 스위스 은행에 엄청난 돈을 남겨 줬다고 그렇게 떠벌리고 다녀 가지고."

"그랬죠. 그런데 만일 박 원장의 이 아킬레스건을 알게 된 조인국이 박 원장 아버지가 바로 그 박인수인 것처럼 협박했다면, 소문이 사실이건 아니건 박 원장은 미치는 거죠."

"조인국, 그러고도 남을 캐릭터야. 요거 요거 화악 땡긴다. 기사 써놔. 결정적인 타이밍에 터뜨리게."

재원, 통화 내용을 영국과 성배에게 전한다. 세 사람, 심각한데 성준은 아무것도 모른 채 캡슐 속에서 웃고 있다.

## 32

# 가상현실: 아버지와의 마지막 하루

가상현실 속. 김영원 회장, 눈을 뜨면 소년처럼 미소를 짓고 있
는 성준의 얼굴이 커다랗게 보인다.

"아버지, 정신이 드세요?"

하지만 말이 없는 김영원. 그러자 성준은 팔뚝과 정강이의
상처를 보여 준다.

"여기 이 상처, 아버지랑 산장에 갔다가 묘목에 걸려 넘어지
는 바람에 찢어서 생긴 상처잖아요. 이건 동네 개한테 물려서
생긴 상처이고. 그때 아버지가 그 개의 털을 잘라서 약에다 섞
어서 발라 주셨잖아요. 독 뺀다고."

그제야 경계심을 푸는 김영원 회장, 손을 들어 성준의 얼굴
을 만진다.

"니가 어케 한국에 왔는지는 몰라도, 이렇게 보니 꿈만 같구

나."

"아버지…."

"이왕 왔으니까 나하고 한곳 갈 데가 있다."

"예? 이 몸으로 어딜 가신다고 그러세요?"

"가보면 안다."


그렇게 세 친구와 함께 아버지를 모시고 나선 길, 바로 용문 산장으로 가는 길이다. 산장이 가까워질 무렵 아버지는 운전하는 재원에게 말한다.

"우리 막국수나 한 그릇 먹고 가자."

단골냉면집에 들어선 다섯 사람. 마주 앉아 막국수와 완자를 먹기 시작한다. 그러고 보니 아버지는 완자를 거의 드신 기억이 없다. 잠시 바라보고는 막국수만 후루룩 드신다. 그런 아버지를 바라보다가 성준도 후루룩 막국수를 들이켜고 있는데 아버지가 성준을 툭툭 친다.

"천천히 먹어라. 누가 쫓아오니?"

그 말에 깜짝 놀라서 아버지를 쳐다보는 성준. 아버지, 따뜻하게 웃으면서 말을 계속한다.

"사내아는 계집아처럼 얌전하게 먹으믄 안 된다고 생각했었는데 전쟁 통에 만난 어르신이 그러다 아 잡는다고 그러지 말라 해서 내레 다시는 안 그리기로 약속을 단단히 하지 않았갔니? 그 양반, 돌아가신 니 할아브지를 많이 닮았댔지."

그 말을 듣는 순간 성준, 극심한 두통으로 쓰러진다. 땅바닥을 데굴데굴 구르던 성준, 겨우 시계의 버튼을 꾹 누른다.


한편 성준의 은신처. 화면이 꺼지고, 갑자기 성준의 생체 지수가 급격하게 오르내린다. 재원과 성배와 영국, 놀라서 캡슐 속의 성준에게 달려가는데 옆에서 데이터를 보고 있던 홍진수, 안도의 숨을 내쉰다.

"다행이에요. 아까 알려 드린 걸 기억하신 거 같습니다. 이제 다시 생체 지수가 정상으로 돌아올 거예요. 우리는 더 이상 모니터링을 할 수 없겠지만요."

성배, 날카로운 눈빛으로 홍진수를 쏘아본다.

"설마, 지난번처럼 그런 사단이 나는 건 아니겠지."

홍진수, 영국 뒤로 숨으면서 자지러지게 소리를 지른다.

"정말 이번에는 아니라구요. 저도 이게 성공해야 살아남을 텐데 제가 왜 장난을 치겠어요?"

영국, 성배를 막아선다.

"믿어봐. 아무 일 없을 거야."

"그래도 얼른 생체 지수가 돌아와야 해요. 시간이 걸리면 걸릴수록 뇌세포 손상이 크니까."

세 사람, 캡슐에 연결된 생체 지수 측정기에 시선이 꽂힌다.

세 사람의 얼굴이 까맣게 타들어 갈 무렵 성준의 생체 지수가 점차 정상으로 돌아온다. 네 사람, 모두 안도의 숨을 내쉰다.

　가상현실 속 성준, 재원의 차 안이다. 어느덧 자작나무 숲에 도착하고, 아버지는 성준의 부축을 받아 걸으며 찬찬히 설명하기 시작한다.

　"여기 이 산꼭대기 연평균 기온은 8도, 긴데 이 나무의 고향인 삼수갑산의 연평균 기온은 1도에서 3도 정도 되니까 야가 스트레스를 받아 개지구 아예 자라지를 못하거나 자라다가도 그냥 고사를 하기가 쉽지. 긴데 일훈이가 이 나무를 함흥에서 일차 생장 온도를 높여 개지구 종자를 채취해 보낸 거이 돼놔서 여기서도 키울 수 있을 거이라고 했음매. 긴데 몇 년간은 종자를 뿌려도 몇 개 싹이 트지 않고 싹이 터서 옮겨 심어두 살아남는 게 몇 개 없었지. 자작나무는 많아야 잘 자라지 몇 그루 키워 봐야 결국 죽어 버리고 마니까 몇 년 동안 혼자 애를 많이 태웠다. 그런데 어느 핸가 겨울 한파가 심했는데 그해 봄에 심은 나무가 죽지 않고 잘 자라기 시작했지."

　그렇게 천신만고 끝에 얻은 묘목을 볕이 좋고 토양이 습윤한 이 산자락에 옮겨 심었다. 그렇게 하는 데 꼬박 5년이 걸렸다. 그런데 그 묘목을 어머니가 다 파헤쳐 버린 것이었다.

　아버지는 포기하지 않았다. 백두산자작나무는 원래 덤불처럼 밑둥지에서 여러 개의 가지가 나면서 옆으로 퍼지는 특성이 있다. 홋카이도의 자작나무도 마찬가지다. 그런데 아버지는 많은 햇볕을 필요로 하는 자작나무가 좁은 면적에서도 살아남을 수 있도록 일찍부터 과감하고 특별한 가지치기를 통해 위로 성장할 수 있도록 관리해 오셨다. 그래서 겉으로 보기에는 우리나라에 많은 수입종인 펜둘라자작나무처럼 위로 자라지만 그 유전자는 백두산자작나무였던 것이다!

"백두산자작나무가 남한에서 자라고 있다는 것만 해도 엄청난 일인데, 아마 종자를 채취해서 분석해 보면 이제는 유전자가 달라졌을 거다. 세상에 하나밖에 없는 자작나무인 셈이지. 백두산에서 자라나 함흥의 흙을 거쳐 여기 양평 용문산의 바람이 키운 자작나무…."

태어나 처음으로 나무를 향한 강력한 호기심과 공감이 성준의 가슴을 뒤흔들고, 처음으로 숲 안에 있는 자신이 '어디에서도 느끼지 못했던 평안'을 누리고 있음을 발견한다. 그런 성준을 보면서 흐뭇해하는 아버지.

"그래, 언젠간 너도 네 마음 안에 있는 나무를 보게 될 거라고 생각했었지. 넌 이 나무들처럼 숲의 공기를 마시고 숲의 소리를 듣고 자랐으니까."

생각해 보니 성준에게 나무와 숲은 부인할 수 없는 유전자다. 어린 시절의 놀이터이자 그가 숨 쉬는 공기였고 그를 키우고 쉬게 했던 공간이었다. 환경공학자의 길을 선택했지만 지금도 전 세계를 다니며 나무와 숲과 생태 보존을 통한 탄소 제로 운동의 선두에 서게 된 것도 어쩌면 숲 인간의 유전자 때문일 것이다.

"아버지는 한 번도 제게 아버지 일을 물려받으라고 한 적이 없었죠. 하지만 제가 언젠가는 이 숲으로 돌아올 걸 아셨던 거죠?"

"널 믿었다. 그래서 이 나무를 살려낼 수 있었다. 처음에는 많이 외로웠지만 언젠가는 네가 이 나무를 지켜줄 거라고 생각했으니까. 그런데 오늘 여기 너와 함께 있으니, 이제 난 눈을 감아도 여한이 없다. 그런데 한 가지는 영 마음에 걸리는구나."

"그게 뭔데요?"

"니 어마이…."

순간 아버지의 눈동자가 흔들린다.

"그날 내가 참았어야 되는 거인데. 나한테 가장 소중한 사람은 니 어마이인데 아무래도 미안하다는 말을 못 하고 갈 거 같음매. 이제 와서 한다고 해도 믿을 거 같지도 않고."

"그래도 한번 해 보시면 어때요? 어머니의 몫은 어머니에게 남겨 두시고요. 아버지가 후회할 일을 남기지 마세요."

아버지는 천천히 성준을 돌아본다.

"그래야갔디?"

성준, 고개를 끄덕인다. 그때 손목시계가 울린다. 하루가 지났다. 이제 성민의 재판은 이틀 후. 성준, 화제를 바꾼다.

"실은 아버지, 지금 성민이가 국가보안법 위반으로 기소됐어요."

"어쩌다가?"

"아버지하고 같이 만든 웨이팅포유 때문에요. 아버지도 고정간첩 혐의가 있다고 해서 집이 수색을 당하고 한바탕 난리였어요. 그래서 무죄를 증명할 뭔가가 있어야 하는데."

"다 필요 없다. 내 말 한마디면 성민이를 풀어 주게 돼 있다."

"네에?"

이때 재원과 친구들이 급히 달려온다.

"저 아래 경찰이 몰려오고 있어. 아버님이 없어진 걸 알고 핸드폰으로 추적한 거 같아. 아버님 모시고 가야 돼."

"안 돼! 아버지한테 꼭 들어야 할 얘기가 있어."

"늦었어! 그리고 넌 경찰 눈에 띄면 큰일 나니까 꼼짝 말고 숨어 있어."

친구들, 급히 아버지를 모시고 내려간다. 성준, 따라갈 수도, 그냥 남을 수도 없어서 서성이고 있는데 아버지가 걸음을 멈추고 성준을 돌아본다.

"그거이 도움이 될지 모르갔구나. 너하고 나만 아는 곳에 넣어둔 게 있어. 꼭 찾아 개지구 가라."

고개 끄덕이는 성준을 보면서 웃는 아버지, 한없이 편안한 표정이다. 성준, 울먹이면서 말한다.

  "아버지… 고맙습니다. 저의 아버지가 되어 주셔서… 그리고 죄송해요. 더 일찍 아버지 마음을 알아드리지 못해서….”

  "고거이 무슨 말이가. 성준아, 이 아브지한테는 성준이가 최고다!"

  순간 성준은 만세교에서의 장면이 떠오른다. 생이별을 하는 어린 아들에게 엄지손가락을 번쩍 들어 보이며 사력을 다해 소리를 질렀던 그 아버지의 모습… 지금 아버지는 그 엄지손가락을 성준을 향해 들어 보인다. 성준도 눈물범벅이 되어 엄지를 치켜올린다.

  "저에게도 아버지는 늘 최고입니다!"

  그렇게 성준은 아버지를 떠나보내고, 정신없이 창고로 뛰어간다. 어릴 적 아버지와 좁은 침대에 누워 쏟아질 듯 많은 별들을 바라보던 창문. 의자를 놓고 그 창문틀을 더듬는데, 덜컥하고 나무틀 하나가 열리며 뒤로 좁은 공간이 드러난다. 성준은 왈칵 눈물이 난다. 낯선 땅에 와서 살면서 한시도 마음을 놓을 수 없었던 아버지는 중요한 물건이라 생각되면 늘 이런 식으로 자신만이 아는 곳에 숨겨 놓곤 했다.

  그런 아버지를 생각하며 천천히 한쪽을 열어 손을 넣자 그 안에서 종이로 싼 뭉치가 손에 잡힌다. 꺼내 보니 그것은 아버지가 1988년부터 아버지가 돌아가시기 1년 전인 2008년까지 백두산자작나무를 어떻게 개량해 왔는지를 상세하게 기록한 일지였다. 마지막 장에는 불과 몇 달 전에 쓰신 아버지의 유언과도 같은 말이 적혀 있는데….

'분단의 강을 건너 아들의 목숨과 맞바꾼 자작나무 종자가 내게 왔다. 사람도, 이 나라도 이 나무 같으면 좋겠다.'

아버지는 이 나무를 통해 자신만의 통일을 이루었다. 세상과 사람이 하지 못한 통일, 누군가는 남의 것을 빼앗아 가짜 통일을 만들려고 하는 와중에도 아버지는 묵묵히 자신의 땀과 희생과 고통을 거름 삼아 통일의 삶을 사신 것이다.

성준, 일지를 끌어안고 눈물을 흘리는데, 갑자기 요란한 경찰차의 사이렌과 경찰견이 짖는 소리가 들린다. 놀라서 내다보니 창고를 향해 달려오고 있다. 다급해진 성준, 다시 양묘 일지를 넣고 경찰이 창고 문을 열기 직전 겨우 손목에 찬 시계의 버튼을 두 번 누른다. 극심한 두통과 함께 성준은 의식을 잃는다.

# 33

# 예상 밖의 후유증, 빙의

성준의 은신처. 모니터 속 화면이 꺼지자 친구들, 일제히 성준이 누워 있는 캡슐로 달려간다. 그리고 캡슐을 열면 바닥까지 내려갔던 성준의 생체 지수가 정상화되면서 성준이 천천히 눈을 뜬다.

"성준아! 이거 보여?"

영국, 손가락을 들어 보이면 성준의 눈동자가 손가락을 좇는다. 안심하는 세 친구. 그런데 성준의 표정이 심각해진다.

"얘 왜 이래?"

"어디가 불편해?"

"야, 왜 답이 없어? 말을 못 하겠어?"

그러자 성준이 미간을 찡그리며 중얼거린다.

"어째 내가 아는 사람들 같은데… 성준이 단짝동무들 아니오? 여기는 이재원 사장, 여기는 윤영국 교수 그리고 김 판사, 맞지요?"

세 사람은 투박한 함경도 말을 쓰는 성준을 보며 어리둥절한데 성준, 일어나려고 하다가 몸을 고정시킨 벨트 때문에 일어날 수가 없다. 그러자 벌컥 화를 낸다.

"이게 뭐임매? 와 나를 여기다 묶어 놨음매?"

이때 홍진수가 다가온다. 그러자 얼굴이 환해지는 성준.

"장 팀장이 여기 있었구만 기래. 이것 좀 풀으라."

어안이 벙벙한 홍진수, 친구들을 보면 친구들, 고개 끄덕. 홍진수, 천천히 벨트를 풀어 준다. 성준, 벌떡 일어나 앉아서 주변을 살핀다.

"여긴 내 별장인데, 어케 들어왔나? 길구 이거이 다 뭐이가?"

순간, 재원의 입에서 자신도 모르게 단어 하나가 터져 나온다.

"빙의! 성준이 아버님으로 빙의한 거 아냐?"

"설마."

성배, 고개를 젓는데, 홍진수와 영국은 의미 있는 눈빛을 교환한다.

"염려하던 상황이 벌어진 거 같아요."

"맞아. 기억 교란. 성준이 기억이 아버님 데이터에 오염된 거야."

"뭐?"

성배, 성준에게 다가가서 얼굴을 사정없이 두드리면서 큰 소리로 말한다.

"안 돼! 지금 시간이 없다구. 야, 성준아, 인마! 정신 차려! 성민이 재판이 이틀밖에 안 남았잖아!"

그 말에 성준(아버지)이 깜짝 놀란다.

"고거이 무슨 말임매? 성민이가 어째서 재판을 받는가 이 말임매."

친구들, 어떻게 대답해야 할지 몰라 망설이는데 성준(아버지), 벼락같이 소리친다.

"와 대답을 안 함매!"

"저 그게….'

"길구, 지 동생이 재판을 받게 생겼는데 성준이는 와 아이 보임매?"

용기를 내어 재원이 성준(아버지)에게 조심스럽게 말한다.

"저… 아버님, 성준이는 여기….'

하면서 손짓을 한다. 성준(아버지), 성큼성큼 걸어가는데 재원이 거울을 가리킨다. 그러자 거울 앞에 선 성준(아버지), 거울 속의 자신을 보고 말을 건다.

"성준아, 너 거기서 뭐 하니? 답을 하라. 내 말을 따라 하지 말고서리! 어! 왜 자꾸 내 말만 따라 하는 기가? 이 사장, 쟈가 와 저렇게 됐어?"

하면서 성준에게 다가가다가 거울에 막힌다. 순간, 거울 속의 모습이 자기 모습인 것을 안 성준(아버지), 놀라서 털썩 주저앉는다.

잠시 후, 찬물을 벌컥벌컥 마시는 성준(아버지), 지켜보는 성배와 재원. 그 뒤에 있는 홍진수, 완전히 흥분해서 영국을 보채는 중이다.

"이건 정말 역사적인 순간이라구요. 이건 정말 중요한 데이터예요. 그러니까 기록을 남겨야 해요. 카메라 없어요? 아님 그 핸드폰 좀 빌려주세요. 외부로 전화 안 할게요. 그것도 안 되면 텍스트로라도 남겨야겠어요. 이건 꼭 남겨야 해요. 어떤 식으로든."

세 친구, 흥분해서 어쩔 줄을 모르는 홍진수를 보다가 결심한 듯 덮친다. 그리고 다시 재갈을 물려 벽에 묶어 놓는다. 그리고 진지하게 성준(아버지)과 마주 앉아 자초지종을 설명한다. 이야기를 다 전해 들은 성준(아버지), 기대보다 여유가 있다.

"길케 됐구만. 가만히 생각하니 다 내 잘못이구만. 조 서방을 집안에 들이지 말았어야 했는데…. 실은 조 서방이 첨부터 한 가지 좀 찜찜한 거이 있긴 했더랬지."

"그게 뭐였나요?"

"갸 아브지가 브라질인가에 산다고 했는데 아무리 몸이 불편

해도 외아들 결혼식인데도 오지 못하는 걸 보면 필시 무슨 사연이 있지 않나 싶어 내 사실은 좀 뒷조사를 했더랬는데, 남로당 빨치산 두목이었던 조한영이 아들이 분명해."

재원의 귀가 번쩍 뜨인다.

"조인국의 아버지가 그 조한영의 아들인 조만득이다 이 말씀이세요?"

성준(아버지), 고개를 끄덕인다.

"고거이 닐곱, 여덟 살 먹었을 때부터 보통 악바리가 아니어개지구, 어른 두목보다 아 두목이 더 징그럽다고 악명이 높았더랬지. 어찌나 뱀 같은지 모함, 협잡을 식은 죽 먹듯이 해서 무고한 사람들을 죽였다더구만. 기래도 내 딴에는 시대가 험해서 글케 된 것도 있고 또 부모가 잘못했다고 자식까지 내칠 필요가 있나 싶어서 좋은 대가리로 착하게 살면 그냥 넘기려고 했음매."

재원이 강호연에게 들은 이야기를 덧붙인다.

"조인국이 조한영 손자라면 박지화 원장도 마지못해 조인국과 결탁했을 가능성이 큽니다. 조인국은 박 원장한테 성민이 프로그램을 넘기고, 박 원장은 국가보안법과 자금 횡령을 핑계로 아버님과 성민이 그리고 성아를 회사에서 밀어내는 데 협조하고, 그사이 조인국은 회사를 매각해서 잠적한다… 처음부터 이 작전이었던 거네요."

이때, 성배에게 문자가 온다. 성배, 놀라서 말한다.

"경기개발 이사회에서 김성아 사장을 제명 조치 하기로 했답니다. 회사 경영권에서도 완전히 밀려난 거죠. 주주들은 물론 이사회까지 완전히 조인국의 손에 떨어졌네요."

성배와 영국, 재원, 절망적인 표정으로 한숨을 쉰다. 성준(아버지), 눈빛이 반짝인다.

"한 가지 방법이 있기는 한데…."

놀란 세 사람의 시선, 일제히 성준(아버지)에게 쏠리는데 성준(아버지), 홍진수에게 간다.

"당장 국정원장 연결하라."

홍진수, 겁먹은 표정으로 재원이 건네준 대포폰으로 국정원에 전화를 걸어 원장실에 자신의 신원을 밝힌 후 '긴급 상황'이라고 말한다. 이윽고 원장이 전화를 받는다. 그러자 성준(아버지)이 전화를 받아 통화를 시작한다.

"나 김성민이 아버지 되는 김영원입네다. 내가 어케 아직도 살아서 돌아댕기는지는 그쪽에서 알아보고, 내가 말이요, 대통령이 몇 년 전에 북한에 방문했을 때 있었던 중대한 비밀을 알고 있는데 궁금하지 않음까? 이거 어칼까? 야당 쪽에 제보할까 아니면 보수 언론사 사장인 아들 친구한테 넘길까? 이 친구가 이거 알면 세상이 뒤집히지 싶은데, 관심 있습네까?"

능청스러우면서도 당당한 아버지의 모습에 세 친구는 환호를 올린다. 이내 다시 재원의 대포폰이 울린다. 수화 버튼을 누르고 스피커폰으로 돌리자 낯선 목소리가 흘러나온다.

"김영원 씨?"

그 목소리를 들은 뒤 성준(아버지)이 답한다.

"뉘깁니까?"

"청와대 비서실입니다."

"비서실장하고 통화해야 말이 길어디디 않을 거 같은데."

성준(아버지)의 당당함에 젊은 남자가 '잠깐만 기다리라'는 말과 함께 사라진다. 지켜보던 세 사람, 환호성을 올린다.

"상황이 이렇게 반전될 수도 있구나."

"성준이 그놈 들으면 좀 섭섭하겠지만, 그냥 저 상태로 죽 가면 좋겠다."

"그럼 성준이 기억을 완전히 잃는 거 아니냐? 우릴 죽이려고 들걸."

"암튼 뭔가 느낌이 좋아."

# 34

## 아버지의 역대급 비밀, 사건을 해결하다

이윽고, 다시 전화가 걸려 온다. 세 친구, 초긴장 상태로 통화 내용을 듣는다.

"비서실장 임한석입니다. 할 말이 뭡니까?"

"길게 얘기하지 않갔습네다. 내가 몇 년 전엔가 우연히 일본 아사히TV에 난 기사를 봤더랬는데, 고기에 대통령이 이북에 갔을 때 먼 친척뻘 되는 사람들이 환영의 꽃다발 주는 영상이 있었는데 그중에 대통령한테 꽃다발을 전해 주던 아주마이, 그 목에 큰 점이 있던 양반을 내가 좀 아는데 그 양반이 나이가 구십 살이 다 되었을 건데, 거까지 와서 꽃다발을 전해 주는 걸 보니 내가 마음이 좀 짠해서 말이디…."

"그만! 그만하시고…."

"할 말이 아직 더 남았는데…."

"원하는 게 뭡니까?"

"국정원장한테 물어보면 잘 알 거외다. 내가 성질이 좀 급해서리 오늘 중으로 성의를 좀 보여 주면 아주 좋갔는데 말입니다."

"… 알아보겠습니다."

통화가 끝나자 영국과 성배, 하이 파이브를 하고 재원은 눈빛을 반짝이며 성준(아버지)에게 묻는다.

"그게 무슨 말씀이세요? 목에 큰 반점이 있는 그 사람이 누굽니까?"

"아, 그 사람이 말이디…."

하고 말을 하려는데 성준, 갑자기 머리를 붙들고 신음 소리를 낸다.

"으으!!"

놀란 친구들, 성준에게 달려간다.

"아버님! 아버님!"

"성준아! 성준아!"

성준, 의식을 잃는다.


한편, 국정원장실. 전화를 받는 국정원장, 전화 속 비서실장과 실갱이다.

"대체 몇 번을 말해야 알아듣나? 임 실장! 그 사람은 죽었다니까!"

"죽어요? 통화했던 음성 파일을 조회했더니 동일인으로 판명됐습니다."

"그럴 리가!"

"무슨 일인지는 모르겠지만, 사람을 건드릴 때는 가려 가면서 건드려야죠. 절대 새어 나가서는 안 될 VIP의 극비정보를 알고 있는 위험인물을 건드리면 어떻게 합니까!"

"대체 그 사람이 뭘 알고 있단 거야?"

"북한에 VIP의 아주 가까운 친인척이 살아 있다는 걸 알고 있단 말입니다!"

"가까운 친인척? 누구?"

"그건 말할 수 없습니다. 그리고 지금 그게 중요한 게 아닙니다. 지금! 그 사람과 관련된 파일, 증거, 요원들 모두 처리하고 당장 김영원을 잡아들이세요. 안 되면 죽여 없애든가. 이거 VIP께도 보고된 사항이라는 거 명심하시고!"

잠시 후, 국정원 특수임무팀 요원 A에게 감찰반이 들이닥친다.

"조사할 게 있으니 같이 갑시다."

"무슨 조사…?"

미처 대답할 틈도 주지 않고 요원 A를 강제로 연행하는 감찰반 요원. 주변에 있던 요원들, 어리둥절해서 쳐다보는데 새로운 요원 B가 들어와서 업무를 하달한다.

"긴급 사안이다. 앞으로 12시간 내에 김영원을 검거한다. 김영원. 나이 98세. 주소는 서울시 강남구 도곡동 321번지. 전 경기개발 회장."

"저, 잠깐만요?"

요원 B, 소리 나는 곳을 본다.

"이 사람, 얼마 전 사망했는데요."

"위장 사망일 가능성이 높은 것으로 추정된다."

"에에?"

그 말에 서로 얼굴을 보며 수군수군하는 팀원들.

"반응이 왜 이래? 지금 하달된 명령에 불만이 있다는 거야?"

그 말에 다시 조용해지고. 요원 B, 계속 명령 하달.

"이 인물은 아직 살아 있고, 이 인물이 독수리(VIP)와 관련된 중대 정보를 적성국에 넘기려고 한다는 첩보가 접수됐다. 검거가 최우선이나 불가피할 때는 사살해도 좋다. 이상. 질문 있나? 없으면 즉시 작전 개시! 그리고 두 사람은 지금 나를 따라오고!"

요원 B가 나가고 특수임무팀원들의 손이 바쁘게 돌아간다. 하지만 화면에는 사망이라는 말과 최근 자료 없음, 정보 없음 등의 문구만 뜬다. 요원들, 난감한 표정으로 서로 쳐다본다.

한편, 강남경찰서. 서장이 사무실에 내려오자 모두 일어난다.

"김성민 담당이 누군가?"

"네, 접니다."

"검찰이 고소를 취하했어. 당장 내보내."

"네?"

"당장 방면하라니까. 에이, XX! 드러워서 못 해 먹겠다. 언제는 당장 요절이라도 낼 것처럼 몰아치더니 오늘은 당장 방면하라고 지랄이야. 제대로 알지도 못하면서 사람은 왜 잡아들이래? 경찰 체면이 뭐가 되나? 에이!"

경찰 1, 얼른 유치장으로 달려가 문을 연다.

"김성민 씨, 방면입니다."

누워 있던 김성민, 깜짝 놀라 일어난다.

"저요? 방면이라구요?"

"네에, 빨리 나가세요!"

"지금요! 왜요? 뭐가 해결이 됐대요?"

"아이, 이 양반이 나가라면 빨리 나가지 뭔 질문이 이렇게 많아요?"

"아니, 궁금해서 그렇죠."

"그건 나가서 직접 알아보시고 얼른 나가시라니까!"

"나가면 되지 왜 화를 내고 그래요! 제 소지품이나 주세요!"

성민, 핸드폰을 돌려받자마자 성준에게 전화를 걸려다가 성배에게 문자를 날린다.

　"형, 갑자기 방면됐어요. 어떻게 된 거예요? 혹시 국정원에서 압수한 시스템도 돌려받을 수 있는 거예요?"


　그 시각, 홍진수의 안가. 요원 B가 멀리서 지휘하는 가운데 국정원 요원들이 홍진수의 방에 있던 시스템을 철거해 한강변으로 간 뒤 기다리고 있던 보트에 장비를 옮긴다. 이윽고 강 한 가운데로 가자 요원들, 모든 장비를 던진다. 이때 옆을 지나가는 유람선 위에서 망원경으로 지켜보는 얼굴, 강호연이다.

　"오케이!"


　그 시각, 성준의 은신처. 누워 있는 성준의 곁을 지키는 심각한 세 사람의 얼굴.

　"이러다 사람 잡겠다."

　"이제 다 끝났잖아. 무사히 깨어나기만 하면 되는데."

　"제정신이 돌아올까? 영국아, 마냥 이렇게 기다려야 돼?"

　"뾰족한 방법이 없어. 뇌가 스스로 돌아올 때까지 기다리는 수밖에."

　"그나저나 아버님 덕분에 한방에 일이 해결됐네."

　갑자기 뒤에 있던 홍진수가 어느새 재갈을 풀었는지 흥분해서 소리친다.

"아버님이 한 게 아니라 이 시스템이 한 거죠! 정말 잘 모르시겠지만 엄청난 일이라니까요."

"에이, 시끄러워. 저 새끼도 얼른 보내 버려야 할 텐데."

성배, 달려가서 다시 재갈을 물린다.


그 시각, 국정원장실. 박 원장, 조인국에게 전화를 건다.

"김성민을 방면했습니다. 김영원 회장도 무혐의 처리가 될 거 같고요."

경기개발 회장실. 전화를 받고 있는 조인국의 손이 파르르 떨린다.

"대한민국에서 국정원장님이 못하실 일이라면 안 되는 일이라고 봐야겠죠. 처음부터 이 일은 날 위해서가 아니라 원장님을 위해서 시작한 일이었으니까 마무리를 잘해 주실 거라 생각합니다. 그럴 일이 없기를 바라지만, 저도 상황이 좋지만은 않아서, 언제 누구한테 원장님의 비밀에 대해서 이야기하게 될지 자신이 없어서 말이죠."

하고 전화를 끊는 조인국, 표정이 한없이 어둡고 차가운데 이때 누군가가 다가온다. 깜짝 놀라 돌아보면 성아다.

"이게 무슨 소리야. 국정원장? 그 사람과 무슨 일을 벌이고 있는 거야? 혹시 성민이하고 오빠를 저렇게 만든 게 당신이었어? 대체 당신 정체가 뭐야?"

　천천히 성아에게 다가가는 조인국의 눈빛에 한줄기 섬광이
스쳐 지나간다.

# 35

## 마지막 미션, 성아를 구출하다

이때 성준이 깨어난다. 친구들, 성준인지 김영원인지 알 수가 없어서 침묵을 지키며 성준을 쳐다보고 있다. 성준, 머리를 감싸고 잠시 눈을 감은 채 있다가 실눈을 뜨면서 입을 연다. 친구들, 침을 꿀꺽 삼킨다.

"아버님….."

"성준….."

"니들 왜 이래?"

그 말에 표정 밝아지는 세 사람.

"성준이니? 맞아?"

"그럼 내가 너냐?"

친구들, 안도하지만 성준, 친구들의 이상한 반응이 신경 쓰인다는 표정. 재원과 성배, 영국, 한마디씩이다.

"국정원장하고 비서실장한테 큰소리 땅땅 치던 거 기억나?"

"내가? 언제?"

"그럼 우리한테 버르장머리 없다고 소리 지른 건?"

"내가?"

"확실히 빙의라니까. 니 몸에 잠깐 아버님이 왔다 가셨다."

"니 둘 입 다물어. 영국아, 무슨 일 있었어?"

"일이 좀 있었어. 그 바람에 모든 문제가 한 방에 해결됐고."

그 말에 성준의 표정이 화악 밝아진다.

"뭐? 해결되다니?"

"아버님이 VIP에 관한 대박급비를 알고 계셨더라. 국정원장
은 물론이고 비서실장도 설설 기더라고. 그래서 성민이 무죄로
방금 방면됐고, 국정원이 갖고 있던 성민이 프로그램도 파기했
어. 홍진수랑 공모했던 장강복이라는 요원은 아프리카 어딘가
로 전출됐고."

"뭐어? 그걸 아버님이 해결하셨다고? 언제 어떻게?"

"1시간 전쯤?"

"야, 장난치지 말라니까."

"그럼, 니가 한 걸로 치자."

끝도 없는 친구들의 얘기에 성준, 정신이 없는데 문 두드리
는 소리가 들린다. 문을 열면 성민이다. 성준, 얼떨떨한 표정으
로 서 있는데 성민, 달려와 형을 뜨겁게 포옹한다.

"진짜네. 성민아, 너 풀려난 거야?"

"어, 형."

"어…."

그러면서 친구들을 보면, 친구들, 의미를 알 수 없는 웃음.

"여긴 왜 왔어? 핸드폰 추적당할지 모르는데."

"재원이 형이 시키는 대로 내 핸드폰은 집에 두고 왔어."

이때, 성민의 눈빛이 홍진수에게 꽂힌다. 홍진수, 성민의 시선을 피한다. 성민, 홍진수에게 다가간다.

"아무리 봐도 국정원 타입 아닌데, 정말 그쪽이야?"

"어쩌다 보니 그렇게 됐어요. 홀어머니와 어린 동생들을 책임져야 하는 상황이라서. 죄송합니다."

"장 팀장 능력 있어. 거기 아니어도 충분히 가족들 책임질 수 있는데. 주변 정리 다 되면 찾아와. 난 장 팀장 좋아!"

홍진수의 눈가가 젖어 온다. 재원, 성배, 영국은 뭉클한 표정으로 보고 있는데 성준만 눈을 흘긴다.

"어휴, 저 등신 머저리…."

그런데 이때 재복이 문을 벌컥 열고 들어온다. 모두 쳐다보면 재복의 표정이 심상치 않다.

"삼촌, 다 해결됐어요. 성민이도 이렇게 나왔구요."

"그래, 다행이다. 긴데…."

"무슨 일 있어요?"

"성아가 아무래도 잘못된 거 같다고, 니 어마이 울면서 전화 하셨다."

"네에? 성아가요?"

성준, 어머니에게 전화를 건다. 성준의 목소리를 듣자마자 송 여사의 오열이 터져 나온다. 잠시 후 성민의 아내 수경이 전화를 대신 받는다.

"이제 끝났다 싶었는데 이게 무슨 일인지 모르겠어요."

"어떻게 된 거예요?"

"박 변호사가 그러는데, 고모가 경찰 조사 받고 나와서 고모부 만난다고 사무실에 간 뒤로 연락이 안 된대요. 핸드폰은 사무실에 떨어져 있고."

"조 서방한테는 연락이 안 된대요?"

"고모부도 연락이 안 돼요. 경찰서에서 핸드폰 추적도 해 봤는데 핸드폰이 엉뚱한 곳에 버려져 있었대요."

순간, 성준과 일행의 머릿속에 불길한 생각이 몰려온다.

"혹시라도 성아를 납치한 거라면, 연락이 오지 않을까?"

"무서운 놈이라고 했어. 시간을 주면 안 돼. 우리가 먼저 놈을 찾아야 해."

재원이 눈빛을 반짝이며 말한다.

"우린 못 찾아. 하지만 할 수 있는 사람은 있지."

재원, 강호연에게 전화를 건다.

"강 기자? 그거 지금 터뜨리자."


잠시 후, 국정원장실. 얼굴이 하얘진 비서가 팩스 하나를 들고 들어온다.

"원장님, 이것 좀 보십시오."

내용을 읽는 박 원장, 얼굴이 굳는다.

"강호연이 연결해!"

비서, 전화를 들어 전화를 걸면 전화기 속에서 강호연의 목소리가 흐른다.

"최근 경기개발과 관련된 일련의 불미스러운 사건들이 모두 조작되었고, 거기에 고 김영원 회장의 사위 조인국과 박 원장님이 개입되어 있다는 정황이 있습니다. 맞는지요?"

"대체 누굽니까? 이런 허무맹랑한 이야기를 한 사람이. 나는 조인국 그 사람을 만난 적도 없습니다. 제가 그 사람과 무슨 관계라는 거죠?"

"그러게나 말입니다. 저도 이 제보를 듣고 상당히 놀랐는데, 조인국이 지금 부인인 김성아 사장을 납치해서 잠적했다고 합니다. 워낙 초특급특종이라서 곧 기사를 인터넷에 띄워야 하는데 VIP의 기대가 크신 원장님이 영 걱정이 돼서 말이죠."

박 원장의 얼굴이 일그러진다.

"그래서 지금 나한테 원하는 게 뭐요?"

"조인국, 같이 잡으시죠."

박 원장의 눈빛이 반짝인다.


잠시 후, 부산항이 내려다보이는 한 모텔. 성아는 잠들어 있고 조인국은 신경질적인 눈빛으로 전화기를 바라보고 있다. 핸드폰 문자가 연결되는 대포폰이다. 이윽고 문자가 하나 날아온다.

'100억 현금. 성아와 바꾸자. 김성준'

조인국, 망설이다가 대포폰으로 전화를 건다.

"늦게라도 오빠 노릇 하겠다고 하니 가상하네."

"성아 바꿔."

"지금 곤히 잠들었어. 내가 좀 재웠어."

"성아 자는 모습이라도 찍어서 보내. 지금 당장."

잠시 후 조인국이 성아 사진을 찍어서 보내면 성준의 목소리가 다시 들려온다.

"장소하고 시간 정해."

"직접 오려고?"

"누가 가든 상관 말고 돈이나 갖고 우리 눈앞에서 영원히 꺼져. 그리고 성아 털끝 하나라도 손대면 넌 내 손에 죽어."

"어이구, 무서워라. 진짜 무서운 게 뭔지도 모르는 주제에 누굴 협박해?"

"그건 닥치면 알게 될 일이고. 빨리 장소하고 시간이나 말해."

"3시까지 부산역으로 와. 그때 장소 알려줄 테니까."

"다시 말하지만 이 돈 받을 때까지 성아가 멀쩡해야 할 거다."

성준, 전화를 끊자 조인국, 입가에 미소.


성준의 은신처. 줌으로 성준 일행과 국정원 요원 B팀이 연결되어 있다. 통화를 끝낸 성준, 심각한 표정으로 묻는다.

"위치 찾았습니까?"

"네! 나왔습니다."

"부산에 있는 우리 팀을 급파하겠습니다."

"제가 갈 때까지 기다려 주세요."

"나도 갈래, 형!"

"넌 어머니한테 가 있어. 제수 씨 혼자 옆에 있는 거 같더라."

"알았어. 조심해, 형!"

성준과 성민, 급히 나갈 준비를 한다.

"갔다 올게."

"조심하고!"

"당최 맘이 안 놓인다. 같이 가자."

재원, 성준을 따라나선다.

잠시 후, 서울의 모처에서 성준과 재원이 국정원 헬기에 오르면 헬기, 힘차게 날아오른다.


1시간 후, 부산의 모텔. 조인국, 짐을 싸고 있는데 이때 의식을 찾는 성아, 눈을 뜬다.

"아이, 귀찮게 왜 눈을 뜨고 그래? 좀 더 자자, 응?"

하면서 가방을 연다. 그리고 작은 주사용 용액과 주사를 꺼낸다.

"당신을 위한 내 마지막 배려야. 수술용 마취제. 5시간짜리야. 푹 자."

"왜 이렇게까지 하는 건데?"

"왜 이러긴. 나도 살아야 하니까. 난 당신처럼 우아하게 사는 법을 못 배웠거든. 우리 부모가 나한테 남겨준 건 XX 대한민국 어디 가서도 써먹을 수 없는 빨치산 투쟁 이력서뿐이야."

"그게 뭐 어때서, 자기가 어떻게 사느냐가 중요한 거지."

"뭐야. 알고 있었어? 그런데 왜 모르는 척했어. 깜찍하게."

"아버지가 그랬어. 아무것도 아니라고. 부모가 무슨 짓을 했건 자식이 착하게 살면 된다고."

"착하게 평생 니 그림자 노릇 하면 된다고?"

"같이 해 보기로 했잖아. 오빠가 아닌 우리를 택한 아버지가 옳았다는 거 보여 주기로 했잖아."

"이걸 어쩌나. 난 처음부터 너랑 함께할 생각이 아니었는데. 자, 자, 쓸데없는 얘기 그만하고 순순히 주사 맞자."

성아, 뒤로 물러나며 절박하게 애원한다.

"애는? 우리 애는 생각 안 해?"

"그 새끼는 엄마, 할머니, 할아버지, 외삼촌 그러고 나서 아버지야. 생긴 것도 외할아버지를 꼭 빼닮았고 말이지. 그 새끼, 내 애 아니지? 내 애는 날 닮았더라고."

"뭐?"

"싱가포르에 있는 내 사촌 여동생 희경이. 사실은 여동생이 아니라 내 애 엄마야. 영훈이 엄마. 영훈이 그놈은 갈수록 나를 닮네. 은근 기분이 좋더라고."

그 말에 잠시 말없이 조인국을 보다가 천천히 입을 여는 성아.

"다 내 탓이야. 내가 당신을 이렇게 만들었어. 당신에게 삐뚤어진 야망이 있다는 거 알았어. 하지만 나한테는 그게 필요했어. 내가 너무 어렸지… 그냥 이혼하자. 돈은 충분히 줄게. 그러니까 이제 그만해. 멈춰!"

그 말에 화가 치민 조인국은 성아를 사정없이 후려친다.

"내가 죽이고 싶도록 싫은 게 바로 너 같은 인간이야. 왜 굽히지를 않는 거야. 언제 죽을지도 모르는 것들이 끝까지 당당해. 난 한 번도 그렇게 살아 보지 못했는데 넌 어떻게 이런 상황에서도 그렇게 당당하냐구!"

성아, 있는 힘을 다해 저항하지만, 이내 조인국에게 제압당하고 조인국, 주사를 성아의 팔뚝에 꽂기 직전, 문을 부수며 들이닥치는 국정원 요원들. 순식간에 조인국을 제압한다. 성아, 놀라서 보면 국정원팀들 사이로 들어서는 성준, 달려와 성아를 일으켜 준다.

"오빠….."

"다친 데 없니?"

성아, 왈칵 눈물을 쏟는다.

"다 끝났어. 집에 가자."

성준, 성아를 차에 태우고, 조인국을 검거한 국정원팀과 함께 현장을 뜬다.

# 36

# 어머니의 자작나무 숲

2년 후, 미국 LA 도심의 한 세미나장. 사람들이 책을 들고 줄을 서서 성준의 사인을 받으려고 기다린다. 이윽고 한 여성이 책을 내민다.

"성함이 어떻게 되시죠?"

"켈리 브리커입니다."

그 말에 깜짝 놀라 고개를 들어 얼굴을 보는 성준.

"브리커 박사님!"

켈리 브리커는 세계생태관광협회장이면서 유타대학교 교수다. 국제환경기구 위원인 성준과 함께 환경과 생태 보존 운동을 하며 만난 환경 운동의 동지와 같은 여성이다.

"연구실로 책을 보내 드렸는데, 못 받으셨나요?"

"받았죠. 그런데 마침 LA에 올 일이 있어서 왔다가 페이스북을 보고 오늘 여기서 사인회가 있는 거 알고 왔어요. 뒤에 사람들이 기다리니까 얼른 사인 먼저."

"아, 네에."

성준, 책에 사인을 해서 건네주는데 책 제목은 〈아브지의 숲〉이다.

잠시 후, 성준은 브리커 박사와 마주 앉아 차를 마신다.

"책 너무 감동적이에요. 이게 실화라면서요?"

"네, 저희 아버지의 이야기입니다."

"성공한 기업인으로 한국 산림녹화에 큰 공헌을 하신 아버지 이야기는 익히 들어 알고 있었지만, 이런 감동적인 사연이 있는 줄은 미처 몰랐어요."

"저와 가족들도 아버님 돌아가신 후에야 알게 됐어요. 저희가 아버지의 아픔이나 외로움을 제대로 이해해 드리지 못했어요. 늘 죄송하죠, 그게."

"미안해하지 마세요. 이렇게 멋지게 아버지의 놀라운 스토리를 세상에 알리고 계시잖아요."

"네…, 그런데 정말 오늘 이 사인회 때문에 오신 건가요?"

"아, 실은 이 책을 읽으면서 유럽 산림학회의 콘퍼런스에 대해 이야기해 드리고 싶어서 들렀어요."

"아, 올해는 독일에서 열린다고 들었습니다."

"두 달 후예요. 마침 올해가 유럽 산림학회가 정한 자작나무의 해죠."

"아, 그래요?"

"아직 참가 신청 할 수 있으니까 거기에 이 나무를 소개해 보시면 어떨까요? 정식 수종으로 인정을 받는다면 더 의미가 있지 않겠어요?"

"미처 그 생각은 못 했는데, 한번 해 보겠습니다. 감사합니다, 알려 주셔서."

"감사는 오히려 제가. 이 책을 읽으면서 큰 영감과 용기를 얻었는걸요. 더 많은 사람들이 이 나무에 대해 알게 되었으면 좋겠어요."

브리커의 우정이 성준의 마음을 따뜻하게 한다. 브리커를 배웅하고 돌아오는 길, 핸드폰이 울린다. 성민의 전화다.

"왜 전화했어? 또 정신없는 얘기 하면 끊어 버린다."

"섭섭하다, 형. 또라니? 나의 저력을 체험했으면서."

"나 바빠. 용건만 말해."

"드디어 용문산장 포인원이 완성됐어. 이름은 아직 못 정했는데, 형 책 제목하고 똑같이 하면 안 돼?"

"야, 절대 안 돼. 딴 걸로 해."

"에이, 치사하게."

"성아는?"

"크리스마스 때 숲에서 야외 음악회 한다고 난리야. 저러다

나무 베어 버리고 음악당 짓는다고 할지도 몰라.”

“아버지 회사는 잘 돌아간대?”

“나도 잘 모르는데 그런 거 같아. 집사람 얘기 들어 보니까 새로 온 그 전문경영인 꽤 괜찮은 거 같던데?”

“그래?”

성준의 입가에 미소가 어린다. 강병연을 회사의 새 CEO로 추천한 사람이 바로 성준이었다.

“알았어. 나 곧 회의장에 들어가 봐야 해.”

“형, 왜 어머니 소식은 안 물어?”

성준, 걸음을 멈추고 뭔가 걱정스러운 표정.

“뭐, 잘 계시는 거 아니냐.”

“요즘 용문 숲에서 살다시피 해. 재복이 삼촌네하고도 아주 친하게 지내시고.”

“어머니가? 무슨 바람이 불었대?”

“그게 말이야, 형, 놀라지 마. 아버지가 어머니한테 유서를 남기셨어. 완전 대박이지?”

“뭐… 뭐라구? 유서?”

“놀랐지, 형. 나도 얼마나 놀랐는데. 최근까지 몰랐는데 어머니 방에 있던 두 분 결혼사진 뒤에 있었다나 봐. 하여튼 아버지는 못 말려. 뭐든 그렇게 숨겨 놓는 걸 좋아하신다니까. 말로 하면 될걸. 글씨체가 엉망인 걸 보니까 돌아가시기 하루나 이틀

전에 급히 쓰신 거래."

순간, 성준의 뇌리에 잠시 잊었던 가상현실의 기억이 떠오른다. 그것은 가상현실이다. 절대 현실이 될 수가 없다. 성준은 휘청한다.

"어떻게 이런 일이…?"


한편 용문산장. 자작나무 숲. 송 여사가 벤치에 앉아서 자작나무를 정성껏 돌보는 재복 부부를 편안한 표정으로 바라보고 있다. 손에는 성준이 쓴 〈아브지의 숲〉 책의 한글판이 펼쳐져 있다. 따사로운 햇살을 올려다보다가 잠시 눈을 감으면, 젊은 시절 어느 시장터에선가 젊은 김영원을 처음 만났던 순간이 떠오른다. 껑충한 키에 바짝 야윈 몸매의 실향민이었지만 눈빛이 형형했던 김영원을 처음 보는 순간, 자신도 모르는 사이 가슴이 쿵쿵 뛰었다.

"꽃처럼 다정하게 살랑거리지도 않고 나를 돌아봐 주지도 않고 하늘만 저렇게 무심하게 쳐다보고 있는 나무는 어쩜 이렇게도 무뚝뚝한 당신을 닮았는지…."

그리움 가득한 눈으로 자작나무를 보다가 책갈피 속에서 뭔가를 꺼낸다. 김영원이 송 여사에게 남긴 마지막 편지다. 편지를 펼쳐 드는 송 여사의 눈빛이 아련해진다.

"순영 씨. 지난 55년 동안 나의 아내로 사느라 정말 수고 많았습니다. 나에게 순영 씨는 언제나 처음 만났던 그 날 그 모습이지. 갸름한 얼굴에 눈은 별처럼 빛나고, 시냇물 소리처럼 맑고 시원한 목소리를 가진 사람. 당신을 만나고 난 비로소 타향살이에 지친 피로를 씻어 내고 남한에 정착할 수 있었소. 그런 당신의 밝고 고운 웃음을 끝까지 지켜 주지 못한 못난 남편을 용서해 주오. 순영 씨가 사랑하는 세 아이 곁에 있으니 나는 마음 편히 먼저 갑니다. 먼 훗날 하늘나라에서 다시 만납시다…."

어느새 송 여사의 눈에서는 눈물이 흐르고 혼잣말은 흐느낌으로 변한다.

"당신은 가난 때문에, 여자이기 때문에, 배울 수도 없고, 꿈을 꿀 수도 없었던 나에게, 많은 걸 하게 해준 은인이에요. 고맙다고, 정말 고맙다고 말해야 하는데… 그 말을 꼭 하고 싶었는데…."

"엄마…."

어느샌가 성아가 다가와 송 여사 곁에 앉는다.

"아버지 생각 하세요?"

"그래, 여기 있으면 나도 모르게 아버지 생각이 난다. 여기가 아버지와 내가 처음 산 양묘장이었지. 여기서 신혼 시절을 다 보냈다."

"우리 아빠, 엄마 낭만적이었네. 숲에서 신혼을 다 보내고."

"지금도 네 아버지가 저쪽에서 일하던 모습이 보이는 거 같기도 하고, 금방이라도 빨리빨리 따라오지 않고 뭐 하느냐고 호통치는 소리가 들릴 것도 같고….”

“그러고 보니 이 숲이 엄마한테는 아버지나 마찬가지네….”

“그런 셈이지. 여기서 웃고, 울고, 싸우고, 헤어지고… 그리고 이렇게 다시 만났으니까.”

다정하게 손을 잡고 딸과 숲 사이를 거니는 송 여사, 그지없이 평안한 모습이다.

# 37

# 독일에서 만난 일훈자작나무

그로부터 얼마 뒤, 독일 드레스덴에서 열린 유럽 산림학회 콘퍼런스 현장. 성준은 동생 성민과 함께 콘퍼런스에 참가해서 다행히 약 30분간의 특별 발표 시간을 얻을 수 있었다. 성준은 용문산장의 자작나무 사진과 아버지가 남겨준 일기를 바탕으로 백두산에서 함흥으로, 함흥에서 다시 용문으로 오면서 새로운 종으로 태어난 일훈자작나무를 소개했다.

"지금 이 자작나무는 16년생으로 전형적인 백두산자작나무의 모습이 아닌 일반 자작나무의 모습으로 자라 새로운 종으로서의 가능성을 보여 주고 있습니다. 또한 앞으로의 성장에 매우 중요한 2차 솎아베기 시기도 다가오고 있습니다. 하지만 불행히도 저는 임학자가 아닌 환경공학자입니다. 이 콘퍼런스를 찾은 이유는 유럽의 실력 있는 자작나무 전문가들이 저희 아버지가 남겨 주신 이 나무를 지켜 주었으면 하는 바람 때문입니다. 감사합니다."

성준의 발표가 끝나자 박수갈채가 터져 나온다. 그러더니 사람들이 하나둘 일어나기 시작했다. 분단으로 인한 가족과의 생이별, 아들의 죽음이라는 엄청난 고통을 딛고 종을 지켜낸 아버지에 대한 경의의 표시였다. 성준의 가슴이 뭉클해진다.

휴식 시간, 성준에게 많은 사람들이 몰려들었다. 넉넉하게 준비해 간 아버지의 자작나무 홍보 카피도 순식간에 동이 나고 성준의 영어판 책을 사 들고 사인을 받으려는 사람들이 줄을 섰다. 그렇게 한바탕 진땀을 빼고 성민과 휴게실에서 쉬고 있는데, 한 외국인 중년 신사가 다가온다.

"닥터 김?"

"네, 그렇습니다만."

하고 간단히 영어로 대답했는데, 뜻밖에도 신사의 입에서 한국말이 튀어나온다.

"저는 전 북한독일대사 프레드리히 칼스만입네다."

"아, 네에."

"북한대사로 5년이나 있었습네다. 그래서 한국말 아주 조금 할 줄 압네다."

"아, 그러시군요."

"오늘 발표 아주 흥미 있게 들었습네다. 혹시 저녁에 시간이 되시면 저희 집에 초대하고 싶습니다."

"네에…?"

"저희 집에도 아주 특별한 백두산자작나무가 있거든요."

놀라는 성준.


그날 저녁, 베를린 외곽 칼스만 대사의 집. 독일 중산층 가정의 소박하면서도 격조 있는 저녁 식사 대접을 받은 성준과 성민, 오랜만에 함께 즐거운 시간을 보낸다.

"북한에 계셨던 시기가 언제쯤이셨나요?"

"고난의 행군 말엽이었죠. 정말 슬픈 기억이 많습니다. 매일 차로 출근할 때마다 배가 고파서 먹을 것을 구하러 다니는 아이들을 봐야 했어요."

대사의 부인도 아픈 기억을 더듬으며 함께 이야기를 시작했다.

"그중엔 버려진 아이들도 많았어요. 지옥이었습니다. 굶주림으로 허덕이는 그들이나, 그들을 지켜봐야만 했던 우리 모두에게 다 지옥 같은 시간이었어요."

"다행히 해외에서 의료 선교사들이 몰려들기 시작했죠. 거리의 아이들에게 먹을 것을 나눠 주고, 아픈 아이들을 무료로 치료해 주곤 했는데, 북한의 의사들도 합류해서 선교사들을 도왔습니다. 북한은 상위 0.1%를 제외한 모든 국민이 다 가난한 나라입니다. 의사라고 해서 서민들과 살림이 다를 것도 없는데, 그 사람들 중에 유독 아이들을 살리는 데 헌신적인 사람이 있었습니다. 자기 병원의 약 창고에 있는 약을 다 내다가 아이들을 위해 썼습니다."

"우리는 그 사람이 북한 정부의 탄압을 받지 않을까 걱정이 되었어요. 그래서 그 사람을 보호하기 위해서 필요한 의약품을 제공하곤 했습니다. 오래하진 못했지만 우리에게는 더없이 영광스러운 시간이었죠. 생명을 살릴 수 있었으니 말입니다."

성준과 성민의 마음에도 감동의 물결이 밀려온다.

"한국이 해야 할 일을 두 분이 하셨네요."

"아닙니다. 우리는 그저 그 사람을 도운 거뿐입니다."

"그런데 말씀하신 백두산자작나무는…?"

"아차, 내 정신 좀 보게. 자, 가시죠."

대사는 성준과 성민을 정원으로 안내한다. 과연 그곳에는 밑둥지에서 여러 개의 가지가 동시에 뻗은 키가 작은 백두산자작나무가 있었다.

"이게 백두산자작나무로군요! 저도 사진으로만 보고 실물로 보기는 처음입니다. 정말 감격입니다. 저희 아버지가 고향에서 맨 처음 본 자작나무가 바로 이 수종입니다."

"그런데 이것도 백두산자작나무입니다. 모양이 좀 다르죠?"

성준이 고개를 돌려 보니, 껍질이나 빛깔은 틀림없이 백두산

자작나무인데 보통 자작나무처럼 위로 곧게 자란 자작나무가 눈에 들어온다. 용문산장에 있는 것과 거의 비슷해 보이는 자작나무, 성준은 여간 신기하지가 않다.

"이건 어디서 구하신 건가요?"

"아, 말씀을 미처 못 드렸군요. 아까 이야기했던 그 의사분이 준 겁니다."

"그 의사가요?"

"네, 이분도 사연이 깁니다. 옆에 있는 이 백두산자작나무는 껍질이 질기고 광택이 좋은 반면 다른 자작나무보다 작아서 제 값을 못 받는 단점이 있다고 하더군요. 그래서 의사의 아버지가 나무를 키우는 분이셨는데, 젊었을 때부터 위로 곧게 자라는 나무로 개량을 하려고 애를 썼다고 해요."

그 말에 성준과 성민은 자기 귀를 의심한다.

"혹시 그 의사분 이름이 김일훈 아닌가요?"

그 말에 이번에는 대사 부부가 깜짝 놀란다.

"그걸 어떻게 아셨죠?"

이번에는 성민과 성준이 놀란다.

"저희 아버지에게 이 수종을 전달해 준 아들이 바로 그분입니다. 일훈자작나무에 붙인 일훈이라는 명칭이 바로 그분의 이름에서 온 겁니다."

"그러고 보니! 이런 기적 같은 일이⋯."

독일에서 만난 일훈자작나무

"그런데 아까 발표할 때는 그분이 죽었다고 하지 않았습니까?"

"네, 도문 국경에서 아버지에게 이 나무의 종자를 전해 주다가 그만…."

"그러면 다른 사람일 수도 있겠네요. 내가 아는 그 의사는 지금도 살아 있을걸요. 물론 젊었을 때 총을 맞아서 한동안 고생하긴 했습니다만…."

그 말에 깜짝 놀란 성민이 다시 묻는다.

"혹시 그분 나이가 얼마나 되셨죠?"

"우리가 만났을 때 40대였으니까 지금은 70이 넘었겠죠."

그 말에 성민이 털썩 자리에 주저앉는다.

"성민아!"

"괜찮습니까?"

대사도 당황해서 성민을 보는데 성민, 뜨거운 눈물을 쏟는다.

"그 형 맞아. 살아 있었어. 그 일훈이 형, 살아 있었다구."

성민, 성준의 품에 안겨 하염없이 울음을 쏟아 내고, 영문을 모르는 대사 부부는 두 사람 옆에서 어쩔 줄을 모른다.

# 38
## 형제들의 자작나무 숲

그로부터 3개월 후, 극비리에 김일훈이 한국에 입국한다. 국정원 요원 B와 요원들이 조심스럽게 지켜보는 가운데, 성준, 새 정권의 초대 국정원장과 통화 중이다.

"배려해 주셔서 감사합니다. 일주일이면 됩니다."

멀리 게이트에서 김일훈이 나온다. 성준과 성민, 달려간다.

"잘 오셨습니다."

"이쪽이 성준이고, 니가 성민이갔구만."

성민, 반갑게 일훈의 손을 잡는다.

"형, 기억나요? 그때… 도문 강변에서…."

"기럼, 그날을 어케 잊갔니."

"아버지하고 전 그때 형이 돌아가신 줄 알고…."

"하마터면 그럴 뻔했디. 그런데 그때 내래 아브지가 어릴 때

주신 미군 방탄조끼를 안에 입고 갔었더랬어. 그 바람에 살았지. 아브지 덕분에….”

성준, 흥남에서 탈출하기 전 아버지가 했던 이야기를 떠올리며 고개를 끄덕인다.

“어서 가요.”

세 사람, 차에 오른다.

다음 날, 세 사람은 함께 작업복 차림으로 용문산장 자작나무 숲에 선다. 일훈, 산 정상 남쪽 사면에 그림처럼 펼쳐진 일훈 자작을 보며 감개무량한 표정이다.

“자, 일 시작합시다.”

최재복의 말에 따라 일제히 숲으로 들어간다. 그렇게 최재복과 강병연의 지휘 아래 함께 자작나무 솎아베기가 시작된다. 일훈과 성준과 성민, 감개무량한 표정으로 땀 흘려 일한다. 그 모습을 멀리서 지켜보고 있는 송 여사와 김성아의 눈빛에도 깊은 감동이 인다.

그다음 날, 성준과 성민 그리고 일훈은 아버지가 성준에게 남긴 유언에 따라 김영원의 유해를 화장해서 자작나무 숲 안쪽에 작은 납골당을 조성한다. 거기에 향을 피우고, 술을 따르는 일훈의 눈에서 눈물이 멈추지 않는다. 성준, 그런 일훈을 따뜻하게 토닥인다.

일훈이 떠나기 전날, 성준은 일훈과 함께 양평의 냉면집에 간다.

"형, 여기 앉으세요. 아버지가 늘 앉으시던 자리예요."

　일훈, 감개무량한 표정으로 김영원이 늘 앉던 자리에 앉는다. 이윽고 주문한 막국수와 완자가 나오자 일훈이 깜짝 놀란다.

"이건…?"

"저도 가상현실, 아, 아니, 얼마 전까지 몰랐어요. 이게 형 어머니가 만들어 주시던 음식이었다는걸요. 아버지는 이 완자를 한 번도 드시지 않았어요. 형하고 형 어머니 생각이 나서 그랬던 거 같아요."

　일훈, 눈물 젖은 눈으로 막국수와 완자를 먹는다. 성준, 그런 일훈을 못 본 척하고 말없이 식사를 한다. 식사를 마친 뒤 일훈이 활짝 웃는 얼굴로 말한다.

"아브지가 회냉면 말고도 물냉면을 아주 기가 막히게 잘 만들었댔지. 겨울이면 아브지가 직접 나서서 땅에 항아리를 묻고는 거기에 동치미를 한 항아리 담가 가지고 그걸로 겨우 내내 국수를 말아 주시곤 했더랬는데, 겨울에는 아랫목에서 이불을 뒤집어쓰구서리 아브지하고 그 물냉면 먹는 재미로 살았댔어. 기래서 세상에서 아브지 냉면이 제일루 맛있는 줄 알았는데, 아브지는 남한에 와서 이렇게 맛있는 냉면을 혼자만 먹고 사셨구만 그래."

"그랬네요. 참, 아버지 너무하셨네."

하면서 마주 보고 웃는 형제. 둘 사이엔 그 어떤 장벽도 국경도 없다.

# 39

## 에필로그, 또 다른 시작

그로부터 얼마 후, 성민과 영국, 그리고 홍진수가 함께 개발한 메타버스 시스템을 통해 남북한 산림 경협이 시작된다. 남쪽 대표는 병연, 북한 대표는 일훈이다. 병연이 복원 계획에 관한 기본적인 내용을 전달한다.

"이번 조림의 핵심 중 하나는 산림 경관 복원입니다. 이 복원 방법의 특징은 산림의 경관 단위에서 산림 복원 계획을 설립하고 그 안에서 살아가는 사람들의 안전하고 쾌적한 활동 역시 보장한다는 개념입니다. 그러니까…"

북한 쪽에서 누군가가 불쑥 말을 던진다.

"아이고, 어려워서리… 쉽게 좀 말해 주면 안 되갔습니까?"

그러자 일훈이 거든다.

"같은 한국말인데 좀 어렵기는 하구만. 어케 좀 가능하겠습니까?"

병연, 웃으면서 다시 설명한다.

"그러니까, 산림과 지역 주민의 삶을 함께 복원한다는 거죠."

"아, 길쿠만. 그거 좋습네다."

"그리고 가장 높은 남쪽 사면에는 일훈자작나무를…."

하는데 또 누가 딴지를 건다.

"우리는 그런 자작나무는 모르오. 대신 우리 김일훈 동무가 개량한 아브지자작나무를 심갔소."

"그 나무가 그 나무예요."

"아무리 그 나무라도 우리는 아브지자작나무요."

"아, 맘대로 하세요, 맘대로. 그러면 남쪽 사면에는 아브지자작나무."

일훈, 병연과 북한 측 관계자의 입씨름을 보며 말없이 웃고 있는데 이때, 북한 측 참가자 한 사람이 질문한다.

"긴데 한 가지 내래 궁금한 거이 있소."

"네, 말씀하십시오."

"내래 미제 말은 잘 몰라두 우리가 쓰는 이 프로그램 이름, 기리니까 웨이팅구포유. 이거이 '당신을 기다린다.' 이런 뜻인 줄은 알디. 고럼. 긴데 와 이런 미제 이름을 붙였습네까, 통일의 다리 뭐, 이런 걸루 붙이면 좋았을 것을 말이디요."

일훈이 끼어든다.

"나도 그거이 궁금했습매. 아브지가 꼭 이 이름이어야 한다고 했단 말만 들었습니다."

병연, 미소를 띠며 대답한다.

"저도 정확히는 모릅니다만, 꽃마다 꽃말이 있듯이 나무에도 그런 말이 하나씩 있는데 이 자작나무는 '당신을 기다린다', 즉 사랑하는 사람을 기다린다는 뜻이 있습니다. 아마도 오늘처럼 남과 북이 하나가 되어 만날 날을 기원하면서 지으신 이름이 아닐까요?"

일훈과 참석자들 모두 감격한 듯 고개를 끄덕인다. 한편, 부스 뒤에서 프로그램 작동 상황을 지켜보는 성민, 그리고 홍진수.

"생각보다 괜찮게 굴러가는데?"

"세계 최고의 콤비가 만든 건데 당연하죠."

뒤에서 두 사람을 지켜보고 있는 영국은 불만스러운 표정.

"근데, 이 새끼들은 왜 다 코빼기도 안 보여."

"재원이 형은 오늘 아사히 TV하고 합동 취재 발표 있잖아요."

"성배도 지검장 돼서 바쁘고, 성준이 놈은 왜 안 보여, 한국에 오긴 온 거지?"

"용문산장에 갔어요."

"왜?"

"요즘 가끔 아버님이 다녀가시곤 하나 봐요."

"뭐? 아버님이 다녀가?"

"네, 형 가끔 전화해서 아버지 목소리로 옛날얘기를 하기도 하고, 갑자기 왜 내가 미국에 와 있느냐고 한국 가겠다고 소동을 부리기도 하고."

"그게 진짜야?"

"그렇다니까요."

"그럼 오늘 용문산장 간 사람은 아버님이야, 성준이야?"

"그건 잘 모르겠는데."

영국의 표정, 심각해지는데.


용문산장. 천천히 창고로 들어가는 성준. 귓전에 아버지의 목소리가 계속해서 맴돈다.

"성준아, 내가 아주 중요한 걸 창고의 비밀 서랍에 넣어 두었다."

성준, 창문틀을 바라본다.

"아니, 아닐 거야. 그럴 리가 없지."

그랬다가 다시 심각해진다.

"어머니한테 유서를 쓰셨잖아, 아버지가…. 막국수 집에서도 아버지가 변했어. 뭔가가 끝나지 않고 계속되고 있어. 에이, 몰라, 몰라. 정신 차리자. 정신 차려."

하고는 다시 문으로 돌아선다. 하지만 떨어지지 않는 발길, 하는 수 없이 한숨을 쉬고 돌아서서 의자를 놓고 창틀에 올라가 나무 하나를 민다. 스윽, 열리면 천천히 손을 넣는 성준. 그런데 뭔가가 잡힌다. 꺼내 보니 접힌 쪽지 한 장. 천천히 펴서 읽는 성준의 눈이 점점 휘둥그레진다.

"성준아, 내가 죽기 전에 너에게 꼭 전할 말이 있다. 혹시라도 네가 미국에서 살다가 곤경에 처하거든 이 정보를 가지고 미국 CIA를 찾아가면 도움을 받을 수 있을 것이다. 사실 장진호에 갔을 때 거기서 이상한 걸 봤다…."

- 끝 -

# 작가의 말

울컥 돌아가신 아버지가 보고 싶었다. 그래서 아버지의 과거로 돌아가 보기로 하였다. 온갖 첨단 기술을 활용하면 가능할 거다. 메타버스도 이미 상용화되어 있지 않나.

우리나라처럼 개인정보를 정부가 차곡차곡 정리해 보관하는 나라도 없을 거다. 중국 같은 공산주의 국가를 제외하면 말이다. 그걸 정부가 뭔가 다른 목적으로 슬쩍 사용하는지는 지금 나의 관심사는 아니지만 그게 가능하다면 큰 문제다. 주민등록번호와 연결된 수많은 개인정보와 금융정보, 정보통신정보, 보건의료정보 등이 한순간에 털릴 수 있다.

내가 구상하는 메타버스는 현존 기술이나 개인정보 개방성으로 볼 때 우리나라에서 가장 먼저 터질 거라 생각했다. 나의 첫 번째 소설의 설정으로는 그럴듯했다. 우리 모두가 보고 싶긴 하지만 막상 보자면 보기 싫어지는 게 한두 가지가 아닌 북한의 과거를 샅샅이 들여다보는….

아버지가 돌아가시기 10여 년 전 자손들에게 남겨 놓으신 '나의 자서전'이 있다. '나는 이북에 부모, 형제, 처자식을 두고 단신 월남한 외로운 사람이다'로 시작되는 이 자료집에는 아버지가 기억하는 대부분의 역사적 사건들이 기록되어 있다.

거기에 약간의 주요 사건들을 곁들이면 우리나라의 근현대
사가 된다. 아버지가 1914년에 태어나셨으니 일제 강점기가
바로 시작된 시점이다. 무능했던 조선 말기와 혼란의 20세기
초 그리고 일본과 중국의 갈등 시기에 백두산 정상이 200리
(80키로) 앞에 보이던 삼수갑산에서 어린 시절을 보내셨다. 일
본 경찰과 독립군 그리고 만주의 도적 떼들에게 속절없이 재물
을 빼앗기고 목숨을 부지하셨을 거다.

공부를 잘하셨는지 일제하에 임업을 전공해 공무원도 하시
고, 나와서는 스스로 묘포장을 운영하시며 재벌기업에 납품했
으니 그럭저럭 사셨을 게다. 당시 도청에서 일하던 우리나라
사람이 얼마나 됐는지 모르지만 상대적으로 제한된 농림업 분
야라면 공무원들 간에 대충 다 알 거라고 소설적인 상상력을
가미했다. 그래서 소설 속 한 계장과 그의 가족을 아버지 김영
원과 엮었다.

나는 생전 아버지의 흐트러짐을 본 적이 없다. 아버지의 진
지는 항상 밥 한 공기와 반찬 세 가지뿐이었다. 평생 절제된 식
사를 하셨다. 나는 아버지가 담배 한 개비, 술 한잔하시는 것을
본 적 없다. 그러니 항상 맑은 정신이셨을 게다. 돌아가실 때 자
택에서 조용히 속 비우시고 반듯하게 누워 가셨다. 스님 같은
분이다.

아버지는 매년 가을에 나무 종자를 거두고 처리하고 봄이면

파종하셨다. 평생 오차 없이 똑같이 하신 일이다. 싹을 틔우면 몇 번이고 이식(밭을 옮김)하신다. 그래야 뿌리가 견실해진다. 짧게는 1년, 길게는 5년 정도 밭에서 키워진 후 산에 조림용으로 산림청에 납품된다. 어떤 종자는 종피(씨앗의 껍질)가 단단해서 축축한 모래 속에서 겨울을 나야 발아(싹이 남)된다. 모든 종자가 싹을 틔우지는 않는다. 이미 말라 죽은 종자, 유약해서 죽는 종자, 해충의 피해를 받은 종자들을 잘 골라내는 기술이 관건이다. 아버지는 양묘(어린나무 키우기)에서 최고셨다. 그래서 내게 아버지는 나무이고 나무가 아버지 같다.

사실 자작나무는 내가 제일 좋아하는 나무이다. 그래서 소설의 소재로 사용했다. 전 세계에 분포하는 자작나무는 흰색 수피(나무껍질)가 종이처럼 잘 벗겨진다. 오랜 과거부터 자작나무 수피는 음식물을 담는 용기로도 쓰이고 문자와 그림을 남기는 기록물로도 쓰였다. 웨이팅포유, 누구를 기다리며 사랑의 시 한 편 쓰기에 자작나무는 너무 매력적이다. 이야기 속 자작나무의 유전형질(유전자)의 변형이나 생육 환경 적응 등은 장기간의 연구와 적용이 필요한 일이다. 이 소설에서는 그 기간을 극적으로 줄여 다소 현실성이 떨어지는 점을 양해 바란다.

아버지 45세에 내가 태어났다. 내게 아버지는 항상 어렵고 무거웠다. 사실 아버지의 인생에 별반 관심은 없었다. 그저 존경심뿐. 그런 아버지가 커다란 의미로 다가온 건 내가 50이 되면서다.

그 시절 나는 유엔과 다양한 국제회의에서 많은 강연을 했다. 한국의 조림 성공사례에 관해서다. 혹시 모르는 독자를 위해 한 가지 말씀드리면, 한국은 전 세계가 인정한 국가 차원의 최고 조림 성공 국가이다.

나무는 심기만 하면 자라는 생물이 아니다. 특히 전후 황폐한 산야에 심어진 묘목은 비료와 물주기 등 인간의 정성에도 70% 이상 죽는다. 게다가 입에 풀칠도 어려워 굶어 죽는 때에 뒷산에 무슨 조림이란 말인가? 돈 받고도 어려운 나무 심기 일을 정부의 강요로 누가 하겠나? 그래서 숲이 무너지면 문명이 멸망하고 무너진 숲은 다시 회복되지 못하는 거다. 그게 자연환경과 국민의 삶이 절박한 모든 국가들의 현실이다. 우리는 모든 역경을 뚫고 조림에 성공하였으니 기적이라 부르는 게 당연하다.

세계인들의 찬사를 받는 한국의 조림 성공과 나무 같은 나의 아버지가 오버랩 되는 건 인지상정. 80천만 본의 묘목을 국가에 납품했으니 그중 최소한 일부는 지금쯤 이 나라 어디엔가 충분히 커서 아버지의 그림자를 드리우고 있을 거다. 아파트 등 주거지 조경수목과 도시 가로수도 다수 식재하셨으니 독자께서 재개발을 앞둔 아파트 단지에 사신다면 창문 밖 나무가 아버지가 키운 나무일 확률이 있다. 서울시 남산 순환로에도 줄지어 아버지 나무가 아직 길을 지키고 있다. 이렇게 아버지는 이 나라 여기저기에 흔적을 남기신 거다.

아버지는 나무로 영원히 남으셨고 그걸 나는 글로 여기에 남긴다.

이 소설에 등장하는 외국인들은 모두 내게 소중한 인연의 실존 인물들이다. 흥남 철수 때 미군 장교들은 제외하고 말이다. 소설 중 한국인들도 대부분 실존 인물들이지만 가명을 사용했다. 당연히 소설 속의 일들도 실제 일어난 역사적으로 중요한 사건들이다. 사건들의 모든 시점들도 역사적으로 확인하였다. 내 아버지는 생존 시 함경북도 말투는 일체 숨기셨지만, 극적인 분위기를 살리기 위해 지역 말투로 말씀하시도록 조작했다. 그리고 지역 말투는 믿을 만한 한 탈북민에 의해 확인되고 수정되었다.

이 소설은 아버지의 기록과 내 가슴속 깊은 존경과 상상, 그리고 이야기의 줄거리와 재미를 더해 주신 한 작가분의 합작품이다.

이 책이 출간되도록 격려해 주고 끝까지 챙겨 주신 더디퍼런스의 조 사장님과 편집인 그리고 디자이너분께도 진심의 감사를 드린다.

2022년을 맞이하며,
미국 어바인에서 김성일